짓다

짓다

펴 낸 날/ 초판1쇄 2024년 5월 20일
지 은 이/ 곽재환

펴 낸 곳/ 도서출판 기역
출판등록/ 2010년 8월 2일(제313-2010-236)
주   소/ 경기도 파주시 회동길 363-8 출판도시
         전북 고창군 해리면 월봉성산길 88 책마을해리
문   의/ (대표전화)070-4175-0914, (전송)070-4209-1709

ISBN 979-11-91199-94-9 03810

곽재환 건축론

짓다

ㄱ

하늘을 향한, 하늘을 담은 나의 삶 나의 건축

20여 년 전, 책을 내자며 출간 기획안을 가져온 이가 있었다. 고민 끝에 내가 해왔던 건축과 건축 철학에 대해 한번은 정리할 필요가 있겠다 싶어 동의했다. 출간 준비를 하며 그동안 해온 많은 자료를 정리할 수 있었다. 지인들에게 글도 받고 머릿글까지 써 두었다. 하지만 뜻하지 않은 사정으로 책 출간은 여의치 않게 됐다.

열심히 준비한 일이 무산되니 책을 펴낼 마음이 사라져버렸고, 그 자료들은 방치됐다. 글을 쓰고자 하는 마음도 일지 않아 한동안 글 쓰는 일도 회피했다. 그 후로는 간혹 피할 수 없는 원고 청탁에만 간신히 졸고를 발표했을 뿐, '시(詩)'와 '수(數)'를 조율하며 집 그리는 데에만 몰두했다.

그런데 몇 해 전 이번엔 고창 책마을해리에서 책 농사를 짓고 있는 이대건 촌장이 출판 제의를 해 왔다. 이 촌장하고는 책마을해리 설립 전부터 서로 소통하며 지내 온 막역한 사이다. 어쩔 수 없이 접었던 마음을 돌려 모아 두었던 자료를 건넸지만 간단치 않으리라 생각했다. 이 촌장은 책박사지만, 내가 펼쳐 놓은 건축 철학을 편집한다는 것은 쉽지 않을 것이라 생각하며 관망하고 있었다.

그렇게 또 몇 년이 지나갔다. 그런데 지난해 7월 어느 날 불쑥 이 촌장이 출간 기획안을 가지고 나를 찾아 왔다. 그걸 살펴보다가 다시 시동이 걸렸다. 그래서 페이스북에 간간이 써두었던 글들을 선별해 엮기 시작했다. 정리하고 보니 많이 부족했지만 어쩌겠나? 아쉬워도 이것이 내가 지구별에 와서 깜냥껏 최선을 다한 것이라고 스스로를 다독였다. 비록 넋두리 같은 글이라할지라도 오롯이 내가 건축에 대해 꿈꾸었던 상념을 담았기 때문이다.

이 책은 20년 전에 써 두었던 비건축인 지인들이나 나와 내 작업에 대해인쇄매체에서 다룬 글을 함께 편집해 글 내용의 시차가 상당하다. 그러나내 건축이 아직 그곳에 있듯 그 글들도 그렇게 그대로 있는 것이라고 생각했다.

그동안 내가 해온 작업이 크게 내세울 것은 없다. 하지만 나는 늘 내 건축에 하늘을 어떻게 담아낼 것인가를 고심했다. 그렇다고 해서 하늘을 담고자하는 나의 생각을 어느 누구에게 드러내거나 건축주에게조차 내 의도를 설득하려고 시도한 적은 없다.

하지만 건축물의 규모가 크든 작든 또 어떤 용도이든 간에, 하늘은 언제나 내 건축의 마음속 깊은 핵심 주제였다. 그것은 마치 그 건축물에 하늘을통해 고유한 혼을 심으려는 것과 같은 것이었다. 나는 지속적으로 건축 공간에 하늘을 담고자 노력했다. 그렇게 나는 하늘을 향해 기립하거나 새의날개처럼 솟구치고자 했고, 또 연처럼 날아올랐다. 때론 별이 가득한 하늘과 흘러가는 구름을 물 위에 담기도 했다. 나의 건축에는 하늘을 향한 지향성으로 가득하다.

이를 표현하는 데는 나의 두 가지 시각, 즉 "소요(逍遙)"와 "응시(凝視)"의 의지가 내재한다. 이는 인간 행위의 동(動)과 정(靜)에 대한 나의 생각과 행동 양

태이며, 내 건축을 형성하는 텍토닉(tectonic)의 심리적 요소이다. 결국 내 모든 건축 작업은 나의 자화상이다.

올해는 대학을 졸업한 지 50년 되는 해이다. 또 개인사무실 '맥(MAC, MESSAGE IN ARCHITECTURE TO COSMOS)'을 설립한 지 37년, '칸(CAHN)'을 결성한 지도 18년이 지났다.

이 책은 잠 못 이루는 밤, 사무실에서 혹은 서재에서 끄적거렸던 운문과 산문 그리고 그림들과 나의 삶 속에 투영된 건축, 또 건축 속에 투영된 나의 삶 이야기가 나의 작품과 함께 2부로 나뉘어 구성되어 있다. 이 책을 통해 일반 대중에게 건축이라는 장르가 친근하게 받아들여지기를 희망한다. 또 건축과 삶이 하나가 될 때 '아가일여(我家一如)'가 완성된다는 내 건축에 대한 생각이 독자들에게 잘 전달되기를 바란다.

2024년 3월 곽재환

차례

005   프롤로그

011   **1부. 아가일여(我家一如):** 나의 건축, 나의 삶

012   **맥과 칸**

016   **건축에 대한 다섯 가지 물음**
016   1. 묘지 봉분에 대한 물음
024   1) 영조문화(營造文化)
030   2) 풍류미학(風流美學)
038   2. 인간 행위에 대한 물음
040   1) 아가오장(我家五場)
055   2) 인생오장(人生五場)
059   3. 집의 어원에 대한 물음
062   1) 아가일여(我家一如)
070   2) 집은 사람이다
076   4. 형상 문자에 대한 물음
080   1) 형상팔경(形象八境)
090   2) 오간의경(五間意境)
102   5. 인체 중심에 대한 물음
104   1) 심장중심(心臟中心)
117   2) 오간도량(五間道量)

129 **2부. 아가오장(我家五場): 설계 작업에 적용된 개념과 실제**

131 **삶/ 안식의 장**   132 근본으로 돌아가는, 귀소헌

142 역사와 자연을 아우르는, 백학재

154 때와 곳이 늘 어진 집, 시선재

162 '유랑을 끝낸 집시들의 마지막 거처, 카치올리'

172 마음속에 지은 집, 솔의 집

178 공허공간의 구축, 응백헌

183 **앎/ 수행의 장**   184 하늘로 향한 석양의 신전, 은평구립도서관

206 지상의 빛 천상의 빛, 흑빛청소년문화센터

218 나무의 꿈, 자혜학교 직업교육관

224 몸맘의 양식, 책마을해리 별마중달마중·부엉이화덕

232 바다로 가는 책담길

241 **놂/ 창조의 장**   242 세 가지 생각, 비전힐스골프클럽하우스

253 나비의 꿈, 눈의 집

259 **풂/ 상생의 장**   260 작업의 장, 에바스 화장품 공장

268 공간의 공유성, 대건(DG.) 빌딩

274 소통의 통로, 삼성동 주민자치회관 리모델링

281 **닮/ 기원의 장**   282 88서울올림픽 상징조형물, 평화의 문

292 몸과 마음과 얼의 집, 제일영광교회

302 생명이 솟는, 등불교회 에이블아트센터

309 **부록/ 곽재환 건축론**

394 에필로그

1부. 아가일여

我家一如

— 나의 건축, 나의 삶

<건축가의 초상>

맥脈과 칸間

먼 하늘이 가까이 다가온다. 하염없이 하늘을 바라본 덕분이다. 어릴 적 부터 나는 하늘이 좋았다. 하늘에서 내리는 빗소리에 귀 기울였고, 펑펑 내 리는 눈을 맞으며 걷는 것이 좋았다. 봄, 여름, 가을 햇빛 좋은 한낮에는 뭉 게구름이 떠가는 골목을 내달리며 놀았다. 해가 질 무렵이 되면 대문 앞에 평상을 내다 놓고 노을을 바라보았다. 때론 그곳에 누워 밤하늘의 달을 바 라보며 총총한 별을 헤아리다 잠이 들곤 했다. 나를 키운 것은 팔 할이 하늘 이다.

'하늘'.

그것이 나의 잠재의식 속에서 어떤 작용을 했는지 알 수는 없다. 서른여 섯, 드디어 개인 건축설계 사무실을 개설할 때, 하늘은 내 건축의 시작이 되 었으며, 길을 잃고 헤매일 때 나를 인도하는 이정표가 되었다.

그 하늘의 정체가 나의 무의식에 내재된 막연한 그리움의 현현인지, 몽유 환자의 꿈인지, 우주의 신비인지, 혹은 내가 갈구하는 어떤 염원인지, 구원 인지, 아니면 무한함과 영원함에 대한 외경인지, 내 안에 있는 샤먼을 향해 끝없이 부르는 빛이었는지는, 지금도 여전히 알 수 없다. 그 이끌림을 무어 라고 표현할 수도 없다. 그러나 때때로 밤하늘에 하나둘 나타나는 별들은 내가 낮 동안 어렴풋이 꿈꾸던 집들을 선명하게 그려주곤 했다. 그리고 어느 날 문득 돌아보니, 내가 작업한 모든 건축은 놀랍게도 그 하늘로 향한 나의 알 수 없는 열정과 지향으로 가득 차 있었다.

김중업건축연구소 시절의 육군박물관 중정, 부산 충혼탑 열주, 평화의 문 날개들이 그러했고, 그후 은평구립도서관 석양, 비전힐스골프클럽하우스 쉘터, 제일영광교회 하늘기도소, 흑빛청소년문화센터 천창, 등불교회 하늘기도소, 백학재 옥상 등도 한결같이 그러하다. 나의 모든 건축은 하늘을 찬미하는 노래였고, 규모가 크든 작든, 무엇으로 지었든, 하늘에 대한 나의 서정시(敍情詩)였다.

MESSAGE IN ARCHITECTURE TO COSMOS

삶의 자리엔 늘 지나간 시간의 자취가 남아 있어 때론 먼 옛날 달빛과 달그림자 같은 이야기를 들려주곤 한다. 분명한 내용이 있는 것은 아니지만, 마음속에 어떤 영상과 감정을 막막하게 일으켜 주는 심원한 이미지를 일깨운다.

그 속엔 꽹과리, 징 치며 신나게 돌아가던 유년시절의 마당이 있고, 순한 버섯처럼 옹기종기 모여 앉은 초가지붕이 있고, 치맛자락을 사뿐히 든 아낙네의 환한 미소와 대숲을 지나가는 바람 소리가 있다.

어쩌면 시간은 흘러가는 것이 아니라 항상 이곳에 머물러 있고, 다만 인간이 시간 속을 흘러가며 때로는 서로를 잊어버리고 때로는 함께 호흡하며 각자의 마음속에 제 나름대로 과거와 미래의 시간을 나누어 갖고 살아가는 것이 아닐까?

이 모두의 마음속에 살아 숨 쉬는 시간을 나는 '맥'이라 부른다. 그것은 우리의 기억과 망각 사이를 넘나드는 영혼 같기도 하고, 간절히 애태우다 깨어나면 뿔뿔이 흩어져 버리는 꿈 같기도 하고, 끝없는 생성과 소멸의 리듬으로 고동치는 우주의 큰 숨결 같기도 하다.

이 글은 1987년 잠실 서울올림픽 상징조형물이었던 '평화의 문' 설계를 끝으로 김중업건축사무소를 떠나 독립하여 나의 개인 건축사무실 '맥'을 열며 쓴 것이다.

'맥'은 한자로 '脈'이라고 썼지만, 기운을 뜻하는 순우리말이다. 영어로는 'MAC'이라고 썼는데, 'Message in Architecture to Cosmos'의 이니셜을 따서 지은 것으로, '우주에 보내는 건축 메시지'라는 뜻이다. 우주가 무한한 공간과 영원한 시간의 집이니, 내가 하는 모든 건축 설계 작업이 우주의 시·공간에 전하는 메시지라고 생각했다. 먼 후일 내가 죽을 때 나의 작업 어느 것 하나도 부끄럽지 않도록 하겠다는 다짐을 담은 타이틀이었다.

그후 20년이 지난 2006년, 같은 건물에서 함께 작업하던 건축 동료들과 건축가 그룹을 결성하면서 그동안 각자 사용해오던 타이틀을 접고 '칸(間)'으로 공동 사무실 명칭을 개명했다. 그렇다고 첫 다짐과 마음이 변한 것은 아니었다.

그즈음 종종 건축의 '오간의경(五間意境)'에 대해 강연하러 다녔다. '오간'은 내 건축의 화두인 삶, 앎, 놂, 푺, 빎 다섯 '오(五)' 자에 공간을 뜻하는 간(間) 자를 붙인 것이다. '의경'은 중국의 전통 문예 이론에서 차용해 온 개념으로, '오간의경'은 내가 지은 말이다.

그런 까닭으로 아쉽지만, 새로운 시작을 위해 '오간의경'의 간(間) 자와 한자가 동일했던 '칸(間)'으로 결심할 수 있었다. '맥'이 내 건축의 지향과 태도였다면, '칸'은 건축의 공간을 측정하고 구현하는 방편과 도구라고 생각했기 때문이다.

'칸'은 한자로 간(間)이라고 쓰지만, 공간을 재는 순우리말이다. 영어로는 처음 동료들과 'CAAN'으로 시작했는데 2019년 사무실을 따로 독립하며, '인간과 자연을 위한 건축창조'의 영문-Creative of Architecture for Human

& Nature의 이니셜을 따서 'CAHN'으로 변경했다.

건축이 삶의 바탕을 이루고 있는 자연을 인간화하고 인간을 자연화하는 접점에 세우는 가교와 같은 것이라고 한다면, 나는 저 우주로부터 오는 빛을 아우르고 우러러, '맥'과 '칸'을 나의 건축에 대한 산실로 삼아 영원의 세계로 이어진 가교를 짓고 싶다.

끝없는 생성소멸의 순환 속에서 그 가교 또한 언젠가는 무너져 사라지고 말 것이다. 그렇다 하더라도 나는 새로운 생명을 잉태하기 위한 꿈을 꾸리라. 그 꿈이 때론 그리스 신화의 '시지프스'처럼 허무할지라도 말이다. 어쩌면 나와 우리가 꾸는 그 꿈을 통해 우주가 숨을 쉬고 있는 것은 아닐까? 아니면, 우리 꿈 자체가 우주를 숨 쉬게 하는 작용의 결과일지도 모른다. 그것이 우주가 꿈꾸는 방식이 아닐까?

건축에 대한 다섯 가지 물음

내 건축은 그러한 꿈과 건축에 대한 다섯 가지 물음으로부터 시작되었다. 그것은 묘지 봉분에 대한 물음, 인간 행위에 대한 물음, 집의 어원에 대한 물음, 형상 문자에 대한 물음, 인체 중심에 대한 물음이다.

1. 묘지 봉분에 대한 물음

나의 무덤 앞에는 그 차거운 비(碑)ㅅ돌을 세우지 말라.
나의 무덤 주위에는 그 노오란 해바라기를 심어 달라.
그리고 해바라기의 긴 줄거리 사이로 끝없는 보리밭을 보여 달라.
노오란 해바라기는 늘 태양같이 태양같이 하던 화려한 나의 사랑이라고 생각하라.
푸른 보리밭 사이로 하늘을 쏘는 노고지리가 있거든 아직도 날아오르는 나의 꿈이라고 생각하라.

—청년화가 L을 위하여

함형수의 시 '해바라기의 비명'을 암송하고 다니던 학창 시절, 서양건축사 첫머리를 장식하는 이집트의 피라미드와 영국의 스톤헨지를 보며, 우리 주변에서 흔히 볼 수 있는 작은 '무덤도 건축인가' 하는 궁금증이 생겼다.

피라미드

스톤헨지

타지마할

창녕고분

공작물이 건축이 되려면 우선 땅에 접착되어야 하며, 눈비를 막을 수 있는 기둥, 벽, 지붕이 있어 사람이 거주할 수 있는 내부 공간이 기본요건이다.

땅의 접착이 건축의 필요충분조건이라면, 이동 가능한 몽골 게르나 바퀴 달린 트레일러 카라반 하우스는 건축이 될 수 없나?

살아있는 사람이 거주하거나 머무를 수 있는 내부 공간이 건축의 필요충분조건이라면, 피라미드와 스톤헨지도 건축이 될 수 없는 것인가? 그런데 피라미드는 산 자가 아닌 죽은 자를 위한 무덤인데도, 왜 건축이라고 했을까? 무덤 안에 커다란 내부 공간이 있어서 건축이 된 것일까? 그 내부에 살아있는 사람이 출입할 수 있어서 그럴까? 그래서 타지마할도 건축인가? 그러면 무령왕릉도 그 안에 사람이 들어갈 수 있으니 비로소 건축이 된 것일까? 석가의 사리를 모신 커다란 탑들은 뭐지?

장소의 구축이란 어떻게 해석될 수 있는 행위인가? 장소 구축도 건축이라면 특정한 장소를 구축한 고인돌과 사찰의 부도도 건축이고, 작은 흙무덤도 건축인가? 그 기준이 과연 무엇일까?

꼬리에 꼬리를 무는 질문과 생각 끝에 내린 결론은, 우리 주변 작은 봉분 무덤은 토목 공작물일망정 현대의 건축개념으로는 건축이 아니라는 것이다. 납골함이 건축이 아니듯, 사람이 내부 공간으로 들어가 최소한의 어떤 행위를 할 수 없는 작은 규모의 구축물이기 때문이다.

그렇지만 주변에서 볼 수 있는 흙무덤은 비록 작은 토목 공작물에 불과하지만, 자연을 경외하며 자연과 함께 살다 자연의 품으로 돌아간 이들의 순환적 자연주의 삶을 대변하고 표상하는 지극히 간결하고도 대표적인 장소이자 그 영혼의 구축물인 것은 분명하다.

30년 전 이탈리아의 건축가 카를로 스카르파가 설계한 베네치아 인근 트레비소 마을에 있는 그의 대표작 '브리온베가 가족묘지'를 방문한 적이 있다. 그는 그 묘지를 1978년에 완성했지만, 안타깝게도 그 해에 그 묘지 담장 너머에 있는 공동묘지 한켠에 선 채로 묻혔다.

그의 아들이 디자인했다는 그 묘비를 보면서 사랑하는 이에게 내가 죽으면

카를로 스카르파의 묘지

나를 화상한 후, 뼛가루를 바나나 강물에 뿌리고 석양을 바라볼 수 있는 바닷가 언덕 위에 작은 의자 하나 놓아두면 좋겠다고 했다. 그것이 나의 묘지고 묘비라고. 그때 그 장소와 그 의자도 건축이 되는 것일까?

건축을 어떻게 규정해야 하는가? 단지 규모와 내부 공간의 문제인가? 구축방식의 문제인가? 목적인가? 구축 정신의 문제인가, 아니면 그 무엇인가?

사이버 스페이스(CYBER SPACE)가 설계되고, 구축되고, 죽은 자의 생전 활동과 육성이 담긴 반도체 칩이 묘지 대신 나올 수 있는 시대에 살며 새삼 건축의 본질을 다시 생각해 본다.

집의 영혼

나는 결혼해서 서울의 한 단독주택에 세 들어 살다가 지금 살고 있는 아파트를 분양받아 이사온 후 같은 곳에서 30년째 살고 있다. 건축가가 단독주택에 대한 꿈이 왜 없었겠냐 마는, 하필, 단독주택지 구입할 준비가 거의 돼가던 어느 날, 집에 도둑이 들었다.

딸아이가 잠결에 도둑이 지붕 위에서 창문 모기장 뜯는 소리를 듣고 깨어나 위기를 모면했지만, 아찔했던 순간이었다. 날이 밝자 당장 방범시설부터 설치했다. 어릴 때부터 방문은 물론, 대문도 열어놓은 채 자곤 했던, 희박한 방범의식에 철퇴가 내려진 것이다. 딸자식만 있는 집, 해지면 무서우니 일찍 들어와 가족을 지켜주든지, 아님 단독주택을 포기하든지 선택하라고 했다. 이전에도 두 차례 좀도둑이 든 적이 있었기에, 아내의 요구는 단호했다.

그 시절, 걸핏하면 사무실에서 철야작업을 하던 나는 별수 없이 단독주택을 포기하고 아내의 원대로 따랐다. 그 후 집에 대한 나의 발언권은 붕괴되고, 호시탐탐 기회를 노렸으나 어느덧 인생의 날은 저물어 가고 있다.

아파트도 훌륭한 집의 형식임에는 분명하다. 특히 땅이 부족한 이 나라에서 구성원들이 함께 평등하게 삶의 터전을 가꾸며 살 수 있는 집이라는 점에서 좋은 주거형식이다. 그렇지만 아파트 건설로 인해 전원의 아름다운 풍광이 파괴되고 전 국토의 주거가 아파트로 획일화되는 바람에 주거지로 인한 삶의 다양성은 사라졌다.

그 반작용 때문인지 요즘은 아파트도 지역마다 시설 차이가 크고 사치스러울 정도로 호화로워졌다. 또 온통 유리로 뒤덮여 숨 쉬며 사는 사람을 위한 집인지, 전시물인지 분간조차 힘든 지경이 되어가고 있다.

예전의 집은 적어도 그곳에 사는 사람의 성정이 보였다. 집을 닮은 삶, 삶을 닮은 집을 짓고 오랫동안 그 공간을 가꾸며 살아왔기에 비록 작고 누추해도 집에 영혼이 있었다. 그런데 이제는 그걸 보기 어렵게 됐다. 집에 대한 인식과 사는 모습이 확연히 달라졌기 때문이다.

오랫동안 살던 마을을 깡그리 밀어 없애는 기억소거(記憶消去) 개발방식 때문인지, 자주 이사를 다녀서인지, 집에 대한 기억망실 현상이 일어난다. 획일된 거주 공간으로 인해 자신의 집을 오인하는 경우도 있다. 또 자기 집에 대한 고유성이 사라져 자기의 삶과 일체감이 없어졌다. 나아가 집을 사고파는 일이 다반사여서 집에 대한 개념이 변했다. 과거처럼 가족의 역사와 정이 깃든 '삶의 터전'으로 소중히 여기기보다는, 마치 봉건시대 노예처럼 부리고 사용하다 언제든 시장에 내다 파는 '상품'이 되고 말았다.

지금 우리네 삶은 자기 집에 대한 정체성과 동질감을 상실한 채 살아간다. 이것은 이미 오래전에, 우리 의식에서 고향을 상실하면서부터 시작되었다. 가족은 뿔뿔이 흩어져 살고, 부모 자식 간에 갈등하고 분쟁하는 모습을 보면, 상실이 습성화되어 조만간 자신이 태어난 부모의 품마저 잊고 사는

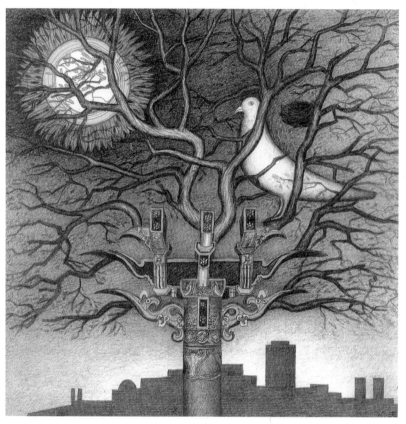

〈부활〉

각박한 세상이 될 것만 같아 심히 우려스럽다.

그 발단의 원인 중 하나가 정주생활 문화가 해체되고, 삶의 터전이 급격히 이동생활 문화로 변해, 가족을 하나로 엮어 주던 집의 영혼이 사라졌기 때문이 아닐까?

그럼에도 불구하고 나는 아직도 모든 집에 '집의 영혼'이 살고 있다고 믿는다. 또 그 영혼은 사람과 함께 살며 집의 형상과 공간의 영향을 받아 그 집과 사는 이의 모습이 닮아간다고 생각한다. 그래서 집의 형상과 공간을 짓는 일이란 건축가에게 중요한 소임이다.

그런데 기이하게도 우리 선조들은, 집은 '짓는다'고 하면서 무덤은 '만든다'고 하였다. 무덤을 음택(陰宅)*이라고 하면서도 왜 그렇게 말했던 것일까? 영면과 영생을 위해 오히려 더 정성 들여 지어야 할 처소를, '만들' 뿐이었다니……. 죽은 자의 집이기 때문일까? 장례 풍속의 고정된 형식 때문이었을까?

'짓다'의 개념

집은 예로부터 '지었다'. 집의 형상과 공간을 건축주, 건축가, 시공자 3인이 협력해 '지었다'. 그런데 오늘날은 집을 '만든다'. '짓다'와 '만들다'란 두 표현의 우리말과 행위가 모두 허용되는 시대가 됐다. 이 두 가지 말은 모두 어떤 재료와 노력을 통해 꼴을 이루어 낸다는 것이긴 하지만, 서로 쓰임이 다른 말이다.

'짓다'는 주로 의식주(옷, 밥, 집)와 관련된 행위에 사용했다. 그리고 농사, 이름과 문장, 미소와 눈물, 공덕과 죄업, 매듭과 한계를 지었고, 사람의 정체성과

---

* 점술이나 풍수 따위를 업으로 삼는 술가에서, '산소'를 사람이 사는 집에 상대하여 이르는 말.

생활에 필요한 것을 정성 들여 지으며 평생의 삶을 가꾸는 데 두루 사용했다.

반면에 '만들다'는 사람의 정체성 형성과 직접적인 관련이 적고, 생활의 필요성이 상대적으로 작은, 그 외 부분에 어떤 노력을 통해 사물의 꼴을 형성할 때 쓰인 일반적인 용어였다.

한자 '지을 조(造)' 자는 신 앞에 나아가 '아뢰는 고(告)' 자와 쉬엄쉬엄 정성을 '들이는 착(辶)' 자의 합이고, '만들 작(作)' 자는 '사람 인(人)'이 '잠시 사(乍)'의 노력으로 무언가를 일으키거나 꼴을 이루며 형성된 문자였다. 영어로도 짓다는 'building'으로, 만들다는 'making'으로, 개념이 다른 말이다.

'짓다'가 자아와 가족공동체의 정체성과 특정 대상을 위해 특별히 정성을 들여야 할 행위에 쓰였다면, '만들다'는 불특정 다수를 대상으로 하는 일반 행위에 쓰인 용어라고 할 수 있다. 그럼에도 오늘날 그 둘을 혼용해 쓰고 있다.

집을 만들고, 옷을 만들고, 밥도 햇반이나 도시락을 만들어 파는 세상이 된 것이다. 농경사회의 자급자족 체제에서 산업사회를 거쳐 대량생산 체제로 바뀌고 자본주의 시장경제 사회가 되는 과정에서 어느덧 의식도 변하고 말의 쓰임도 변해버렸다.

이제 사람들은 자신과 가족을 위해 더 이상 옷을 직접 짓지 않는다. 밥도 전기밥솥이 짓고, 집도 아파트를 구입한다. 짓는다는 정성이 깃든 정서를 찾기 어려운 삶이 되었다.

밥을 짓고, 옷을 짓고, 집을 짓던 그 영혼은 이제 우리의 삶 속에서 사라져버리고 마는 것일까? 집의 영혼이 사라지고 있는 오늘날, 집을 지어야 할지, 만들어야 할지, 기로에 서 있다.

나는 자연과 함께 겸허하게 살아온 선조들의 '짓다' 정신을, 오히려 모두 비우고 자연으로 되돌아간 소박한 무덤을 통해 깨우치며 배운다.

짓기 정신은,

- 땅(자연)의 섭리를 알고, 체·용(體·用) 관계인 집의 상(象)과 형(形)의 모순을 깨우치며 본질을 찾는 것이고,

- 삶(인간)의 갈등을 알고, 물·심(物·心) 관계인 집의 수(數)와 시(詩)의 대립을 다스리며 조화를 찾는 것이며,

- 길(사회)의 욕망을 알고, 공·사(公·私) 관계인 집의 외(外)와 내(內)의 반목을 조율하며 화해를 찾는 것이다.

1) 영조문화(營造文化, Korean Architecture Culture)

한반도에 건축이라는 용어가 정착하기 전까지, 이 땅의 역사는 신과 인간이 '하나'된 천부경의 인중천지일(人中天地一) 가르침과 최치원의 삼교(선, 불, 유)를 포괄하는 풍류도(風流道)와 동학 최시형 선생의 '사인여천(事人如天)' 믿음 속에, 신인합일(神人合一) 세계를 지향하며 수천 년 동안 끊임없이 물아일체의 자연주의적 삶을 살며 자연과 인간의 아름다운 조화를 추구해왔다.

그 결과 이 땅의 인본주의(人本主義) 세계에선 오히려 인간보다 자연을 경외하며, 자연의 순환 순리를 거스르지 않았다. 집도 산 자의 집이든 죽은 자의 집이든, 크든 작든, 공적이든 사적이든, 자연으로 회귀하는 재료와 구축 방식으로 이루어졌다. 그 형상도 자연과 동화돼 잘 드러나지 않는 음성적(negative) 문화 토양에서 건축이 배양되었다.

반면에 서구 유럽의 신본주의(神本主義) 세계에선 오히려 인간을 자연보다 중시하면서, 자연은 다만 극복과 정복의 대상으로 삼았다. 시대가 지나갈수록 건축은 큰 스케일로 오래도록 기억되고 영원히 찬양될 수 있도록 견고한 재료를 사용해 높고 장대하게 구축되었다. 가급적 자연으로부터 분리돼 형

상이 잘 드러나는 양성적(positive) 문화 토양에서 건축이 발달하였다.

절대적인 신을 숭배하며 자연을 신의 영광과 인간의 위대한 역사를 드러내는 도구로 삼아온 서구의 자연관과 우리의 순박한 자연관은 근본부터 판이하게 다른 것이었다.

나는 이와 같이 서구의 건축 문화와 확연히 다른 사상적 기반에서 발현된 이 땅의 전통적인 '순환적 자연주의' 구축물과 건축물을 현대의 '건축' 개념과 근본이 다른 '영조(營造)' 문화의 산물로 구별하고, 그 고유한 자연주의 삶을 존중한다.

'영조(營造)'란 자연주의적 삶을 살아온 선조들이 민가를 짓는 건축 행위에 사용하던 언어였다. 궁궐 등 나라에서 도감을 설치해 지었던 대규모 건축은 영건(營建)이라 하였다. 수리, 관리 등은 영선(營繕)이라 하였는데, 세 글자 모두 한결같이 '영(營)' 자를 앞에 붙였다. 이는 건축의 형식에 앞서 삶의 경영과 거주의 중요성을 강조한 언어로 해석된다.

조선 중기에 전남 담양 봉산면에 '면앙정(俛仰亭)'을 지어 살던 송순(宋純, 1493~1582)은 그의 시조 첫 구절에서 '영조'를 이렇게 언급했다.

십 년을 경영하여 초려삼간(草廬三間) 지어내니,
나 한 간 달 한 간에 청풍 한 간 맡겨두고,
강산은 들일 데 없으니 둘러 두고 보리라.

송순은 1519년 스물여섯 살에 과거에 급제하고 나이 서른에 뜻을 세워[而立] 10년간 세상과 자신을 경영한 후[營], 나이 사십에 향리로 돌아와[不惑] 후학을 가르치기 위해 '면앙정'을 지었다. 초가 3칸이면 족하다는 프로그램을 세워 1533년에 지어냈으니[造], 그의 '영조(營造)'는 뜻을 세워 삶을 경영한 후, 그 뜻을 하늘에 고(告)하고 천천히 집을 지어, 그 집과 더불어 계속 자신의 뜻을 이루어 나가는 것을 의미하는 말인 듯하다. 면앙정의 규모를 보면 '영조'란 자기의 분수와 격(格)에 맞는 집을 지어 자연 속에서 유유자적하며 소박하게 살라는 교훈과 인생의 경영 철학이 담긴 말이었다고도 볼 수 있다.

　호남의 송순과 같은 시기에 살던 영남의 회재 이언적은 41세 되던 해인 1532년에 경북 안강읍 옥산리에 '독락당(獨樂堂)'을 지어 살았다. 영조 개념에 비추어 볼 때, 선비 정신의 거경궁리(居敬窮理)*와 자연에 대한 관조[營]가 안채의 은일함과 자계를 향한 계정의 유적함으로 발현[造]됐다고 볼 수 있다.

　학창 시절 독락당 계정(溪亭)의 사진을 접하고 마음속으로 얼마나 그 공간을 동경했는지 모른다. 그 은밀한 자연과의 대화, 당호의 의미에 걸맞은 적절한 형식, 당시 일반적인 형식을 벗어나 있지만, 선대(先代)로부터 후대에 이

면앙정

독락당

* 마음을 경건하게 하여 이치를 추구한다는 뜻으로, 성리학에서 중시하는 학문수양 방법을 가리키는 유교용어.

르기까지 필요에 따라 증·개축하면서도 공간의 질서와 품위를 잃지 않고 사연과 조화를 이루고 있다. 오히려 일정한 형식에 얽매이지 않는 자유 정신과 조화로움이 더욱 빛을 발하고 있다고 생각한다.

자연을 존중하며 자연과 함께 사는 풍류정신, 회재 선생의 가르침은 문(文) 뿐만이 아니라, 집의 형식으로 남아 있다. 그것은 자신이 궁구(窮究)**한 체(体)인 이(理)가 용(用)인 집(家)으로 화(化)한 셈이었다. 그의 성리학적 성찰인 이(理) 설과 태극 개념보다, 그 정신이 자신의 집에 실제 공간으로 구현됨으로써, 오백 년이 지난 지금까지 우리에게 체득할 수 있는 산 교훈을 주고 있다.

회재 선생이 머물던 그때는 계정(계단 앞에 있는 뜰) 앞 자계천이 얼마나 더 맑고 그윽했을까? 고즈넉한 정취가 눈앞에 선하다. 그 유유자적한 영역에서 홀로 하룻밤을 보내며 자계의 서늘한 바람 소리와 물빛에 취하고, 하늘의 별을 바라보고 싶다.

올 때는 흰 구름 더불어 왔고, 갈 때는
둥근달 따라서 가네,
오고 가는 그 주인은 마침내 어느 곳에
있는고?

산길에서 우연히 맞닥뜨린 서산대사의 선시가 적힌 목판 비문을 떠올리며, 새삼 '건축' 문화와 '영조' 문화의 차이와 의미를 되새겨 본다.

** 깊이 파고들어 연구함.

어느 날 내 꿈속에 면앙정 새가 나타나 한탄했다.

내 잠시 세상에 나갔다 다시 돌아온다 했는데, 날 두고 그새 어디로 가고 없는가?
자네도 흰 구름 따라 갔는가, 달빛 따라 갔는가?
하늘을 우러르고 땅을 아우르며 품었던 그 호연지기,
그 꿈들은 모두 어디에 두고 갔는가?

자연과 더불어 세상을 아름답게 경영하며 살던 선조들의 삶이 얼마나 격조 있는지, 시샘이 날 정도다. 그래서 나는 세우고 쌓는 기술적 측면만 강조된 '건축(建築)'이란 언어보다 이 땅의 선조들이 써왔던 삶과 집의 경영에 대한 뜻을 담고 있는 '영조(營造)'가 한결 더 품위있고, 인간적이며 문화적 스펙트럼이 넓은 개념의 언어라고 생각한다.

18세기 유럽을 봉건제의 어둠에서 자유민권 사상으로 일깨웠던 장 자크 루소(Jean-Jacques Roussea, 1712~1778)는, 자연은 인간을 선량하게 만들었는데 사회가 인간을 사악과 노예와 불행으로 몰아넣었다고 비판하며 상실된 '인간성 회복'을 위해 '자연으로 돌아가라'고 했다.
그 말에 공감한다. 21세기인 오늘날에도 여전히 유효한 말이기에.
이 땅의 사람들은 근대 이전까지 최치원 선생의 말대로 삼교(유, 불, 선)를 아우른 '풍류정신'으로 삶을 영위하며 자연주의적 삶을 살아왔다. 하지만 근대 이후의 삶과 역사를 보라. 혹자는 풍류가 얼마나 과거 지향적인 한가로운 말인 줄 모르냐고 핀잔할지도 모른다. 인간도 복제가 가능한 가공할 시대에 풍류라니, 자연으로 돌아가라니……. 그럼에도 나는 여전히 풍류를 꿈꾼다. 자연으로 돌아가야 하는 것이 진리임을 믿는다.

<면앙정의 새>

2) 풍류미학(風流美學, Aesthetics of Pungryu, wind & flow)

풍류는 그저 하릴없이 노니는 사람이나 여홍 삼아 하는 일이지, 요즘 같은 첨단 정보 시대에 풍류 타령이라니, "웬 정신 나간 소리요?" 하는 사람들도 있을 것이다. 풍류를 시대에 뒤떨어진 자의 자위 수단이거나 은신 수단 정도로밖에 생각지 않는 세태 때문이다.

그러나 풍류 기질은 이 땅 사람들의 타고난 천성인 듯싶다. 행락철만 되면 전 국토가 풍류로 넘실대는 걸 보라. 풍광 좋은 곳이면 어김없이 노랫소리, 장구 소리로 범벅이 되고, 화랑의 후예들은 그 리듬에 맞춰 춤추며 모두 도원경에 든다. 신들린 무당처럼 덩실덩실 하나로, 술과 노래와 춤과 인간과 자연이 모두 하나로. 신기한 광경이다. 이러니 풍류를 타고났다 할밖에. 이 또한 핀잔받을 말이다. 이는 풍류의 진수를 잘 알지 못하고 하는 소치이기 때문이다. 아무려면 풍류가 고작 여홍의 노랫가락이란 말이더냐.

일찍이 풍류를 가리켜 이 나라의 현묘한 도(道)라고 한 신라의 최치원(崔致遠, 857~?)선생이 쓴 난랑비서(鸞郞碑序)*를 보면, 풍류는 동양의 삼교(유, 불, 도)를 두루 포함하고 있는 심오한 사상이라 할 수 있다. 그 연원은 선사(仙史)에 상술되어 있는데, 고대로부터 이어온 한민족 고유의 사상이며, 이를 통해 '화랑'은 삼국을 통일할 수 있었다고 한다.

그 후로 많은 석학은 풍류를 신선도(神仙道) 이상인 자연과 인생과 예술이 혼연일체가 된 삼매경에 대한 심미적 표현이고, 면면히 이어져 온 한민족의 문화 기초 이념이라 했다. 그러니 어찌 함부로 풍류를 단순히 유희로 폄훼

---

* 신라 말기 최치원이 지은 화랑 난랑의 비석 서문. 전문은 전하지 않고, 일부가 『삼국사기』 진흥왕 37년(576) 조(條) 기사에 인용되어 있다.

하여 말할 수 있겠는가.

유감스럽게도 풍류는 오늘날 우리의 주된 관심 사항에서 멀리 벗어난 화두가 되었다. 이젠 사상이라기보다 '풍치가 있고 멋스럽게 노는 일'이라는 사전 해석처럼 단지 하나의 현상을 지시하는 언어로 전락하고 말았다. '난랑비서(鸞郞碑序)'의 언급에 비하면 사상의 퇴락이요, 소멸이라 해도 과언이 아니다. "거 무슨 당치 않은 말이오. 동학과 3·1운동이 모두 풍류정신의 발현이며, 이젠 일상 속에 보편화된 정신이므로 굳이 일삼아 말하지 않고 있을 따름이지, 전락이라니, 어불성설이오"라는 말이 들릴 것만 같다.

그러나 나는 지금 풍류라 하면 논리적이고 합리적인 철학적 개념에 앞서 유람하는 나그네와 함께 시구부터 떠오른다. 풍류라는 언어가 이젠 사상을 지칭하는 이념적 언어라기보다는 문학적이고 시적인 이미지가 더 크기 때문일 것이다. 그런데 왜 하필이면 자연 현상의 하나인 '바람과 흐름'으로 그 심오한 사상을 대변하게 했을까? 자연주의적 사상을 표상하기 위해서인가?

최남선(崔南善, 1890~1957)은 풍류를 하늘의 광명을 뜻하는 '밝다'의 '붉'에서 유래된 우리말의 '불' 또는 '부루'를 한자로 전음한 데서 비롯됐다고 했다. 그러나 표의문자인 한자로 표기함에 있어 단지 소리만이 고려되었을까? 혹 광명에 바람의 의미를 함께 함의하고자 한 것은 아니었을까, 하는 혐의를 두게 된다. 또 오랫동안 사용해 온 언어이고 보니 그동안 많은 의미 변화가 있었을 터, 어원이 의미 모색에 특별히 장애 요인이 되었을 수도 있다.

언어학적으로 풍류라 하면 청각적 이미지와 함께 바람과 음악이 떠오르고 뒤이어 구름과 나그네가 연상된다. 그만큼 풍류의 의미는 바람과 결코 무관할 수 없다. 오히려 바람은 광명이라는 개념과 함께 곧 풍류의 요체요, 내포된 의미를 탐색할 수 있는 핵심 용어라 하겠다. 광명과 바람, 의미를 하나로 결합하면 결코 어둡고 차가운 바람이 아닌 밝은 바람이요, 빛나는 바람이다.

바람은 만물을 구성하는 4대 요소(흙[地], 물[水], 불[火], 바람[風]) 중 하나이다. 보이지 않으나 나타나고, 잡히지 않으나 느낄 수 있는 존재로서 흘러 미치는 곳은 광대무변(廣大無邊)하고 끝이 없으며, 흐름은 무궁하여 쉼이 없다. 공간처럼 보이지도 않고 시간처럼 멈추지도 않는다. 실로 '무한성'과 '영원성'을 공유한 존재다.

그러나 바람의 존재는 물과 불과는 다르다. 물과 불은 수평 또는 수직으로 일정하게 정해진 한 방향으로 흐른다. 이에 반해 바람은 일정한 방향이 따로 없다. 예측할 수 없이 전방위로 종횡무진한다. 어떤 방향에도 얽매이지 않는 바람 특유의 '자유성'이다.

또 바람은 다양한 소리를 낸다. 온갖 사물을 악기 삼아 연주한다. 낙엽 지는 소리, 파도 소리, 별이 바람에 스치우는 소리 등, 바람은 우주와 함께 끝없는 교향악을 협주한다. 바로 바람이 지니고 있는 '음악성'이다.

그리고 바람은 영원히 멈추는 법이 없다. 상하좌우, 동서남북, 끊임없이 어디론가 움직인다. 고요히 있다가도 힘차게 격동하고 거침없는 춤사위처럼 멈추듯 나아가고, 나아가듯 사라진다. 바람의 '역동성'이다.

그뿐인가. 바람은 모든 것을 데리고 오기도 하고 가기도 한다. 구름과 비를 부르며 향기를 실어와 풍요와 흉작, 평화와 풍파, 성장과 쇠락 등 온갖 변화를 일으키고 계절을 만든다. 이는 죽음을 부르기도 하고, 생명을 부여하기도 하는 바람이 지니고 있는 '조화성'이다.

그래서 영원성과 무한성의 존재인 바람을 두고 우주의 기운을 상징하는 존재요, 호흡이며 노래요, 춤이라 하였다.

그런데 과연 풍류는 바람인가?

'풍류신학'을 창시한 유동식(柳東植, 1922~2022) 교수는 풍류를 이 땅의 고유한 정서인 '한'과 '멋'과 '삶'으로 풀었다. 바람이 지니고 있는 무한성과 영원성은 '한'으로 이어진다. 무한과 영원한 존재는 우주다. 우주는 만물을 포함하고 있는 하나인 동시에 전체다. 이 하나의 전체가 원융(圓融)*을 이루는 것이 '한'이다. 음악성과 자유성은 '멋'으로 이어진다. '멋'에는 흥겨운 율동과 일탈의 자유 정신이 들어있다. '멋지게'는 곧 '흥겹게'이고, 제멋에 논다거나 멋대로 하라는 경우는 자유를 말한다. 음악에 맞춰 자유롭게 노래하고 춤추는 모습을 상상해 보라. 가무를 통해 몸과 마음을 수련하며 조화를 취하는 것이 멋이다. 조화성과 역동성은 '삶'으로 이어진다. 삶이란 곧 생명이다. 이는 나와 너 그리고 인간과 자연과의 보상적 관계에서 비롯된다. 안과 밖의 교류가 이루어내는 역동적 호흡 운동이며 태극의 조화다. 이러한 역동적 상생을 추구하는 것이 삶이다.

원융을 이루는 '한'은 풍류의 자연관이자 생태적 이상이고,
조화를 취하는 '멋'은 풍류의 예술관이자 개인적 소양이며,
상생을 구하는 '삶'은 풍류의 인생관이자 사회적 태도이다.

이것이 이 땅의 사람들에게 면면히 이어온 '풍류정신'일 것이다. 나는 팔도에 두루 산재해 있는 누(樓)와 정(亭)의 건축이 풍류정신이 깃든 영조문화의 대표적인 건축 형식이며, '풍류 미학'과 사상이 형상화된 결집체라고 생각한다.

누와 정은 산수 좋은 경관 속에 지은 집으로, 시공(時空)을 통해 자연과 합

* 모든 현상이 각각의 속성을 잃지 않으면서 서로 걸림 없이 원만하게 하나로 융합되어 있는 모습. 한데 통하여 아무 차별이 없음. 원만하여 서로 막히는 데가 없음.

일을 이루고자 하던 삶의 반영이었으며 자연과 보다 고차적인 관계를 맺기 위한 문화공간이었다.

그 쓰임은 '삶, 앎, 놂, 풂, 빎' 전반에 걸쳤는데, 경관을 조망하고 완상하며 유유자적하던 '삶'의 휴식공간이었고, 학문을 강학하고 심신을 수련하며 무술을 연마하던 '앎'의 교육공간이었다. 풍류를 즐기며 시가를 짓고 노래하던 '놂'의 창작공간이었고, 마을 공동체의 회합과 두레 활동에 쓰이던 '풂'의 집회공간이었으며, 자연을 관조하고 명상하며 선계(仙界)를 넘나들던 '빎'의 초월공간이었다.

유심히 보지 않으면, 누와 정은 서로 별 차이가 없어 보인다. 그러나 자세히 살펴보면 성격, 위치, 기능, 형식 등에 상당한 차이가 있음을 알 수 있다. 누와 정은 우리 삶의 날숨과 들숨의 건축적 현현으로 원심력과 구심력을 지닌 두 힘의 거점이었다. 무엇보다 근본적인 차이는 사회적 요인보다 자연을 대하는 태도와 성정에서 기인하는 것처럼 보인다. 풍류와 음양사상과 자연을 관조하는 사고 경향의 정신적 차이도 장소 형성에 영향을 미친 요인이 아닐까 하는 생각이다.

누는 노출된 곳에 있는 큰 규모의 집으로, 주로 회합을 위한 공적 영역이다. 정은 은폐된 곳에 있는 작은 규모의 집으로, 주로 휴식을 위한 사적 영역이다. 대체로 높은 곳이나 산정에 위치한 누는 상향 개념의 거처로 머리이며, 하늘(天)을 지향하는 지(知)의 수련장으로, 우주로 끝없이 이어진 공간의 무한성을 표상한다. 이에 비해 대체로 낮은 물가나 계곡에 위치한 정은 하향 개념의 거처로 가슴이며 땅(地)을 지향하는 명(明)의 수련장으로, 우주로 쉼 없이 흐르는 시간의 영원성을 표상한다.

누가 창문을 열고 자연을 바라보며 자아를 생각하는 자를 위해 마련된 장소라면, 정은 닫힌 창문에 투사된 자신을 바라보며 우주를 생각하는 자를

촉석루

부용정

누: 원경 조망

정: 근경 조망

누 개념도

정 개념도

위해 마련한 장소이다. 또 누가 자연을 대응적 자세로 멀리 넓게 조망하며 사유하는 원(遠)의 장소라면, 정은 자연을 순응적 자세로 가까이 좁게 관상하며 사유하는 심(深)의 장소라고 할 수 있다.

누가 수직의 존재로 양(陽)이요, 외(外)라면, 정은 수평의 존재로 음(陰)이요, 내(內)다. 이 내외를 통해 인간은 자연과 '하나'가 되었다. 자연이 곧 나요, 내가 곧 자연이 되었다. 그곳에서 홀로 때로는 모두 춤과 노래로 자연에 드나들고 달과 물에 스며들어 일과 놀이로 어우러져 하나로 융합되었다.

이러한 원융의 정신은 우(宇)와 주(宙)를 '누리'라 하고 다(多)와 일(一)을 '한'이라 하고 문자를 글이라 하듯, 누와 정의 두 뜻을 모두 함의하는 단일한 우리말을 지어냈을 법도 하다.

이와 같이 풍류란 둘이 모여 대립하는 것이 아니라, 모여 하나가 되는 소통의 나눔이며 섞임이다. 섞임의 조화를 이루는 통합의 정신이다. 이러한 통합의 정신이 모정(茅亭)을 중심으로 공동체 사회를 결속해 주던 '두레'를 형성했다. 이때 모정은 일을 위한 회합 장소였고, 평야에 그늘을 지어주던 일터의 휴식 장소였으며, 굿판과 농악으로 흥을 돋우던 놀이 장소였다. 일과 놀이와 휴식이 어우러져 하나로 융합되던 장소였던 것이다.

그렇게 자연과 합일을 이루었던 '풍류정신'은 지금 어디로 갔는가? 이제 우리 사회에서 '풍류정신'은 안타깝게도 소멸의 위기에 처해 있는 듯하다.

보라, 더 이상 원융과 상생과 조화의 정신이 설 자리가 없다. 욕망이 번득이고 파괴가 자행된다. 그리고 시간이 흐를수록 이러한 현상은 더욱 심화되고 있다.

오늘날은 이와 같이 자연과 인간이 대립하고 나아가 정신과 몸이 이완되고 일과 놀이가 격리되어 삶이 기계처럼 운용되는 참담한 상황에 처했다. 이는 현대의 물질문명과 과학 정신이 이루어 놓은 가치관을 무비판적으로 추송한 데서 비롯되었다고 나는 생각한다. 삶은 피폐해지고 소외와 단절 속에 공동체 의식이 소멸되어가는 작금의 시대는 급기야 공멸의 위기에 처해 있다.

돌아오라 '풍류정신'이여, 다시 우리 곁으로.

안과 밖이 하나로 연결되어 끊임없는 율동으로 넘나드는 뫼비우스의 고리와 같이 이곳에선, 이원적 대립 관계가 '우리'라는 일체적 원융 관계로, 이기적 상대 관계가 '함께'라는 이타적 상생 관계로, 투쟁적 모순 관계가 '노래'하는 친교적 조화 관계로 변해 내가 네가 되고 유(有)가 무(無)가 되고 주(主)가 객(客)이 되고 이곳과 저곳이 함께 만나 서로 다르지 않은 일행임을 알게 되기를 바란다. 이 '풍류정신'이야말로 현대가 앓고 있는 중병에 대한 처방일지도 모른다.

나의 건축은 자연과 조화를 이루려는 풍류정신이 기초 이념이다. 풍류정신은 내 모든 건축의 저변을 관류하는 응시(관조)와 소요(사색)의 모습으로 스며있다. 누정 건축을 본받아 특히 은평구립도서관 설계에선 누(응석대)와 정(반영정)을 만들었고 옥상을 정원으로 꾸며 사색할 수 있도록 산책로를 조성했다.

은평구립도서관 응석대와 반영정

2. 인간 행위에 대한 물음

대학을 졸업하고 대전에서 서울로 올라와 일하게 된 첫 근무처는 정일엔지 니어링 건축설계사무소였다. 그곳에서 우경국 선배를 만나 건축에 대한 많은 문답을 나누었다. 야외에 나가 쉴 돗자리를 펼 때, 장소부터 선택하게 되는데, 그게 건축의 시작이다. 건축을 제대로 알려면 공간을 알아야 하고, 공간을 알 려면 '공'과 '간'부터 알아야 한다. 그렇게 마주한 '공(空)'에 대한 공부!

그 난해한 공부를 하며 불경을 뒤지고 칸트(Immanuel Kant, 1724~1804)를 찾 다가 드는 생각이 '건축공간에서 이루어지는 그 수많은 행위는 어디에서 비 롯되는 것일까?'였다. 삶은 결국 어떤 행위의 연속이고 그 집합일 터, 본능일 까? 욕망일까? 의지일까? 충동일까? 예정된 운명일까? 아니면 그 무엇일까?

이립(而立)의 나이를 지나면서 이런 생각들 속에 골똘히 몰입해 있다가, 내 개인 사무실 '맥'을 열며 본격적으로 그 물음의 답을 찾아 나섰다. 인간의 행 위와 집의 상관관계를 정리하기 위해 기초가 되는 행위들을 어떻게 찾아 어 떤 기준으로 분류할 수 있을 것인지, 또 어떻게 범주화할 수 있을 것인지, 묻 고 또 물었다.

철학자 하이데거(Martin Heidegger, 1889~1976)는 '언어는 존재의 집'이라고 하였 다. 그래서 그 문제를 풀 수 있는 답은 언어라고 생각했다. 무엇보다 언어가 내 생각의 타당성을 확보하는 지름길이 될 것이라고 생각했다. 수천 년간의 다양한 행위들이 결국은 언어에 화석처럼 고스란히 남아 있을 것이기 때문 이다.

우선 사람이 살아가는 동안 어떤 일에 가장 많은 시간을 할애하며 사는지 를 먼저 생각했다. 밥 먹고 싸고 잠자는 시간, 공부하는 시간, 노는 시간, 일 하는 시간, 빌며 기도하는 시간 등이 떠올랐다. 이에 관한 우리말을 탐색하기 시작했다. 특히 기초적이고 근본적이 행위를 대변할 수 있는 언어는, 현재까지 지속적으로 사용되고 모든 품사 변용이 가능한 명사형이어야 한다고 생각했다. 근본이 되려면 모든 변화 가능성을 수렴하고 있는 기본형이어야 했다. 그에 부합하는 언어가 현재까지 실제 사용되고 있어야 근본이라는 임상적 입증의 방증이 되기 때문이다.

그렇게 해서 네 개의 명사형 단어 '삶', '앎', '놂', '빎'을 찾을 수 있었다. 그러나 일과 노동에 해당되는 단어에서 막혔다. 삶, 앎, 놂, 빎 네 단어는 모두 동사, 형용사 등 품사 변용이 가능한데, 누구도 '일은 '읾'이라고 하지 않거니와, 일다, 일어서 등 품사 변용이 전혀 되지 않았다. 오랫동안 노심초사하며 찾아봤지만, 쉬이 떠오르지 않았다. 한동안 품사 변용이 가능한 일과 관련된 단어는 애당초 없는 것이라며 포기하고, '일'은 그저 사는 일, 아는 일, 노는 일, 비는 일 모두에 공통으로 해당되는 단어일 뿐이라고 생각했다. 그리고 몇 년이 흘렀다,

그러다가 불혹을 넘긴 어느 날 문득 품삯이라는 단어가 떠올라 무릎을 탁 쳤다. 옳다. 이거구나. 품삯이 일삯 아닌가. '풂'은 풀다, 풀어서, 풀으니, 풀고, 푼, 풂 등 모든 품사 변용이 가능한 단어였다. 문제와 오해와 원한 등을 푸는 것은 정신적인 일이요, 몸을 풀고 짐을 푸는 것은 육체적인 일이다. 그렇게 하여 나의 '삶, 앎, 놂, 풂, 빎' 오행이 완성되었다. 그 뒤, '삶'의 행위는 생명을 보존하려는 것에서 비롯된 행위로 사람의 '몸'과 관련된 언어이고, '앎', '놂', '풂'은 지성, 감정, 의지의 현현에서 비롯된 행위로 사람의 '맘'과 관련된 언어이며, '빎'은 정신의 추구에서 비롯된 행위로 사람의 '얼'과 관련된 언어임을 알게 되었다.

그렇게 답을 찾고 보니, 몸과 맘과 얼 세 가지는 사람이라면 마땅히 갖추고 있어야 할 인간의 3대 필수 구성요소였다. 나는 이를 물리학적 관점에서

몸은 입자, 맘은 물성, 얼은 파동에 비유하며, '몸'은 공간태, '맘'은 인간태(자아태), '얼'은 시간태라고 정의하기에 이르렀다.

| 삶 | 앎 | 놂 | 폶 | 밟 |

그런데 어느 날 문득, 이 다섯 개념에 공자(孔子, BC 551~BC 479)의 인, 의, 예, 지, 신 '오상'이 겹쳐 떠올랐다. 그제서야 깨달았다. 공자가 '삶'에서 인(仁)을, '앎'에서 지(智)를, '놂'에서 예(禮)를, '폶'에서 의(義)를, '밟'에선 신(信)의 중요성을 언급한 것이었구나! 내가 공자를 좇아 행위 범주를 우리말로 확인하고 정리한 셈이 됐구나 싶었다. 내가 찾은 다섯 개념이 행위의 근본 범주에서 과히 벗어나지 않았다는 확신을 더욱 분명하게 해주는 순간이기도 했다.

그리하여 사람의 근본 행위를 '삶, 앎, 놂, 폶, 밟' 다섯 범주로 분류해 이를 '오장(五場)'이라고 칭하고, 삶과 집을 경영하는 데 지향해야 할 바를 '나(我)'와 '집(家)'의 오장으로 정리했다. 이 둘을 합한 개념을 '아가오장(我家五場)'이라고 비로소 이름지었다.

1) 아가오장(我家五場, AGA 5JANG-Person & House 5 Place)

집(家)의 오장

신학기가 되면 내가 가르치고 있는 대학생들에게 가스통 바슐라르(Gaston Bachelard, 1884~1962, 프랑스 철학자)의 『물과 꿈』, 지오 폰티(Gio Ponti, 1891~1979, 이탈리아 건축가)의 『건축예찬』, 막스 피카르트(Max picard, 1888~1965, 독일 작가)의 『침묵의 세계』 등을 읽게 하고 '물 위 집'과 '자신이 살고 싶은 집'이라는 주제로 첫 설계 과제를 준다.

THE PHILOSOPHY FOR PENTA PLACE OF ARCHITECTURE
집(家)의 五場
|

空間態		人間態		時間態
몸		맘		얼
肉體		自我		靈魂
氣運	知性	感情	意志	精神
삶	암	늠	品	빔
安息	修行	創造	經營	祈願
領域	槪念	構造	體係	哲學
環境	原理	形態	機能	思想

< 對立 과 葛藤 >

自然	直觀	卽興	臨時	傳統
人文	分析	計劃	恒久	革新
保全	感性	自由	個別	保守
開發	理性	節制	集團	進步

< 價 値 >

快適性	妥當性	創意性	有用性	固有性
安定性	論理性	審美性	倫理性	時代性
持續性	本質性	調和性	公益性	志向性

MESSAGE IN ARCHITECTURE TO COSMOS

'집' 설계가 쉬워서가 아니다. 수묵화를 배울 때, 매난국죽(梅蘭菊竹) 중에서 난부터 치고, 서예는 한 일(一) 자부터 쓰듯, 건축 수업은 '집'부터 설계해야 하기 때문이다. 가장 단순한 일(一) 자 쓰기가 어렵듯 건축설계도 실상은 '집'이 기본이면서도 가장 어려운 과제다. '집'은 여느 일반 시설과 달리 공간을 사용할 대상이 특정되어 있다. 이와 더불어 '집'이 갖추어야 할 보편적인 가치도 함께 고려해야 하기 때문에 더욱 어렵다.

'집' 설계가 어려운 과제일지라도 초보자에게 이 과제부터 주는 이유는 학생들 자신이 어릴 적부터 직접 체험하며 살아오고 꿈꾸어 오던 '집'을 그림 그리듯 그려가면서 한 걸음씩 건축으로 다가가는 것이 자연스럽고 수업에 효과적이기 때문이다. 졸업 후 사회에 나가 건축 설계에 심취할수록 점차 '집'이 건축의 근본이고 가장 어려운 과제임을 스스로 되새김질하며 깨치게 될 것이다.

어느 날 서울시가 건축상 제도를 시행한 지 40회가 되는 해라며, 이를 기념하기 위해 '서울건축문화제' 집행부에서 나에게 인터뷰를 요청한 적이 있다.

"요즘 학생들이나 대다수 젊은 사람들은 진지한 걸 어려워해서 철학적이고 예술적인 이야기를 하면 그 이야기 자체만으로 거부감을 갖는다"고 하면서, "요즘 젊은이들이 거부감 없이 들을 수 있는 예술적이고 철학적인 건축에 대한 이야기와 더불어, 건축가로서 다가가기 위한 태도는 무엇이라고 생각하시나요?"라는 질문을 받았다. 그 질문에 대한 답을 다시 정리해본다.

젊은 건축인들이여, 어찌 생각 없이, 철학 없이 아름다운 건축, 멋있는 건축, 좋은 건축을 지을 수 있겠는가?

나는 그것들이 인간의 세 가지 심적 요소인 지(知), 정(情), 의(意)에서 비롯된 말로, '아름답다'는 지성(知)에서, '멋지다'는 감정(情)에서, '좋다'는 의지(意)에서 각기 나온 말이라고 생각한다.

아름다움은 '앎'이다. '앎'이 즉 '알음'이고, '알음답게'가 '아름답게'이며, '알음다움'이 '아름다움'이기 때문이다. 그래서 '아름답다'란 대상의 가치가 참된 '앎'에 이르렀다고 평가하는 최고의 지적 찬사다.

'멋있다'란 대상의 가치가 감흥이나 신명을 불러일으켜 미적 공감을 자아낼 때 감정에서 터져 나오는 탄성이다.

'좋다'와 '나쁘다'는 의지의 윤리적 판단에서 비롯된 것으로, 나쁜 것은 이기적인 '나'만 생각하는 건축이다. '나뿐'인 것은 욕심이며, '좋다'란 모두에게

<집>

이롭고 의로운 상생의 가치를 지녔을 때 절로 나오는 말이기 때문이다.

그러하니 어찌 생각 없이, 철학 없이 진정한 아름다움과 멋과 좋음을 획득할 수 있으리오.

감각적인 외관 디자인에만 몰두하는 건축은 일시적인 즐거움을 제공할지는 모르나 오래가지 못한다. 건축가란 디자인보다 그 시대의 아름답고 멋있고 좋은 '삶'에 대한 다양한 건축적 플랜을 제시할 수 있어야 한다. 하여, 삶, 앎, 놂, 풂, 빎 다섯 범주에서 파생되는 다양한 갈등과 이념의 대립적 행위와 가치를 살펴 인류가 땅과 하늘을 만나 아름다운 집을 짓고 거룩한 장소를 지을 수 있도록 인도할 수 있어야 한다. 그리 할 때 인류의 오행이 자연과 함께 우주의 역사를 짓게 될 것이다.

"삶"은 안식(安息)의 장을,

"앎"은 수행(修行)의 장을,

"놂"은 창조(創造)의 장을,

"풂"은 상생(相生)의 장을,

"빎"은 기원(祈願)의 장을.

— 삶의 행위는 사람의 육체에 기운이 있어 건강하게 생명을 유지하고자 하는 '사
　는 짓'이다

그것을 나는 〈안식〉을 위한 행위라고 하고,

— 앎의 행위는 사람의 자아에 지성이 있어 진정하게 진리를 탐구하고자 하는 '아
　는 짓'이다.

그것을 나는 〈수행〉을 위한 행위라고 하고,

— 놂의 행위는 사람의 자아에 감정이 있어 신명나게 자유를 표현하고자 하는 '노

는 짓'이다.

그것을 나는 〈창조〉를 위한 행위라고 하고,

— 품의 행위는 사람의 자아에 의지가 있어 평등하게 평화를 공유하고자 하는
　'푸는 짓'이다.

그것을 나는 〈상생〉을 위한 행위라고 하며,

— 빎의 행위는 사람의 영혼에 정신이 있어 순수하게 이상을 지향하고자 하는 '비
　는 짓'이다.

그것을 나는 〈기원〉을 위한 행위라고 한다.

나는 늘 나의 건축 화두 삶, 앎, 놂, 품, 빎의 가치를 내 설계에 어떻게 반영
해야 할지 고심한다.

"삶"의 가치는

안정적인 쾌적성의 지속성을 살피고,

"앎"의 가치는

논리적인 타당성의 본질성을 살피고,

"놂"의 가치는

심미적인 창의성의 조화성을 살피며,

"품"의 가치는

윤리적인 유용성의 공익성을 살피고,

"빎"의 가치는

현대적인 고유성의 지향성을 살피리.

그러나 여태 나는 나를 위해 설계한 집에서 살아 본 적이 없다. 그래서 늘

<나무와 집>

마음속에 나의 집이 오롯이 남아 있나. 어쩌면 젊은 날 꿈꾸었던 집이 나를 이곳까지 이끌고 왔는지 모른다.

오랜 세월의 흔적이 그윽한 느티나무 고목 옆에 작은 2층집을 지어 사랑하는 아내와 함께 자식들 키우며 사는 꿈……. 집과 나무 사이엔 널찍한 다리를 걸고, 가지엔 이쁜 새집도 지어주고, 풍경도 매달고, 안락의자 하나 나무 위에 걸쳐 놓으리라. 귀뚜라미 우는 가을밤엔 다리에 누워 밤새 별을 따기도 하고 달님에게 가보리라. 하얀 눈이 소복이 쌓이는 겨울이 되면 산타가 잠시 쉬었다 갈 수 있게 나뭇가지에 붉은 양말도 매달아 놓고, 봄이면 따사로운 햇살을 받으며 졸기도 하다가, 여름엔 나무 그늘 밑 안락의자에 비스듬히 누워 책을 보거나 흰 뭉게구름을 바라보며, 하늘을 품는 꿈을 꾸리라.

아, 그러나 …… 나는 바보처럼 여태 꿈속에서만 살았다.

나(我)의 오장

늘 아득하다고만 생각했는데 어느덧 고희(古稀, 70세)를 넘겼다. 지나고 보니 바람처럼 덧없다. 오늘날 두보(杜甫, 712~770) 선생이 현존한다면 고희를 뭐라고 할까?

매화나무 아래서 술잔을 기울이며 꿈같이 지나간 시간을 돌아본다.

내가 한세상 살며 몸과 마음이 병들지 않도록 '인간 생명의 존엄성'을 알아가며 '건강'하게 유지하는 과정이 나의 '삶'이었고,

내가 이 지구에 유아독존하는 존재로 태어나 '세상의 진리'를 알아가며 '진정'하게 탐구하는 과정이 나의 '앎'이었고,

내가 서로의 멋과 맛이 다른 가치의 혼돈 속에 '자아의 자유'를 알아가며 '신명'나게 표현하는 과정이 나의 '놂'이었고,

내가 세상과 더불어 살며 갈등과 전쟁 속에서 '인류의 평화'를 알아가며 '평등'하게 경영하는 과정이 나의 '品'이었고,

내가 세상의 빛을 향해 나가며 모두가 꿈꾸는 '궁극의 이상'을 알아가며 '순수'하게 지향하는 과정이 나의 '밞'이었다.

나는 일생

'삶'의 힘은 극(克)의 견딤으로 안과밖을 아우르고,

'앎'의 뜻은 허(虛)의 비움으로 말과글을 깨다르고,

'놂'의 멋은 자(慈)의 사랑으로 맛과멋을 다스르고,

'品'의 일은 균(均)의 고름으로 삯과몫을 추스르며,

'밞'의 꿈은 경(敬)의 섬김으로 너와나를 우러르라.

하였더니,

공자는

'삶'의 힘은 인(仁)의 어짐으로 선량하게 아우르고,

'앎'의 뜻은 지(智)의 밝음으로 현명하게 깨다르고,

'놂'의 멋은 예(禮)의 바름으로 공손하게 다스르고,

'品'의 일은 의(義)의 옳음으로 정당하게 추스르며,

'밞'의 꿈은 신(信)의 믿음으로 성실하게 우러르라,

하더이다.

논어 첫머리에 적힌 글이 "배우고 때로 익히면 즐겁지 아니한가"라고 했던

THE PHILOSOPHY FOR PENTA PLACE OF PERSON

나(我)의 五場

空間態		人間態		時間態
몸		맘		얼
肉體		自我		靈魂
氣運	知性	感情	意志	精神
삶	앎	늚	뜲	빎
維持	探究	表現	經營	志向
環境	教育	文化	經濟	理念
建康	眞正	神明	平等	純粹
安息	修行	創造	相生	新願
氣	理	格	德	道
自生	自省	自由	自律	自尊
自活	自覺	自在	自立	自愛
숨	참	흥	땀	넋
아우름	깨다름	다스름	추스름	우러름
힘	뜻	멋	일	꿈
키움	배움	나눔	도움	가꿈
生命	眞理	自由	平和	理想

MESSAGE IN ARCHITECTURE TO COSMOS

가. 그러나 그 배움의 성취가 무엇이든 실천이 없다면 모두 부질없는 것일 뿐, 그 무엇에 쓸꼬?

자생자활(自生自活) 아우르는 '삶'이 나의 길이요,

자성자각(自省自覺) 깨다르는 '앎'이 나의 길이며,

자유자재(自由自在) 다스르는 '늚'이 나의 길이고,

자율자립(自律自立) 추스르는 '뜲'이 나의 길이며,

자존자애(自存自愛) 우러르는 '빎'이 나의 길일뿐.

어떠한 길을 가든 자신의 길에 어떤 시간이 얼마나 주어졌는지 그것은 누구도 알 수 없다. 오직 오늘이 있을 뿐. 인생의 길 위에서 내가 지금 어디쯤 걷고 있는지, 또 어디를 향하고 있는지, 나는 아직 나의 좌표를 알지 못한다. 아니, 알 필요도 없고 알 수도 없다. 다만, 나를 이끄는 그 무언가를 향해 걷고 있을 뿐이다.

어느 땐 지금 걷고 있는 자가 정말 나인지, 나의 실체를 찾고 있는 또 다른 존재인지, 벌써 어디론가 종적을 감춘 나의 허상인지, 잠시 혼란할 때가 있다. 다행히 아무도 나의 멍한 상태를 알지 못한다. 그런데도 가끔 나는 '나'라고 여겨지는 자에게 말을 걸 때가 있다. '네가 정말 나냐? 아, 내가 아니었구나! 바보같이, 그걸 또 물어보네.'

나는 어느 꿈속으로 멀리 떠나, 그 꿈에서 꿈처럼 깨어나 있으리니, 바람처럼 흔적 없이 이곳을 떠나고 없으리니, 나를 더 이상 찾지 마라. 누구냐고 묻지도 마라. 나는 이미 이곳에 없나니, 아득히 오래전에 걸었던 산책길을 찾아가 나는 다시 홀로 걸어 본다. 익숙한 몸짓으로.

산책길

나는 걷고 있었습니다.
익숙한 몸짓으로 늘 다니던 산책길을,
그러나 참 이상도 하지,
그날은 나무도 길도 바람 소리도
처음 만나는 낯선 풍경이었습니다.
나는 말 못 하는 이방인처럼
산책길을 헤매다가 헤매다가,

숲 그늘 속에 묻혀 있는

작은 문을 발견하였습니다.

그 문을 열고 나오니

오, 그곳엔 눈부신 태양!

하얀 구름이 푸른 바다에 떠 있고

등대처럼 나를 인도하는

유년 시절의 키 큰 플라타너스 한 그루.

나는 그곳을 향해

힘차게 걸어갔습니다.

그리고 밤이 지나고

다시 수없는 밤이 지나갔습니다.

그러나 아직 그 누구에게도

말하지 못하였습니다.

그곳을 향해 떠난 내가

그 후, 어디로 갔는지.

사실은 나도 행방을 찾고 있기 때문입니다.

몸의 오장

'아가오장'의 몸과 맘과 얼의 상관관계를 탐구하다가 어느 날 문득, 각 개념이 몸에 생리적 영역과 논리적 근거를 두고 있음을 알고 무척 놀랐다. 그 상관관계가 당연하다는 생각이 들면서도 신묘하지 않을 수 없었다. 몸의 생체 기능이 '앎, 놂, 풂' 기능으로 정확히 3등분되어 있었기 때문이다. 골반에서 척추로 이어진 두골까지를 몸을 구성하는 주체라고 했을 때, 쇄골에서 두골 상단까지는 '앎'의 기능이고, 쇄골 아래에서 흉골 하단까지는 '높'의 기능이며, 흉골 하단에서 골반 하단까지는 '품'의 기능으로 구성됐다는 것을 깨달았다. 혹자는 뭐 새로울 게 없다고 판단할지도 모르고, 또 아전인수식 해석이라고 할지도 모른다. 그러나 적어도 내 판단은 그러하다.

첫째, 쇄골에서 두골까지는 두뇌와 오관(눈, 코, 귀, 입, 혀), 그리고 전후좌우의 상황을 살필 수 있는 목이 있는 부위이다. 이 기관들은 내·외부로부터 정보와 감각을 받아들여 생명 정보를 수집하는 기능을 하는, 대자연의 질서와 이치를 탐구하는 '앎'의 영역이다.

둘째, 쇄골 아래 흉골까지는 유방과 오장(간장, 폐장, 신장, 비장, 심장)이 있는 부위이다. 이 기관들은 혈액을 만들어 저장하고 순환시키며, 노폐물을 걸러내고 산소를 호흡하는 생명기관을 작동하는 기능을 하는, 마음이 머무르며 감정을 표현하는 '높'의 영역이다.

셋째, 흉골 아래 골반까지는 성기와 오부(쓸개, 대장, 방광, 위장, 소장)가 있는 부위이다. 이 기관들은 음식을 소화시켜 영양을 흡수하고 노폐물을 배출시켜 생명기운을 공급하는 기능을 하는, 생명을 유지시키며 생식을 통하여 새 생명을 잉태하는 '품'의 영역이다.

그럼, 팔다리는 장식으로 달아놓은 것인가? 물론 아니다. 모두 주체에 딸린 부속으로서, '앎'의 영역에 머리털이 달린 것은 머리털이 레이더이니, 보이지 않는 우주의 정령과 교신해 자신의 지성을 발현하라는 것이다. '높'의 영역에 팔이 달린 것은 손과 팔을 이용해, 글, 그림, 연주, 악수, 포옹, 애무, 격투 등으로 자신의 감정을 표현하라는 것이다. '품'의 영역에 다리가 달린 것은 발과 다리를 이용해, 알고 표현한 것을 세상으로 나아가 자신의 의지를 전하고 실천하라는 것이다.

삶(안식의 장)　　　앎(수행의 장)

높(창조의 장)　　　풂(상생의 장)　　　빎(기원의 장)

몸의 오장

　　본성적 생명활동의 거점인 '앎, 높, 풂'의 세 영역을 모두 합한 '삶'의 영역은 생리작용의 총화로서, 온전한 한 인간의 물리적이고 공간적인 생명활동을 이룬다. 특히 오관, 오장, 오부가 연결된 인체를 천부경의 '운34성(運34成)'을 적용해 12등분할 때, 각 지점은 한의학의 경혈(회음, 곡골, 관원, 신궐, 중완, 거궐, 단중, 자궁, 천돌, 염천, 인중, 인당, 백회)과 일치한다. 그리고 '삶'과 영역이 동일한 '빎'의 영역도 일부 혈도(회음, 관원, 중완, 단중, 천돌, 인당, 백회)는 영성의 중심부로, 명상의 일곱 가지 '차크라(chakra)'와 일치하며, 백회로 들고나는 모든 뇌파작용의 총화로서, 삶에 방향성과 초월성을 부여하는 정신적이고 시간적인 생명활동을 이룬다.

<運34成 12등분 천지인>

2) 인생오장(人生五場, 5Place of Human Life)

누구나 언젠가 죽는다. 그래서 사람과 만물이 태어나 죽기까지의 생장성 쇠 과정을 한번쯤 생각해 본 적이 있을 것이다.

인도에서는 고대로부터 학습기(學習期), 가주기(家住期), 임서기(林棲期), 유랑기(流浪期)로 된 4단계 인생 과정이 알려져 왔고, 중국에서는 논어에서 논한 지학(志學), 이립(而立), 불혹(不惑), 지천명(知天命), 이순(耳順), 고희(古稀)의 인생 단계가 전해져 왔다.

오늘날에는 유년기, 소년기, 청년기, 장년기, 노년기로 나뉜 생장의 5단계 가 동서양에 걸쳐 널리 인용된다. 나는 이 과정을 나의 오행 '삶, 앎, 놂, 풂, 빎'과 나무에 비춰 생각해 보았다.

첫 번째 유년기는 불완전한 몸의 기초를 튼튼히 성장시켜 세상살이에 안착시켜야 함으로 부모 보호 속에서 인생의 어느 때보다 안전한 생명 활동이 필요한 정착기로, 꿈을 가꾸는 "숨" 살이 '삶'의 단계이다.

두 번째 소년기는 유년기에 성장한 몸으로 스승으로부터 배움을 얻으며 세상의 진리를 터득하는 사유 활동과 수련이 중요한 학습기로, 스스로 인생의 뜻을 세워나가며 꿈을 배우는 "참" 살이 '앎'의 단계이다.

세 번째 청년기는 소년기에 연마한 자신의 생각과 개성과 능력을 세상 사람들과 더불어 나누고 소통하며 즐기는 인생의 절정기로, 배우자를 만나 가정을 이루고 살며 꿈을 나누는 "흥" 살이 '놂'의 단계이다.

네 번째 장년기는 낳은 자식을 훈육하며 가정을 책임지고 청년기에 세운 뜻을 펼쳐가며 사회활동을 통해 세상 경영에 참여하는 수확기로, 미래를 위한 결실을 맺으며 꿈을 돕는 "땀" 살이 '풂'의 단계이다.

다섯 번째 노년기는 가정과 사회적 의무를 모두 마친 다음 세속적인 집착을 버리고 자신이 하고 싶은 일을 하며 자아를 실현해 가는 은퇴기로, 평화로운 죽음을 준비하며 꿈을 이루는 "넋" 살이 '밞'의 단계이다.

어느 날 문득 아침에 일어나 나 자신에게 물었다. 내가 세상에 나와 무엇을 했지? 생각해 보니, 평생 '삶, 앎, 놂, 풂, 밞' 다섯 마디를 찾아 그 뜻과 함께 숨바꼭질하며 놀았다. 내게 '삶'이 소중했던 것은 나에게 생명을 추구하는 몸(육체)이 있는 까닭이었고, 내게 '앎'과 '놂'과 '풂'이 소중했던 것은 나에게 진리와 자유와 평화를 추구하는 맘(자아)이 있는 까닭이었으며, 내게 '밞'이 소중했던 것은 나에게 이상을 추구하는 얼(정신)이 있는 까닭이었다.

나의 몸과 맘과 얼이 무엇인가?
나의 모든 것이 아니더냐.

어둠 속에 앉아 나를 비추는 전등을 보니, 전구는 나의 '몸'이고, 전구에 흐르는 전류가 나의 '맘'이며, 주위를 비추고 있는 빛이 나의 '얼'이었다.

나무의 오장

다음의 이미지는 인생의 5단계를 나무에 비교해 생각해 본 것이다. 세상 만물이 '천지여아동근 만물여아일체(天地與我同根 萬物與我一體)'이니, 사람과 나무의 생도 '하나'이다.

삶(안식의 장)

1단계: 한 알의 씨앗이 발아하여 단단한 땅

에 뿌리를 내리고 매년 새 움을 틔워 가며
벌, 나비와 친구 되며 하늘을 향해 무럭무
럭 자란다.

2단계: 아이들과 함께 성장하며 아이들
에게 매달리고 오르내리는 놀이터가 되어
주거나 꿈을 키워주는 추억 속의 나무가
된다.

3단계: 우람한 나무로 성장하여 매년 아
름다운 꽃과 열매를 맺고 그늘을 드리워
많은 이들의 쉼터가 되며 정자나무가 되
어 마을을 수호한다.

4단계: 꺾이고 부러진 나무줄기가 보금
자리 집으로 변모하거나 땔감이 되어 추
위에 떠는 자들을 따뜻하게 해주며 가난
한 사람을 보듬는 공덕을 베풀어 준다.

5단계: 잘린 나무줄기는 가난하고 고통
받는 영혼들을 위로하는 악기로 부활하
기도 하고, 그루터기는 지친 나그네가 잠
시 쉬었다 갈 수 있는 의자가 되기도 하면
서, 남아 있는 뿌리는 아름다운 꿈을 꾸
던 사람들의 영원한 안식처가 될 수 있기
를 기원한다.

앎(수행의 장)

놂(창조의 장)

풂(상생의 장)

빎(기원의 장)

<나무의 꿈>

3. 집의 어원에 대한 물음

현대 건축의 선구자 르 코르뷔지에(Le Corbésier, 1887~1965, 스위스·프랑스 건축가)는 "집은 삶을 담는 기계다"라는 유명한 아포리즘(명언)을 남겼다. 그런데 정녕 집이 기계일까? 질문을 하다 보니 참 이상했다.

그 중요한 우리말 '집'이 언제 어디로부터 온 말인지 어떤 사전에도 없을 뿐만 아니라 누구도 어원을 아는 이가 없었기 때문이다.

학창 시절엔 건축은 곧 '집'이다, 라고 생각할 만큼 '집'은 건축의 대명사와 같았다. 집은 일상에서 널리 쓰이는 용어로, 자연환경으로부터 몸을 보호하고, 마음을 의지하며 쉴 수 있는 안식처다. 또 '집'은 어머니의 품과 같고 태어난 자궁과 같은 곳일 터인데, 우리말 '집'의 의미를 고작해야 한자인 '집 면(宀)' 자와 '돼지 시(豕)' 자로 조합된 '가(家)'의 뜻풀이로 전하고 있을 뿐이었다. 그래서 궁금증의 끈을 놓지 않고 오랫동안 어원을 찾아다녔다.

그러던 어느 날 문득 '집'의 어원이 '짚다'의 어원과 동일하지 않을까, 하는 생각이 떠올랐다. '짚다'는 땅과 바닥, 또는 벽이나 지팡이처럼 안정된 '의지처'에 손으로 몸을 기대거나 '의지하는' 행위이다. '짚다'에 '의지처'와 '의지하다'라는 '집'의 핵심 기능이라고 할 수 있는 뜻이 담겨 있는 것이다. 이어 '짚다'라는 동사와 함께 명사인 '짚'도 있을 법하다는 생각이 들었다.

그런데 '의지처'라는 뜻을 담고 있는 우리말이 애당초 있었다면, 처음부터 '짚'이 아닌 '집'이었을 것 같다는 생각이 들었다. 왜냐면 '짚다'는 '집다'와 발음이 동일하거니와, 뜻이 혼동될 만큼 유사하고, '짚다'는 '집다'에서 파생된 언어로 추정되기 때문이다. 또 이와 유사한 언어군들인 집다, 잡다, 접다, 줍다 등의 받침이 모두 'ㅂ(비읍)'으로 형성되어 있기도 해서다.

생각이 여기까지 이르고, '짚다'와 유사한 언어들을 좀더 깊이 살펴보았다.

집다, 잡다, 접다, 줍다, 주다, 주먹, 줌 등이 '짚다'와 함께 모두 손의 작용에서 비롯된 언어들이었다. 다시 말해 그 손 작용들은, 엄지와 나머지 네 손가락 사이에 무엇인가를 끼우거나 넣고, 손가락을 오므려 쥐는 행위이다. 약간 벌린 엄지와 검지 사이가 손바닥을 세워 옆에서 보면 마치 움푹 들어간 동굴이거나 헐거의 단면처럼 보이기도 한다. 손가락을 모두 오므리면 가운데가 바가지처럼 오목하게 들어가는 작은 '움(um)'이 만들어지기도 하는 동작이다.

언어의 발생과 진화는 인체의 동작과 밀접한 관련을 맺어왔다고 생각하기에, 무엇인가를 잡을 수 있도록 취한 손동작과 오목하게 무언가 담을 수 있도록 만들어진 작은 '움'을 모두 아울러 '집'이라고 일컬었던 게 아닐까, 라는 생각이 들었다.

그 순간 오므린 두 손을 모아 물을 받아먹던 생각이 떠올랐다.

오호라, 손그릇!

손의 작은 빈 공간, 바로 그 조그만 손바닥이 만든 '움'이 '집'의 원형이었구나, 라는 깨우침에 도달한 것이다.

집다짚다
잡다쥐다
줍다젓다
접다짓다

정리하면 '집'을 포함하여 집다, 잡다, 접다, 줍다, 주다, 주먹, 줌, 짚다의 어원이 모두 '손'에서 비롯된 행위의 언어들이고, '집'은 '손'에서 파생된 이와 같은 언어의 기본형이었다는 것이다. 손으로 잡고 얻거나(TAKE), 접고 주거나(GIVE) 하는, 위에 열거한 일체의 행위가 바로 '집'으로부터 일어나는 작용들이기 때문이다.

그동안 등잔 밑이 어두웠다. 건축을 공부하며 수십 년간 그렇게 밖으로만 찾아 헤매고 다닌 '집'의 어원이 얼씨구, 바로 내 손안에 있었다. 그런 연유로 우리말 움(um)은 내가 평생 찾아다닌 '집'의 어원을 나로 하여금 알게 하고, 내게 집의 본질과 그 영혼을 선물해 준 아주 특별한 언어가 됐다.

움

'움' 자의 의미를 좀 더 깊이 살펴보고 깜짝 놀랐다. '움' 자에 담긴 의미가 의외로 아주 건축적이면서 보편적이고, 근본적이면서 모성적이며, 동시에 창조적인 뜻이 담겨 있기 때문이었다. 이를 구체적으로 살펴보면 '움'은 우묵하게 들어간 곳, 자리, 둥지 등을 일컫는 순우리말인데, 영어권에서도 이와 유사한 뜻으로 이 말을 쓰고 있는 것을 알 수 있다. 아트리움(atrium), 콜로세움(colosseum), 김나지움(gymnasium), 뮤지움(museum), 콘도미니움(condominium), 포럼(forum), 도미토리움(dormitorium) 등 그 외 많은 영어에서 '움(-um)'은 장소나 건축물을 지칭하는 접미사로 쓰이고 있어 우리말처럼 매우 건축적이다. 우리말 '움' 자의 어원이 원시시대 움집의 '움'에서 비롯된 것이라고 하니, 지구촌에서 인류가 태초에 함께 사용했던 언어로 여겨져 보편적이고 근본적이라고 한 것이다.

또 어머니는 엄마와 같이 엄+아에서 나온 말이라는데, 그 '엄' 자와 '움' 자는 출처가 같은 동본 관계로 여겨진다. 자식에겐 엄마가 최상의 둥지일 터이니, 그 둥지에서 생명을 보듬는 쓰임이 모성적이다. '움트다'라는 말은 사랑이 움트고, 봄기운이 움트고, 생각 따위가 새로이 일어나거나 싹이 돋는 것을 뜻하는 말이다. 그 '움' 자에도 보금자리나 둥지라는 뜻이 함축되어 있는 듯하여, 보금자리 '움'에서 무언가 새로운 생각과 생명의 싹을 틔운다는 의미로 해석되어 그 내재된 기운이 창조적이라는 것이다.

하여, 나의 호를 내가 건축에서 추구하는 이상 '아가일여(我家一如)'의 '아(我)' 자와 '움' 자를 합성해 '아움(我움)'이라고 지었다, 순우리말로는 '나움'이 되겠다. 혹 다음에 또 사무실 명칭을 바꿀 일이 생기면 그땐 '움(um)'이라고 지으리라.

1) 아가일여(我家一如, AGAILYEO-People & Home is One)

몇 해 전이다. 월출산 아래에 있는 인문학정원 귀소헌(歸素軒)의 본채가 준공되었다. 그 부지를 처음 방문했을 때, 쇠줄에 매여 있는 호피 무늬의 진돗개(호야) 한 마리가 있었다. 어찌나 사납던지, 줄이 풀리면 단번에 덮칠 기세였다. 매여 자라서 그런 것인지, 본성이 사나운 것인지, 외딴 곳에 외롭게 있으면 사람이 찾아올 때 반길 만도 한데, 그렇지 않았다.

매여 있는 모습이 측은하기도 하였지만, 주인장 내외와 '호야'가 함께 행복하게 살라고, 또 월출산 숲속의 온갖 짐승들과도 동무하며 살라고 '호야' 집을 아예 본체에 붙여 처음부터 함께 설계했다. '천지여아동근, 만물여아일체 (天地與我同根 萬物與我一體)' 아닌가!

'귀소헌'은 이 집의 주인장이 지은 당호인데, 그 뜻이 근본으로 돌아가는 집이다. 고맙게도 주인장이 내 뜻을 받아들여 멋진 바람막이 창문을 '호야' 집에 달아 주었다. 그후 '호야'에게 내 마음이 전해졌는지, 그동안 안면을 익혀서였는지, 순해졌다.

준공 즈음에 동행한 서예가 소엽 신정균 님이 그 사실을 알고 재미있다며 '월출산 새박골 1번지 호야댁'이라는 문패와 견훈 '나답게 살자'를 써 주었다. 그 뒤 '호야'댁 상부에 놓인 장독이 너무 커 짓누르는 짓 같나고 옮겼으면 했더니, 그만 장독을 옮기다가 깨트리고 말았단다. 그 큰 독을 깼지만 이집에 평화가 충만할 것이다.

'호야야! 주인장 내외하고 함께 오래오래 행복하게 살거라.

귀소헌 호야 집과 문패

"집은 사람이 사람답게 살기 위하여 짓는 도구요 매체다." 그래서 자신의 삶과 전혀 어울리지 않는 집을 지어 자기에게 맞지 않는 딴사람의 옷을 입은 것처럼 부자연스럽거나 불편하게 살 일이 아니다. 또 자신의 살림 형편에 맞지 않는 호사스런 집을 지어 집을 상전 모시듯 떠받들며 살거나 고래등 같은 거대한 집에서 기(氣)가 눌려 살 일도 아니다.

어쩌다 정작 자신은 비문화적인 삶을 살면서 대단한 예술품이라도 구입한 것인 양, 격에 맞지 않게 사치스런 집을 지어 으스대며 자랑하는 모습을 볼 땐, 씁쓸하고 측은한 마음이 든다. '검이불루 화이불치(儉而不陋 華而不侈)'라하는 옛 가르침도 있지 않은가. 집은 소박할수록 좋다. 사는 이가 행복할 수 있다면 그것으로 족할 뿐이다.

건축을 전등에 비유하면, 전구를 만드는 단계, 즉 집의 물리적 형상을 짓는 과정과 결과를 보통 건축이라고들 한다. 하지만 전류가 흐르지 못하는 전구를 누가 전구라고 하겠는가. 당연히 건축도 목적과 필요에 맞도록 작동하고 기능할 수 있어야 한다. 빛을 발산해 주변을 밝게 비출 수 있어야만 완전한 전구라고 할 수 있듯, 건축도 그 집의 거주자나 사용자가 그곳에서 행복을 누리며 주변에 좋은 영향을 미칠 때 참된 집이 완성됐다고 할 수 있다. 나는 이런 상태에 도달한 집과 삶이 그곳의 자연과 조화를 이룰 때, 비로소 '셋이 하나'로 된 '아가일여'가 실현된 집으로 본다.

이것을 내 건축의 지향점으로도 삼는다. 설혹 그 집이 허름한 토담집인들 어떠하며 빛바랜 옛집인들 어떠하랴! 그래서 나는 건축의 논리적, 미학적 가치와 함께 윤리적 가치를, 또 공간적 가치와 함께 그 공간에서 삶을 영위하는 시간적 가치를 살펴 건축과 인간과 자연의 관계를 전일적(全一的) 시각으로 바라보는 태도를 견지한다.

건축이 '셋이 하나'가 되는 조화로운 품격을 이루지 못한다면, 아무리 근사하고 창조적인 형태면 무엇하리. 그 건축은 삶과 유리된 채, 단지 허울뿐인 공허한 전시물로 전락하거나, 탐욕의 대상이 될 뿐이다. 거주자를 치장하고 포장하는 장식이고 허세와 다를 바 없다.

'아가일여'란 사는 이의 품성과 취향을 살펴 이웃과 자연 속에서 '셋이 하나'가 된 조화를 이루며 살 수 있도록 하는 것이다. 살림 형편과 처지에 맞는 집을 검소하게 짓되, 누추하지 않고 품격있게 짓고자 하는 것을 축약한 말이다. 집을 가꾸어 그곳의 자연과 조화를 이루며 사는 생활 태도에 대한 뜻도 함께 아울러 담고 있는 말이기도 하다.

건축에 오래 관심을 기울이다 보니, '집'을 보면 그곳에 사는 사람이 보인다. 그러나 현대인은 자신이 살던 '집'에 대한 기억을 잃어버리고 산다. 고향을 상실한 지는 이미 오래이고, 부모마저도 이젠 상실의 대상이 되어 그 존재가 위태로워지고 있는 시대다.

내가 어릴 적 살던 대전 정동집은 아버지가 손수 지으신 집으로, 내가 태어나서 대학을 졸업하던 해까지 24년간 살던 집이다. 아버지는 중풍으로 49세에 반신불수가 된 채 5년 동안 고생하시다가 그 집에서 돌아가셨다. 그 뒤 형제들이 뿔뿔이 떠났고, 나마저 서울로 떠나게 되자, 어머니는 서울 큰형네로 가시며, 더 이상 그 집을 지키지 못했다. 그후 정동집의 기억은 우리에게서 점차 흐릿해져 갔다.

그러던 어느 날 문득, 그 정동집이 궁금하고 그리워져 가 보았다. 40년을 훌쩍 넘긴 뒤라서, 묘한 감회가 밀려와 설레기조차 했다. 영화 〈마음의 행로〉

<기억 속 정동집>

65

의 주인공 찰스는 기억상실에서 깨어나, 어렴풋한 기억을 더듬으며 옛집을 찾아간다. 이때 찰스도 이런 심정이었을까?

정동집 주변 거리는 이미 몰라보게 변해 낯설었지만, 다행히 내가 살던 동네 골목길을 찾을 수 있었다. 변하지 않은 그 길엔 아직 기억의 흔적 속에 낯익은 담들이 전신주와 함께 드문드문 화석처럼 남아 있었다. 이윽고 다다른 고향집. 오! 다행히도 대문이 그대로 있었다. 약간 변하긴 했지만 목재 문이 썩지도 않고 여태 남아 있다니, 반가웠다.

그 대문에 페인트칠하던 어릴 적 생각이 떠올랐다. 대문은 내가 다시 찾아올 줄 알고, 지금껏 기다렸다가 반갑게 맞이해 주는 것만 같았다. 어머니가 뛰어나와 반겨줄 것 같았고, 왁자지껄한 형제들의 목소리도 들리는 듯했다. 당장 문을 박차고, 성큼 들어서야 하는데, 그 순간 나는 타임머신을 타고 온 허깨비처럼 우뚝, 대문 앞에 멈추고 말았다.

어릴 적 살던 대전 정동 길목과 집

저 안에는 누가 살고 있을까? 또 다른 우리 가족이 살고 있나?

그러나 그 집은 인기척 하나 없이 조용하고 대문은 굳게 닫혀 있었다. 그래도 옛집은 블랙박스인 양, 예전 기억을 회복하기에 충분했다. 봄엔 작은 꽃밭에 칸나, 맨드라미, 분꽃, 나팔꽃이 어울려 피고, 손톱에 봉숭아꽃 꽃물 들이며 놀았다. 여름엔 마당에 고인 빗물에 종이배 띄워 놀기도 하고, 골목길 좁은 평상에 누워 별을 바라보다 잠들었다. 가을엔 절구로 콩 찧어 메주 만들고, 우마차에 배추 실어와 늦도록 드럼통에 절이며, 김장독을 마당에 묻었다. 겨울 되면 밤새 내린 눈이 장독대에 소복이 쌓여 그 옆에 눈사람 만들고 추녀에 달린 고드름 따먹으며 썰매 만들어 놀았다.

'아, 그동안 잘 있었느냐? 그리운 집아! 벌써 나를 잊지는 않았겠지?' 하며 옛집과 꿈꾸듯 재회했다.

자신이 살던 옛집을 상실하고 사는 이들이여, 권컨대, 자신이 어릴 적 살던 집을 다시 한번 찾아가 보라! 그곳이 아파트든, 다세대주택이든, 또 허름한 그 무엇이든, 뜰에 아무렇게나 핀 꽃들이, 뛰놀던 마당의 햇살이, 때묻고 얼룩진 벽들이, 품고 있던 지나간 시간의 비밀을 들려줄 것이다. 그 소리를 다시 들어보라, 그곳에서 꿈꾸던 우리들의 아름다운 사랑과 인생을……

루이스 칸(Louis Isadore Kahn, 1901~1974, 미국 건축가)의 '빛과 침묵'에 심취해 있던 젊은 날, 나는 한때 신기루를 좇아 사우디아라비아에 간 적이 있다. 무엇보다 그곳에 가면 "네 마음대로 설계할 수 있다"는 말에 현혹돼 내 건축의 타지마할을 꿈꾸며 사막으로 달려갔다. 리야드 현지인이 운영하는 건축설계사무실이었는데, 후한 조건으로 1년 계약하고 갔지만 6개월 만에 계약을 파기하고 돌아왔다. 내 의지대로 설계할 수 있는 상황이 아니었고, 시간이 지날수록 참담한 심정이 들었기 때문이다.

내가 지금도 열망하고 있는 건축은, 물 위에 어리는 푸른 달빛과 붉게 노을지는 석양이 건축이 되는 것이며, 저물녘 강변의 갈대와 활활 타오르는 사이프러스 나무가 건축이 되는 것이고, 빈 들녘을 지나가는 칼바람 소리와 양철 지붕을 세차게 때리는 한여름의 빗소리가 건축이 되는 것이다. 먼 훗날, 나는 내가 설계한 은평구립도서관이 온통 담쟁이로 덮여 폐허가 된 것처럼 본래의 노출콘크리트 외벽이 사라지길 바란다.

언젠가는 갈대밭 속에 집을 지으리라.

갈대가 우거진 갯가 사이로 길을 만들고 그 길 끝에 집을 지어, 찾아오는 벗들과 지붕 마루에 앉아 새벽 물안개와 뭉게구름, 그리고 석양과 별을 바라볼 수 있으면 좋겠다. 눈보라 치는 겨울을 위해 실내에 따뜻한 화롯불 하나 마련해 둘 수 있다면 나는 저 멀리 수평선을 보며 갈매기와 함께 살으리라.

'갈대의 집'.

집이 갈대에 묻혀 갈대가 집의 외벽처럼 보이는 집을 짓고, 그 갈대가 사라지면 그 사이로 바라보던 석양도, 들리던 새소리도 사라져 그 집의 존재가 사라지고, 나도 함께 사라지고 마는 건축을 꿈꾼다.

<갈대의 집>

2) 집은 사람이다(A house is a man)

르 코르뷔지에는 '집은 삶을 담는 기계'라고 했지만, 나에게 집은 사람이었다. 아니, 사람이 집이다. 사람이 집을 짓지만, 그 집이 다시 사람을 짓기 때문이다. 또 '집'이라는 언어의 출생지가 사람의 손이기도 하거니와 집의 역사가 곧 사람의 역사고, 집을 보면 그곳에 사는 사람의 삶을 알 수 있기 때문이다.

앞에서 언급했듯이 손으로 물을 떠먹다가 내 손을 보며 '집'의 어원이 손에서 비롯됐다는 깨달음을 얻었다. 사람은 저마다 자기 집(손)을 지니고 세상이 지은 또 다른 집 속에서 함께 사는 것이요, 그 두 집이 서로 호응하며 자신을 보호하고 다듬으며 자신을 다시 짓고 있는 셈이다.

낡고 보잘것없는 집인데도 불구하고 그 집에서 혹은 그 공간에서 아름다움과 품격이 느껴진다면 그것은 집과 공간에 서려 있는 어떤 알 수 없는 기운 때문이다. 그 기운은 사는 이의 인격만도 아니고, 그 집에 서린 품격만도 아니라 둘이 하나가 된 여러 해의 삶에서 비롯되는 것이라고 나는 생각한다.

만약 집과 사는 이의 격이 조화롭지 못하거나 집이 사는 이를 오판하도록 기만하고 있다면, 애드가 앨런 포의 단편 속 인물처럼 촉수를 세워 다시 한 번 그 집을 자세히 살펴보시라. 분명 어딘가에 삶의 비밀이 속일 수 없는 흔적으로 남아 있을 것이다. 나는 그와 같은 생각과 가치를 지향해, 집에 사는 사람과 집이 자연과 하나되어 아름다운 향기를 뿜어내는 '아가일여'를 추구한다.

집은 인간이 자연화되어 가고 자연이 인간화되어 가는 접점에 지은
조화(造化)의 영역이고,
집은 산 자와 죽은 자가 인간의 존엄성을 실현하는 데 필요한

천부인권(人權)의 영역이며,

집은 양면성을 지닌 벽으로 안과 밖을 구획하고 서로를 연계하는

상생(相生)의 영역이다.

그렇지만 그것이 삶에서 얼마나 이루기 어려운 이상향인지 알고 있다. 어쩌면 신기루를 좇고 있는지도 모른다. 그럼에도 내가 평생 바깥으로 찾아다닌 집의 어원을 내 손에서 찾았듯이, 아가일여를 이루며 살고 있는 집들이 가까운 주변 곳곳에 있을지도 모른다.

전라도 모악산 기슭에 박남준 시인이 홀로 살던 집 '모악산방'이 있었다. 시인은 무당이 살다 떠난 무너질듯한 오두막집을 수리하여 살았다. 마을에서 산을 향해 한참 걸어가야 겨우 길모퉁이에 집 한켠이 보이는 외딴 곳이었다.

어느 무더운 여름날, 나는 밤이 돼서야 그곳 산 밑 마을에 도착했다. 달도 없는 칠흑 같은 어둠 속 산길을 무엇에 홀린 듯 더듬어 오른 뒤 만난 그와 마주 앉아 얼마나 술을 마셨던가.

모악산방과 어느 조각가가 흙으로 만든 박 시인 조각

다음날 아침 잠에서 깨어 실눈을 뜨니, 어느덧 동천에 뜬 해가 고요히 방 안을 비추고, 환몽처럼 새소리가 들렸다. 아침 밥상에 오른 시커먼 된장을 푼 아욱국 맛과 함께 그 아침에 맞이한 평화로움을 나는 잊을 수 없다.

한낮에는 시인을 따라 섬진강과 지리산을 걸어다녔다. 지류라곤 하나 그 때처럼 섬진강의 푸르고 서늘한 기운을 가까이에서 접해 본 적이 없었다. 지 리산은 또 어떠한가. 산이 깊으면 물이 맑은 법, 계곡을 따라 흐르는 투명한 물을 보니 지리산은 정녕 깊은 산이었다. 모악으로 되돌아오던 길, 모처럼 밝은 달빛을 밟으며 반딧불이 반짝이는 산길을 말없이 걷다 보니 밤하늘의 별자리를 찾던 유년의 기억이 아스라이 떠올랐다. 그것이 벌써 이십여 년 전 의 일이다.

모악산방을 다시 떠올린다. '아가일여'를 생각하면 곧바로 생각나는 집이 다. 그곳은 비록 한여름에도 볕이 잘 들지 못해 어두침침하고 눅눅했던 숲 속의 작고 보잘것없는 집이었지만, 오디오의 볼륨을 아무리 높이 올려도 누 구 하나 탓하는 이 없고, 어떤 짓을 해도 눈치 볼 일 없는 은밀한 장소였다. 봄이 되면 집 뒤 작은 언덕에는 고사리가 지천으로 자라나고, 다양한 푸성 귀를 제공하던 좁은 마당엔 가을이 되면 붉은 감이 매달렸다. 골짜기 둠벙 에는 시인이 밥을 주며 키우는 버들치가 그 집을 지키는, 영혼이 빛나던 청 정한 곳이었다.

거주의 집에는 사랑으로 생명과 죽음을 안식하게 하라.
교육의 집에는 지혜로써 정신과 육체를 건강하게 하라.
축제의 집에는 순수로써 환희와 비애를 노래하게 하라.
작업의 집에는 정열로써 이성과 감성을 향기롭게 하라.

예배의 집에는 믿음으로 절대와 자아를 조화롭게 하라.

건축설계를 시작한 이후, 집 짓는 일에 심혈을 기울여 오고 있지만, 단순히 외관의 조형만을 추구하지 않았고, 사람과 자연을 중히 여기는 신념을 버린 적이 없다. 집을 짓는 것이 곧 그곳의 삶을 짓는 것이라고 생각하기 때문이다.

좋은 집을 짓기 위해서는 먼저 그곳에 살 사람에 대한 이해가 선행되어야한다. 그러나 개성에 따라, 시대에 따라, 지역에 따라, 또 처한 문화환경에따라 사는 모습은 참으로 다양하다.

나는 이것을 '아가오장(삶, 앎, 놂, 픎, 빎)'의 다섯 가지 개념으로 풀어 설계목표를 정한다. 이 오행이 일체 행위의 근본이라고 생각하기 때문이다. 건축은이 다섯 행위와 자연이 결합한 결과라고도 할 수 있다. 이를 통해, 궁극적으로 실현하고자 하는 나의 이상은, 나[我]라고 하는 인간의 삶과 집[家]이 그곳의 자연과 하나가 되는 '아가일여(我家一如)'의 격(格)을 지닌 집을 짓는 것이다.나는 그것을 인간의 존엄성을 추구하는 데서 구한다.

집이 사람이 되기 위해선, 또 아가일여를 이루기 위해선 우선 이루어야 할세 가지 건축적 목표가 있다.

집의 체(體)와 용(用) 관계인 본질과 형식의 '상·형 합일(象·形 合一)'을 이루어야 하고, 집의 물(物)과 심(心) 관계인 현실과 이상의 '수·시 합일(數·詩 合一)'을이루어야 하며, 집의 공(公)과 사(私) 관계인 환경과 건축의 '외·내 합일(外·內 合一)'을 이루어야 한다.

본질과 형식의 통일로 집은 자연과 땅의 평화를 이뤄야 한다.

환경과 건축의 융화로 집은 사회와 길의 평화를 이뤄야 한다.

현실과 이상의 조화로 집은 인간과 삶의 평화를 이뤄야 한다.

수(數)와 시(詩)의 세계

집은 살기 위한 건물이다. 다시 말해 '거주'라는 내용과 건축이라는 형식의 집[家]이 불가분의 관계에 있다는 것이다. 거주는 삶의 주체자인 사람의 시간적 활동이고, 건물은 사람의 삶을 수용하는 공간적 형상이므로, 집은 시간과 공간의 의미가 함께 내포된 소우주의 의미를 지닌 말이다. 그래서 거주를 전제로 하지 않거나 거주가 배제된 구축물은 집이라고 하지 않고, 그냥 조형물이라고 한다.

아무리 보잘것없는 집이라 하더라도 그것은 우리에게 두 가지 측면에서 의미를 가진다. 그것의 하나는 수(數)의 세계요, 또 하나는 시(詩)의 세계다. 수는 셀 수 있는 영역으로 질서를 수립하는 합리의 세계이며, 시는 셀 수 없는 영역으로 조화를 모색하는 감동의 세계다.

하나의 집이 존립하기 위해서는 이 두 가지 영역이 모두 존중되어야 한다. 수(數)가 바르지 못하면 질서가 무너지고 구조와 형상이 온전치 못해 결코 올바른 집을 지을 수 없다. 또 시(詩)의 정서가 결여되면 집과 사람의 관계가 원만하지 못하고 각박해져, 종래는 상호 불협화 상태에서 서로를 파괴하는 지경에 이른다.

시(詩)와 수(數)의 영역이 어느 한쪽으로 편중되어 균형을 상실한 도시는 위험한 사회다. 그 상태가 지속되면, 결국 이반의 현상과 불안이 초래되고, 불안과 이반이 심화되면 시와 수의 영역에 상호 생명의 고리가 끊어진다. 삶의 이로 말미암아 터전은 붕괴로 이어질 것이다.

우리의 생활환경은 어떠한가? 시(詩)의 모습은 혼탁하고 수의 모습은 허술해 삶의 풍경이 삭막하지는 않은가?

요즘 수(數)의 영역이 바르지 못해 도처에서 대형사고를 자주 목도하게 된다. 측량할 수 없고 검증하기 난해한 시(詩)의 영역 또한, 모든 걸 경제적 가치로 재단하는 사회 풍토에선 자칫 천박해지기 쉽고 방치되기 쉽다.

시(詩)의 정신이란 어디로부터 오는가?

모든 생명에 대한 끊임없는 관심과 사랑일 것이다. 어떤 형태로 지을 것인지, 라는 물음에 앞서 어떤 삶을 지을 것인지, 그 뜻을 먼저 세워야 할 것이다. 그것이 집이 지녀야 할 시의 세계로 들어서는 지름길이다.

'좋은 집'은 수(數)의 도(度)가 바르고 시(詩)의 격(格)이 높고 맑아야 하며 그것이 삶과 함께 어우러질 때 비로소 할 수 있는 말이다. 두 세계는 사뭇 상대적이지만, 내외를 들고나는 들숨과 날숨처럼 상호 상보적 관계를 이룬다. 서로 다른 면이 만나 하나를 이루는 뫼비우스 띠처럼, '하나'의 중심과 원융을 향해 가는 두 바퀴이며, 집을 생성하고 유지하는 두 정신이다. 이 두 정신이 서로 조화를 이룰 때, 비로소 그곳에 생명의 집이 존재할 것이다.

4. 형상 문자에 대한 물음

어릴 때부터 장기를 두며 '상(象)' 자를 수없이 보며 자랐다. 그
땐 별 생각이 없었는데, 건축을 전공하며 'shape'이나 'form'에 해
당하는 형상(形象)이란 단어를 자주 접하며 그때마다 참 이상하다고 생각했
다. 형상이란 단어 안에 왜 생뚱맞게 코끼리가 등장하는가?

장기판에 코끼리가 등장하는 건 당연하겠지만, 엉뚱하게 사물의 모양이
나 상태를 의미하는 단어에 왜 코끼리가 등장하지? 어찌하여 그 많은 동물
중에 코끼리가 모양을 대변하는 뜻을 함께 부여받아 형태를 의미하는 언어
의 상좌에 앉게 됐는지, 오랫동안 그 연유가 궁금했다.

코끼리는 인도에서 숭배하는 동물이다. 인간
의 몸에 코끼리 머리를 가진 '가네샤'는 인도의
힌두신화에서 가장 중요한 신 중 하나로, 장애
를 극복하는 지혜와 행운의 신이다. '지혜의 신'
이라는 점이 '상(象)' 자와 관련해서 눈에 띄는 대
목이다. 이것이 혹, '상(象)'의 비밀을 푸는 열쇠일
까? 코끼리를 숭배한 인도의 문화가 중국으로
넘어올 때, '가네샤' 신이 신통력을 발휘했을까?

가네샤

이 또한 막연한 짐작일 뿐이다. 불경 해석과 관련있는 것인지, 그 전으로
거슬러 올라가야 하는 것인지, 그와 전혀 무관한 것인지, 도무지 알 길이 없
다. 갑골문, 산스크리트어, 우파니샤드,* 바가바드기타**를 뒤지고, 불경과

---

* 현재 108가지 정도 알려져 있는 우파니샤드에는 일찍이 BC 1000~600년경에 크게 활약했던 일련의 힌두 스승들과 성
  현들의 사상들이 기록되어 있다.

** 〈마하바라타〉라는 인도 서사시 제6권에 속하며, 전사 아르주나 왕자와 그의 친구이자 마부인 크리슈나가 대화하는
  형식으로 씌어졌다. 이 시는 AD 1~2세기에 지어진 것으로 보이며, 700개의 산스크리트 송이 18장으로 나누어져 있다.

베다(Veda)***를 다 뒤져도 알 수 없을지도 모르고, 안다고 한들 허망할 섯만 같아 일찌감치 접었다. 그렇지만 늘 기회 될 때마다 관심이 쏠렸다.

그러던 어느 날 그동안 생각했던 내용을 정리해, 나름의 뜻을 부여한 후 사용하기 시작했다.

지혜는 불교에서 제법에 환히 통해 보리[菩提]에 이르는 것으로, 보리는 불교 최고의 이상인 부처의 지혜를 뜻한다. 그런데 인도불교에서 그 지혜의 신이 '가네샤' 아닌가! 형(形)의 궁극적 존재, 곧 본질과 실체를 아는 신이 가네샤이니, 형(形)의 본질 또는 실체를 형(形)의 가네샤로 번역하고, 이를 코끼리 '상(象)' 자로 직역해 형상(形象)이란 단어가 출현하게 된 것이 아닐까. 다시 말해 형상(形象)은 형(形)의 보리지혜를 뜻하고, 형의 보리지혜는 형의 가네샤로 번역될 수 있다. 이는 형(形)의 상(象)이며, 곧 거론한 모든 어휘가 형상과 동의어가 되는 셈이다. 그래서 형상이란 사물의 형이상학적 '실체(實體)'인 '상(象)'과 형이하학적 '작용(作用)'인 '형(形)'이 결합된, 즉 체용(體用)의 관계로 이루어진 단어라는 생각이다.

인도불교, 또는 인도문화가 중국으로 넘어올 때, '형'의 본질과 실체를 지칭한 산스크리트어인 지혜의 신 '가네샤'를 '상(象)' 자로 직역하였거나 '상(象)' 자에 그런 의미를 부여한 것이 아닌가 싶다.

나의 형상에 대한 이런 생각이 터무니없다고 느껴질지 모른다. 그러나 중국 장기에서 '상' 자를 코끼리가 아닌, 불상(佛像) 또는 불승(佛僧)으로 여기기도 하니, '상'이란 사물의 궁극적 지혜, 곧 '형'의 근본을 뜻하는 말로, 형과 상은 표리일체 불가분의 관계를 이루는 단어라고 할 수 있다.

이 시는 윤리 문제로 출발하지만 그것을 훨씬 넘어서서 신의 본질과 인간이 어떻게 신을 알 수 있는가 하는 문제를 광범위하게 고찰한다.

*** 베다가 만들어진 정확한 연대는 알 수 없으나 대부분의 학자들은 BC 1500~1200년경으로 연대를 추정한다. 이들 찬가는 자연과 우주의 현상이 인격화한 존재인 신들을 찬양했다.

형(현상,작용)과 상(본질,실체)

상(문자,번역) 과 형(현상,작용)

우리가 보통 "형상이 다르다"고 말하는 것은, 형(形)과 상(象)이 서로 다르다는 뜻을 내포한다. 사람이 사람답지 않고, 학교가 학교답지 않고, 교회가 교회답지 않고, 절이 절답지 않을 때 하는 말이다. 한 사물이 그 사물의 속성과 물성답지 않다는 것이다.

이러한 생각의 토대 위에서 정리한 나의 '형상' 개념은 '형'과 '상'의 두 개념을 결합시켜 새로운 개념을 만든 것이 아니고, 물리적으로 둘을 분리한 것도 아니다. 다만 공간적으로 '형'으로 드러난 가지와 '상'으로 드러나지 않는 뿌리가 서로 연계된 한 그루의 나무와 같은 개념이다.

<생명>

1) 형상팔경(形象八境, The Order of Extinction & Creation)

공간적으로 한 그루 나무와 같은 나의 형상 개념은 시간적으로는 하나의 생명체가 생성되고 소멸되는 순환 구조이다. 이 순환 과정을 발생, 성립, 실현, 지향 4차원 8단계로 구분하고 '형상팔경(形象八境)'이라고 이름 지었다. 이를 다시 생성화, 개념화, 형식화, 실재화, 소멸화 5차원으로 체계화하고 '상'과 '형'을 각각 5단계로 세분하여 10단계의 형상 순환 과정으로 정리해 '형상십경(形象十境)'이라고 했다. 이는 지구상에 존재하는 대다수 생명체에 적용되는 일반적인 생성소멸의 순환 과정일 것이라고 생각한다. 바로 이것이 나의 창작 작업 과정이다. 건축 설계를 하나의 생명체를 잉태하는 것으로 생각하는 나의 작업 태도이기도 하다.

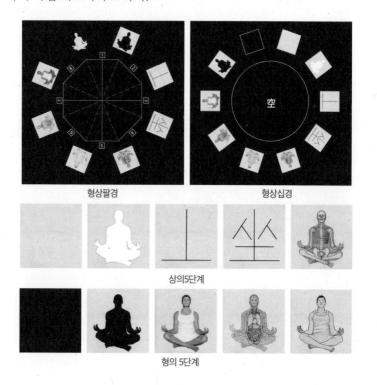

형상팔경　　　　　　　　형상십경

상의5단계

형의 5단계

심계(心界)   의미적(意味的)   자아(自我)
mental world   significance   subject

발생(發生)단계 - organization

상징(象徵)-심상(心象)   시경(詩境)-상상(想像)
symbol   image   poesy   imagination

상형(象刑)-개념(槪念)   내용(內容)-구상(構想)
figure   concept   content   conception

성립(成立)단계 - organization

상해(象骸)-요소(要素)   체계(體系)-구성(構成)
frame   element   system   composition

추상적(抽象的)
abstraction

구상적(具象的)
concretness

형모(形貌)-상태(狀態)   양식(樣式)-구성(構成)
shape   aspect   style   composition

실현(實現)단계 - realization

형상(刑象)-실상(實相)   사실(事實)-구축(構築)
form   reality   fact   construction

형적(形跡)-기색(氣色)   경향(傾向)-암시(暗示)
traces   indication   tendency   suggestion

지향(志向)단계 - inclination

물계(勿界)   존재적(存在的)   객체(客體)
physical world   existence   object

형상 전개의 단계별 개념

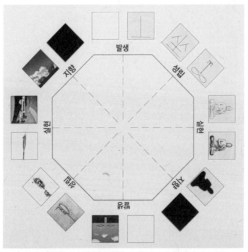

형상 순환도

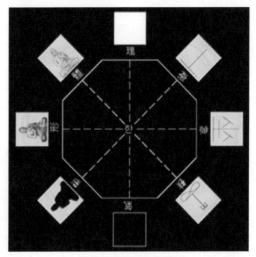

형상의 상대적 개념 관계도

　각 차원의 '실(實)' 경에는 보이지 않는 '허(虛)'가 있다. 그것이 느껴진다면 '실'이 함축하고 있는 기운을 보다 더 깊이 느낄 수 있다. 종국에 '형(形)'의 배후에서 우러나오는 '허'를 느끼며 깨닫게 될 때, 비로소 '형(形)'이 완성된다. 나는 그것을 '아우라'라고 부른다.

침묵의 관조
silence — contemplation

시경의 상상
poetical — imagination
inspiration

poesy — imagination
(心象圖, 夢想圖)

개념의 구상
concept — conception

poesy — conception
(概念圖, 說明圖)

체계의 구상
system — composition

system — composition
(係統圖, 平面圖)

형태의 형성
shape — formation

style — composition
(立面圖, 斷面圖)

실재의 구축
reality — construction

fact — construction
(模型圖, 透視圖)

허상의 지향
ghost image — intention

tendency — suggestion
(影像圖, 默示圖)

허무의 승화
notingness — sublimation

은평구립도서관

비전힐스클럽하우스

앞의 예시도는 '형상8경'에 은평구립도서관과 비전힐스클럽하우스 작업 과정을 적용한 것이다. 이 '형상팔경' 과정에서 나의 건축 스케치는 2단계에 서부터 시작된다. 바야흐로 그때부터 '형'의 아우라를 위한 '상'의 노래가 시 작된다. 아니, 공간과 형상의 실재화를 위한 영감과 개념과 형식화의 긴 여 정은 단계마다 나를 괴롭혔고 스케치는 늘 나와 함께 그 과정을 동행한다.

건축 스케치

건축 스케치는 작곡가가 그려 놓은 오선지의 음표와 같다. 작곡가의 음표 가 단순히 콩나물 모양을 그려 놓은 것이 아니듯, 건축가의 건축 스케치도 단순히 어떤 형태의 윤곽만을 그린 것이 아니다.

아무리 단순하게 스케치한 선이라고 할지라도 1/100, 1/200 등으로 축소 된 그 하나의 선 속에는 실재화될 3차원, 어쩌면 다차원의 시·공간과 조형에 대한 다양한 의식이 응집되어 있다. 또 삶의 온갖 국면에 대한 갈등과 이념, 신념에 대한 고뇌가 중첩되어 있기도 하다. 그 선은 2차원 형상을 표현한 기

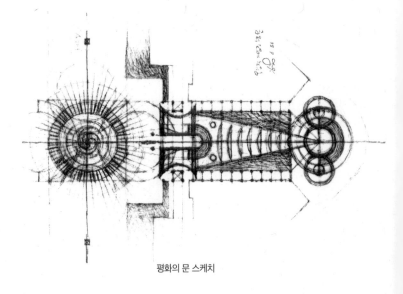

평화의 문 스케치

<아직 거기 있는가?>

하학적 선으로서의 의미이기 이전에, 어미 닭이 알을 품어 병아리를 부화시킬 때 뿜어내는 기(氣)의 은유와 상징이다. 생명을 잉태한 노른자를 조심스럽게 둘러싸며 조금씩 조금씩 견고한 껍질을 만들어 가는 작업이기도 하다. 어쩌면 두 눈을 잃은 어느 젊은 건축가가 두 손으로 부른 마지막 간절한 영혼의 노래에 이끌려 끝없이 우주를 떠돌던 빛이 갈 길을 멈춘, 빛의 침묵이 남긴 선이기도 할 것이다.

형·상합일(形·象合一)

형(形)은 눈으로 보고 상(象)은 마음으로 본다. 형은 형식과 실재 속에서 체감되는 감성적 존재이고 상은 심상과 관념 속 보이지 않는 이성적 존재이다. 형이 물계(物界)의 영역에 속해 있다면 상은 심계(心界)의 영역에 속해 있다. 형-상은 물계와 심계가 포착한 소실점이다.

형은 정지된 빛의 꼴이고 상은 그 기운이다. 형이 외(外)라면 상은 내(內)다. 형은 상을 보게 하는 안내자이며 동시에 상을 포함하고 상은 상을 볼 수 있는 심안(心眼)을 지닌 자에게 자신을 드러낸다. 형이 빛에 의해 드러나는 존재라면 상은 어둠 속에 잠복해 있는 존재이다. 형-상은 빛과 어둠이 기록한 대화록이다.

형은 의미의 물리적 결과이고 상은 의미의 기호적 형성이다. 형의 존재는 공간의 세계에서 시간과 함께 소멸하고 상의 의미는 시간의 세계에서 공간과 함께 생성한다. 형은 형이하의 영역이고 상은 형이상의 영역이다. 형은 자연의 질서(秩序)를 찾아야 하고 상은 마음의 조화(調和)를 얻어야 한다. 형-상은 질서와 조화가 연주한 협주곡이다.

<제3의 눈>

형은 본성의 동태(動態)인 심정(心情)이 사물과 접해 작용하며 물성(物性)을 취한 상태이고 상은 본성의 정태(靜態)인 심성(心性)과 대응하고 있는 사물의 비물성적 상태다. 형은 대상(對象)의 실재적인 모습을 결정하지만 상은 관자(觀者)에 의해 여러 가지 차원의 의미로 존재한다. **형-상은 대상과 관자가 설정한 관계항이다.**

형의 나타남을 사물의 생(生)이라 한다면 상의 나타남은 사물의 시(始)라 할 수 있다. 형은 생명력의 현상적 드러남이고 상은 존재 형성을 위한 내재적 기운이다. 형은 감각 공간을 이루고 상은 심상 공간을 이룬다. 형은 감각의 대상으로서 존재적 양태를 취하지만 상은 사유의 대상으로서 의미적 양태를 취한다. **형-상은 감각과 사유가 구축한 변증법이다.**

형은 타당성이 나타난 구체의 세계이고 상은 가능성이 함축된 의미의 세계이다. 형이 구축(構築)을 위한 실현 단계 과정이라고 한다면 상은 성립(成立)을 위한 발생 단계 과정이다. 형은 객관에 속해 있고 상은 주관에 속해 있다. 형은 객체의 법칙성을 반영하고 상은 자아의 특수성을 내재한다. **형-상은 객관과 주관이 작성한 좌표점이다.**

형은 외적 현상이고 상은 내적 본질이다. 형은 사물의 보이는 상태를 직접 지시하지만 상은 사물의 비밀을 묵시적으로 함축하고 있다. 형은 작용이고 상은 본체이다. 형은 상의 표현이며 전개이자 방법을 필요로 하는 형식에 속하고 상은 모든 형의 기초이며 형을 이루는 바탕으로서 내용에 속한다. **형-상은 형식과 내용이 서명한 합의서이다.**

<즈나멘스키 수도원>

2) 오간의경(五間意境, Five-Space Artistic Conception)

오간의경은 대학 강단에서 학생들에게 강의하던 건축철학에 대한 개념이다. 오간은 아가오장의 공간을 뜻하는 말이고 의경(意境)은 중국 고대의 전통적 문예이론에서 차용해온 개념인데, 건축가의 주관적인 사상과 감정이 삶, 앎, 놂, 풂, 빎 다섯 건축공간 또는 객관적인 대상이나 자연을 접하며 상호작용하여 심상에 새로이 떠오르는 창의적인 의미 또는 형상을 이른다. 그것은 예술적 개념, 고유한 창의성, 시대정신이 담긴 예술적 감흥이라고도 할 수 있다.

원래 이 말은 불교용어에서 출발했다고 한다. 그러나 당대(唐代)의 문예이론 '시격(詩格)'에서는 물경(物境), 정경(情景), 의경(意境) 등 세 가지 차원의 예를 든다. 물경은 "분명하게 경계와 형상이 살아나 형사(形似)를 알게 된다"고 설명했다. 주로 형태 묘사와 관련된 경우를 가리킨 말이었다. 정경은 "뜻 속에서 펼쳐져 몸 안에 깃들게 되는데, 이런 뒤에야 시상의 감정을 깊이 얻을 수 있다"고 했다. 예술적 감흥과 같은 것이다. 의경은 "뜻에서 그것을 펼치고 마음속으로 그것을 생각하면 그 참됨을 얻을 수 있다"고 하였다. 의경론은 형태 묘사와 관련된 형사(形似) 차원을 넘어 신사(神似) 차원에서 작가의 주관적 사상, 감정과 개성, 그리고 사회적 존재로서의 시대 정신까지 포괄하는 다중적인 명제였다.

건축가라면 그러한 소양과 정신을 함양하고 겸비해야 한다는 것이 나의 지론이다. '오간의경'은 내가 건축의 '아가일여(我家一如)'를 실현해 가는 과정에서 견지하고 있는 정신적 측면으로, 그 생각의 결과를 재단하고 공간을 구성하는 물리적 측면의 '오간도량(五間度量)'과 짝을 이루는 개념이다.

'오간의경'을 나는 '오간시경(五間詩境)'이라고도 하는데, '오간시경'은 삶의

오간의경-(營)

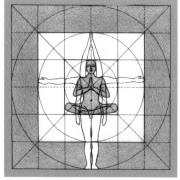

오간도량-(造)

아름다운 시적 정취가 서려 있는 공간을 연상하거나 상상할 수 있는 예술적
재능을 두고 한 말이다.

　건축가 김중업 선생님은 1964년 용담 캠퍼스 제주대 본관을 설계했다.
1970년에 준공된 이 건축물은 안타깝게도 1995년에 철거됐다. 30년이 지난
요즘 제주도에서 이 건축의 복원이 거론되고 있다.

　1964년 설계 당시 제주도는 제주4·3사건으로 인한 사회 불안과 후유증이
아직 아물지 못한 채 남아 있었고, 해방 후 귀국한 수많은 제주도민은 안주
하지 못한 상태였다. 더구나 4·3사건으로 제주 중산간 지대는 거의 초토화되
었으며, 정부로부터 전후 복구 사업도 배제된 상태여서 생활환경이 매우 열
악했다. 1960년대 말까지 제주는 살림이 곤궁해 먹고 살기 위해 돈 되는 일
이라면 뭐든지 해야 하는 소외된 땅이었다. 제주도는 1980년대까지도 외부
와 단절된 변방의 외딴 섬이었다. 그처럼 헐벗고 피폐한 시대 상황 속에서
제주대 구(舊) 본관은 그야말로 기적처럼 태어났다. 그것은 김중업 선생님이
제주도민과 함께 눈물로 지어낸 한 편의 동화였으며, 땀과 정성으로 꽃 피
운 한 떨기 연꽃과 같은 것이었다.

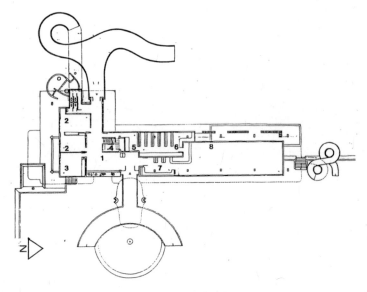

제주대 구 본관 2층 평면도

'건축의경'은 바로 이와 같이 시대의 큰 고통과 아픔을 딛고 아름다운 미래를 연 건축가의 순수한 예술적 영감과 창의정신을 두고 한 말이다.

내가 제주대 구 본관을 처음 본 것은 준공되던 해인 1970년이었다. 시커먼 바위와 용두암을 보다가 언덕으로 올라서니 거기에 구 본관이 홀로 하얗게 빛나고 있었다. 1965년에 시작된 공사가 재정난으로 어려움을 겪다가 그제야 준공됐다는 것은 나중에 알게 됐지만, 그 언덕 위에서 맞닥뜨린 건축의 경이로움을 지금도 잊을 수 없다. 마치 전혀 다른 미지의 세계로 건너온 듯, 환시를 불러일으켰다. 건축 도면은 한편의 낭만적인 월광곡을 연주하는 듯 나를 사로잡았으며 마치 수많은 선이 서로 어우러져 감미로운 춤을 추는 듯했다.

공간은 낭만적이어서 학생들의 꿈을 키우는 데 최상이었고 파도 소리가 들릴 정도로 바다 내음이 깊이 스며든 건축이었다. 비록 해풍에 날아온 염분으로 몸이 병들고 부식돼 끝내 부서지고 사라지긴 했지만, 제주의 올레 길을 닮은 뒤편의 경사로는 끝없이 바다로 이어져, 왈츠를 추며 오르내려야 할 것 같은 자태를 지녔다. 난간에 기대어 샤를르 트레네의 샹송 '라 메르(La mer)'를 부르며 지는 해와 떠오르는 해를 바라봐야만 할 것처럼 보였다. 그래서 집주인은 맨발로 춤추는 이사도라 던컨이거나 긴 날개를 지닌 갈매기 혹은 알바트로스가 돼야 한다는 생각마저 들었다. 건축의 형상은 바다를 향해 나가는 멋진 유람선을 닮았고 푸른 창공을 나는 하얀 갈매기를 닮았다.

본래의 장소에 복원이 불가능하다면, 파도 소리가 들리는 곳, 더 이상 주변 환경이 변할 것 같지 않은 호젓한 바닷가 그 어디쯤에 다시 세워지길 소망한다. 그 검은 바위 언덕에 정박하고 있던 예전의 눈부신 모습처럼 복원되길 바란다. 문득 「해변의 묘지」를 쓴 폴 발레리(Paul Valéry, 1871~1945)가 생각난다. 그에게 남프랑스 세트의 풍경이 영감을 주었듯, 복원된 공간에서 영감을 받으며 미래에 몸을 내맡기는 젊은 청년들이 있기를 바란다.

꿈을 상실한 자는 죽은 자요, 정체성을 상실한 건축은 본래의 존재 가치를 상실한 건축이다.

1980년 김중업 선생님을 모시고 장충동 사무실에서 함께 일하던 때다. 선생님은 사무실 위층에 살고 계셨다. 당시엔 '통행금지'라는 제도가 시행되고 있었다. 퇴근 무렵이 되면 선생님은 설계실로 내려와 내 옆에서 이런저런 이야기를 들려주곤 하셨는데, 그 이야기를 듣다가 통금에 막혀 귀가하지 못한 적이 많았다. 그중 잊지 못할 말씀이 있다. 서울 한강변에 '워커힐'을 짓기 위해 5·16쿠데타 정부 2인자 김종필 정보부장이 맨 처음 선생님을 불러 설계를 의뢰했는데, 거절했다는 것이다. 왜 그러셨냐니깐, "그곳은 우리의 꽃다운 아가씨들이 미군 장교의 '성노리개'가 되어 몸을 파는 곳 아니냐? 건축가는 그런 곳을 설계하는 자가 아니"라고 하며 거절했다는 것이다. 그후 선생님은 박 정권의 미움을 받다가 그로부터 10년 뒤 끝내 광주대단지 사건의 배후 세력으로 몰려 해외로 추방당하는 신세가 됐다. 해외에서의 삶이 얼마나 고초가 크고 회한이 많았으면, 자네는 나같이 그렇게는 살지 말라고 하셨다. 그러나 건축가의 사회적 소명이 어떤 것인지 깨닫게 해준 말씀이었다.

율려 춤의 춤사위 같은 선들은
생명을 점지하는 삼신할미의 주문인가요?

하늘빛 가득 드리운 경사로는
천사가 땅으로 내려올 무지개다리인가요?

너그럽게 보듬어 품은 방들은
우주의 아름다운 꿈을 잉태할 자궁입니까?

어머니 버선코 같은 발코니는
천사가 하늘로 타고 가실 흰 조각배입니까?

오 하늘 향한 꽃단장 굴뚝은
천상의 하나님께 바친 영원한 기도였나요?

1988년 5월 11일에 돌아가신 김중업 선생님을 추모하며 선생님의 1965년 작품 서산부인과 병원(현 아리움) 평면도를 보며 글을 쓰고, 입면도를 가지고 선생님께 올리는 그림을 그렸다.

<건축찬가>

상호작용(相互作用)

나는 대상 그 자체의 속성에 대해 알고자 하지만, 속성에 대해 큰 비중을 두며 살고 싶지는 않다. 다만, 대상과 주위 환경, 그리고 견자(見者)와의 상호 작용이라는 맥락에서 발생하는 현상과 그 가치에 좀 더 의미를 두고 싶다.

지난 겨울 산에서 주워온 죽은 줄 알았던 솔방울이 오늘 아침에 보니 잎을 열며 피어 있었다. 고것 참! 솔방울도 봄이 되니 겨울잠을 자다 깨어났나? 방울아, 방울아, 솔방울아! 도대체 겨울잠을 자며 무슨 꿈을 꾸었길래 그 다문 잎을 열었느냐?

선과 여백

나는 선이 단지 하나의 면을 형성하는 기하 도형의 기본 요소로 사용되는 사실보다, 존재를 잉태하고 그 존재를 지속적으로 가능케 하는 기(氣)의 가장 분명한 상징으로 사용되어 온 사실에 주목한다.

기(氣)란 단순한 물질이 아니라 생명의 원리이며 원천이다. 선은 이러한 기를 여백을 통하여 무한히 응축하고 발산한다. 이러한 선은 단지 형태를 나타내는 점으로부터의 선, 면으로부터의 선을 초월하는 선이다.

대립과 통일

아름답다는 것과 추하다고 하는 것은 성
질이 전혀 다른 범주에 속하는 것이 아니다.
둘은 동일한 미적 범주로서, 한가지 현상을
두고 서로 다른 기준과 관점의 차이로 바라
본 대립적 측면의 양극일 수 있다.

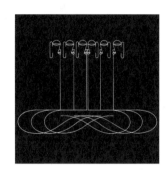

통일미란 동일한 요소들의 집합이 아니라,
이 양극 요소 간 상이함과 대립점을 포용하여 조화로운 '하나'의 가치로 바라
볼 수 있도록 작동시키는 것을 의미한다. 또한, '하나' 속에서 각각의 개별성
을 인정하는 동적 균형을 유지하는 상태에 이르는 것이라고 나는 생각한다.

삶 속에서 진보와 보수의 가치와 갈등이 그러하며, 남북의 대립과 투쟁이
그러하고, 기독교와 이슬람교의 갈등과 증오가 또한 다를 바 없다고 생각한
다. 그곳에는 대화와 이해와 관용과 화해가 필요하다. 그리하여 통일의 길
은 조화와 평화를 찾아가는 지난한 순례의 길이다.

균형과 축(軸)

내가 자연 속에서 추구하는 균형은 자연에
대한 과학적 분석을 통한 균형이 아니다. 끊
임없이 자연과 합일을 지향하며, 그 속에서
정서적 교감을 통해 이루고자 하는 균형의
모색이다. 그것은 여러 요소 간의 단순한 시
각적 균형이 아니라, 상대적인 두 극단 사이

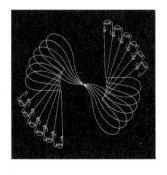

의 적극적인 상호작용에서 비롯되는 조화와 상생을 겨냥한 혼일적인 정신적 균형이다.

축은 이러한 균형을 이루는 기준점이며, 지속적으로 변화를 포용하고 그것에 대응하는 근원적인 힘인 동시에 유동하는 원궤의 중심이다.

안팎과 마음

우주를 찍은 사진을 보면 하늘과 땅은 수직적 상하 관계로 존재하는 것이 아니라, 수평적 내외 관계이다. 안과 밖이란 어디에 자신의 중심을 두느냐에 따라 달라지는 것, 다만 그 관계의 경계에 인간의 마음이 투명한 막(膜)처럼 놓여 있을 뿐이다.

집에서 사는 자에게 길은 밖이지만, 길에서 사는 집시와 노숙자에겐 집이 밖이다. 하여 하늘이란 천장에 별이 뜨는 집일 뿐……

객관과 주관

사물은 불변하는 실체가 있는가? 변하는 현상 자체가 실체인가? 이런 물음은 항상 가치를 규정하고 본질을 찾는 길에서 만나는 명제다. 그러나 변하는 현상을 실체로 본다는 것은, 대상은 독립적인 객체로 파악될 수 있는 것이 아니라는 것이다. 대상이 계속 변하기 때문이다. 매 순간 변하는 대상에 주관이 참여하고, 그 참여를 통한 경험과 인식이 바탕이 된 주체적 시각으로 대상을 파악하게 된다.

그 결과 객관적인 존재가 주관적인 인식의 문제와 밀착하게 되며, 그 둘은 분리될 수 없는 하나로 작용한다. 그것은 건축을 순간의 공간 형상과 그것

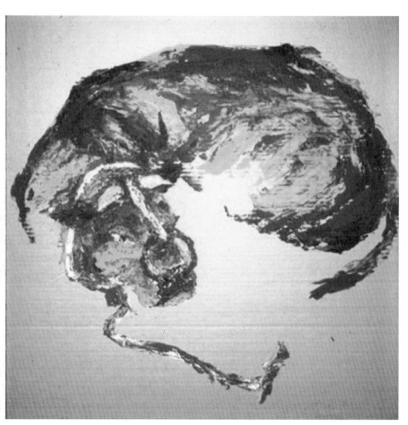

<소>

에 영향을 미치는 그 무엇이 함께 형성하는 시간과 기억의 연속체로 인식한다는 것을 의미한다.

오래전 한가로운 날, 평상에 누워 새김질하고 있는 소를 물끄러미 바라보고 있자니, 그 소가 들녘의 흙과 산처럼 보였다. 소는 땅이었다.

건축과 환경

건축은 환경 속에서 일정한 자기의 위치와 공간을 독자적으로 점유하고 있다. 그러나 이 점유한 상태가 곧 독립적인 개체로 존재한다는 것을 의미하는 것은 아니다. 모든 것이 배제된 개체로서의 건축이란 관념일 뿐, 어느 곳에서도 실재할 수 없기 때문이다.

그래서 건축이란 어느 하나만을 분리하여 주변과 절연된 상태에서 논할 수 있는 것이 아니다. 건축은 무엇이 어떤 것과 반응하며 나타난 현상으로서, 대상이 되거나 배경이 되어 서로를 규정하고 영향을 주는 사물 상호 간에 이루어진 관계의 피사체다.

모든 건축은 통일체의 환경 속에서 불가분한 일부로 존재함을 의미한다. 본질적으로 환경과 분리되어 존재할 수 있는 것이 아니다. 공간은 장소와 분리될 수 없고 형태와 공간은 단일한 전체의 분리될 수 없는 상호 관계로 결합된 일체다.

그래서 건축은 환경 구조를 결정하고 동시에 환경에 영향을 받는다. 그것은 물리적 대상들의 단순한 집합이 아니라 통일된 전체와 여러 개체 간에 이루어지는 다양한 상호 관계의 작용이다.

오래전 일이다. 현상공모 설계에 당선된 불광동주민센터 건물이 준공될 무렵이었다. 그 터에는 은행나무 두 그루가 있었는데, 이는 내 설계의 핵심 요

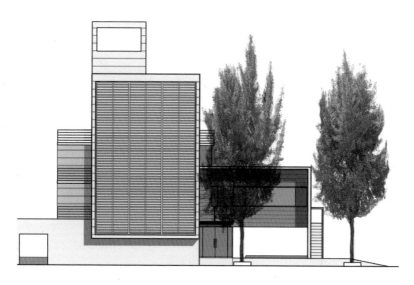

불광동주민센터 서측면도

소였다. 그런데, 은행나무 두 그루가 부구청장 지시로 잘렸다는 연락을 받았다. 곧장 부구청장실로 달려갔다. 분개한 나머지 탁자를 내리치며 당신은 살인자나 진배없다고 얼마나 소리쳤던지, 구청이 발칵 뒤집혀 관련 국·과장들이 다들 쫓아왔다. 부구청장의 사과를 받자고 그런 게 아니었다. 그 자리에 다시 나무를 심겠다곤 했지만, 이미 백년 넘게 그 마을과 함께 살아온 나무는 죽고 그 건축의 관계는 파괴되고 만 것이다.

5. 인체 중심에 대한 물음

고대 그리스 철학자 프로타고라스가 "인간은 만물의 척도다"라고 말한 이후, 서양에선 인체의 미적 기준인 '카논(Canon)'이 창출되었다. 비투르비우스(Marcus Vitruvius Pollio)의 『건축십서』가 출간되면서 미학에서 인체의 전신 입상이 본격적으로 비례 탐구의 대상이 되었다. 인체가 자연법칙을 구현한 세계이며 소우주라는 철학적, 종교적 믿음이 작용했기 때문일 것이다.

BC 30년경 비투르비우스는 『건축십서』 3장 신전 건축 편에서 "인체는 비례의 모범형이다. 팔과 다리를 뻗으면 완벽한 기하학적 형태인 정방형과 원에 정확히 들어맞기 때문이다"라고 썼다. 그로부터 약 1500년이 지난 1490년 다빈치(Leonardo da Vinci, 1452~1519)가 그 개념에 맞도록 '비투르비안 맨(인체비례도)'을 그렸다. 그 그림엔 "자연이 준 인체의 중심은 배꼽이다"라는 다빈치의 글이 적혀 있다. 그 문장 때문에, 그림 속의 원은 단순한 원이 아니고, 자연, 즉 신의 세계를 표상하거나 우주를 상징하는 원으로 보인다.

그런데 사각형과 원에 그려진 각기 다른 두 개의 중심, 그 간극은 어떻게 설명될 수 있을까? 사각형 속에 그려진 인체의 중심은 분명 회음부이고, 배꼽은 다리와 팔을 벌린 상태일 때, 비로소 원 중심에 위치할 뿐인데, 다빈치는 왜 인체의 중심을 배꼽이라고 했을까?

중심

당대에 그 간극과 두 개의 중심이 못마땅했던 체사리아노(Cesare Cesariano, 1483-1543)는 하나로 일치시키려고 애를 썼다. 비약적으로 발전한 유클리드 기하학으로 신의 세계에 접근하던 르네상스 시대였지만, 기본 기하도형과 일치된 인체를 끝내 완벽하게 그려내지 못했다.

다빈치, 비투르비안맨

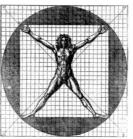
체사리아노, 정방형 인물

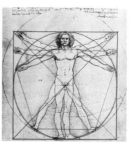
다빈치 인체비례도의 오류

학생 시절, 나는 미학 서적이나 건축 의장 서적에 나오는 다빈치의 비투르
비안맨 인체비례도를 보면서 시큰둥해 했다. 정사각형의 중심과 원형의 중심
이 다르게 그려져 있는 것이 못마땅했고, 두 개의 다른 중심이 모순으로 보였
다. 다빈치의 마음속 우주는 둘이었을까? 아니면 유일신을 섬기는 당시의
기독교 사회에서 땅(정사각형)과 하늘(원)의 중심이 서로 다르고 신도 다르다
고 말할 수 없어서 그 모순을 알면서도 배꼽이 자연(신)이 준 중심이라고 선
언했을까? 옴파로스(Omphalos)*의 신화를 신봉한 까닭일까?

다빈치의 비투르비안맨 인체비례도에는 다음 세 가지 오류가 있다.

첫째, 정방형을 벗어나는 원이 아니고, 정방형과 동일한 중심점이 되도록 정방형
에 내접하는 원을 그렸어야 했다.

둘째, 팔을 올려 그릴 것이 아니고, 원에 내접하도록 내리거나 팔과 다리를 원에
내접하는 정오각형이 되도록 벌려 그렸어야 했다.

셋째, 자연이 준 인체의 중심은 배꼽이 아니고, 생명을 잉태하여 유한한 인류의
삶을 영속할 수 있도록 작용하는 회음부라고 했어야 했다.

---

* 옴파로스는 라틴어로, '신체의 배꼽, 전세계의 중심, 방패의 중심 돌기'라는 뜻으로, 중심, 중앙을 의미한다. 어느날 제
우스가 독수리 두 마리를 서로 반대 방향으로 날렸는데, 독수리들이 델포이에서 만났다고 한다. 이를 본 제우스가 이
곳이 바로 세계의 중심, 옴파로스라고 선언했다. 자신 또는 자신이 살고 있는 곳만이 세계의 중심이라는 자기 중심적
세계관을 옴파로스 증후군이라 한다.

1) 심장중심(心臟中心, The Heart Center)

오래전부터 나는 우주의 중심, 인체의 중심, 건축의 중심에 대해 깊은 관심을 기울여 왔다. <고요한 중심>은 30년 전에 우주의 중심에 대해 생각하며 그린 '천지인'으로, 일종의 만다라다.

그즈음 우연히 만난 사물놀이판에서 중심의 고요를 경험했다. 그날 작은 실내에서 사물놀이패가 내 주변을 돌며 어찌나 신명나게 놀던지, 심장의 고동을 점점 고양시키며 잡아채는 강렬한 소리! 그 소리의 한복판에 있어 보니, 묘하게 그곳에도 고요가 있음을 알았다.

그걸 두고 '탈혼망아(脫魂忘我)'의 상태라고 하는 것인지, 얼빠진 것이라고 하는 것인지……. 하여간 태풍의 핵은 고요하다더니 회전하는 큰 소리의 중심도 텅 비어 있나 보다 했다.

생각해 보면, 비어 있는 중심은 많다. 자전거 바퀴의 중심이 그렇고 은하의 중심 블랙홀도 그러하며 인간의 심장 또한 빈방이다. 젊은 날 인도에 여행 갔을 때 나를 빤히 쳐다보는 인도 아이의 동공도 비어 있는 듯했다.

이방인의 카메라 앞에 두 눈을 고정시킨 채 움직이지 않고 있는 소년아
너는 무엇을 바라보고 있느냐, 너의 두 눈에 담고 있는 것은 분노와 원망이냐,
동경과 호기심이냐, 이방인이 잃어버린 유년 시절의 기억이냐.
너와 나 우연히 이 세상에 함께 나와 오늘 이렇게 예기치 않게 해후하고 있건만
너는 너도 가지 못하는 세상 밖을 네 안에 지니고 있고
나도 내가 가지 못하는 세상 밖을 내 안에 지니고 있는
우리는 모두 아무도 갈 수 없는 세상 밖을
자기 안에 조금씩 나누어 지니고 사는 운명

<고요한 중심>

그 가지 못할 세상 밖에 이곳의 빛을 전하기 위함이냐.

너의 두 눈은 마치 마법의 주문에 사로잡힌 눈처럼

빛을 빨아당기는 조그만 블랙홀 같구나.

소년아! 거리에 맨발로 조각처럼 서 있는 소년아

너는 아메다바드 역(驛) 북쪽 지하 깊은 곳에 있는 우물을 아느냐.

그곳엔 너처럼 작은 구멍으로 빛을 모으며

외롭게 숨어 살고 있는 조그만 우물이 있단다.

지금은 메마른 채 교교한 어둠 속에서 박쥐와 함께 살고 있지만

옛날엔 달빛이 물 위에 감미로운 목소리로

인간의 애절한 사랑을 밤새 이야기해 주던 곳

아직 그때를 모두 잊지는 않았을 것이다.

어쩌다 사람들이 그곳을 찾아 계단에 발을 디딜 때

울려오는 발걸음 소리의 배후에 귀를 기울여 보아라

어디선가 멀리 깊숙이 잠들어 있던 물의 정령(精靈)이 깨어나

그곳으로 오고 있는 소리가 들릴 것이다.

아니, 그것은 나뭇잎을 스쳐가는 바람소리였다고

발자국 소리에 부스럭거리는 돌들의 메아리였다고

아니야, 아니야.

그곳에 남아 있는 사라진 모든 존재의 그림자였다고

오랜 세월 꿈을 버리지 않고 그곳에 남아 하늘을 응시하는 우물의 기원에

어느 핸가 반드시 다시금 물이 차오를 것이다.

그때를 위하여 물을 길으며 여인의 손이 어루만지던 꿈과 항아리를 준비하여라.

희망으로 온몸을 떨며 빛나는 새벽의 기억을 퍼 올리던 두레박도 걸어 놓아라.

밑에서 본 다다하리 우물 구멍   빛의 우물

너의 충혈된 두 눈을 고요히 가라앉혀 줄 청정(淸淨)한 물이 고일 것이며
메마른 가슴을 흥건히 적시어 줄 넉넉한 물을 얻을 것이다.

1994년 인도 여행 때, 아메다바드의 다다하리 우물을 보고 적은 글이다.

작은 우물이라고는 하나, 우물
을 둘러싸고 있는 지하 구조물
은 거대한 건축물이었다.

그 여행길에서 만난 소년의
눈! 아메다바드에 가면 지금도
지하 깊은 곳에서 메마른 우물
이 하늘의 빛을 응시하고 있고
소년은 거리에서 빛을 주워 모
으고 있다.

아메다바드의 소년 동공

비어있는 중심은 그뿐만도 아니다. 몇 년 전에 튀르키예 수피들의 명상 회전춤 세마를 본 적이 있다. 빙글빙글 얼마나 돌던지, 돌다 보면 어느 순간 엑스터시(ecstasy, 자기를 초월함, 신과의 합일) 상태에 이르게 되고, 마치 비구름 태풍의 눈인 중심이 비어 있듯 세마젠*의 중심도 그렇게 비어 있을 듯했다. 그 빈 곳에 신이 내린다고 한다. 탈혼망아의 상태로 중심에서 영접하는 신! 너울너울 춤추는 샤먼의 신내림도 이와 같을 것이다.

우주에도 이와 같은 중심이 있을까? 그 중심도 비어 있을까? 소우주라는 인체의 중심인 심장이 비어 있으니, 그런 생각을 해본다.

그 텅빈 중심에 신이 찾아오고, 그 비움에 천지의 이법(理法)이 드니……. 무한궤도를 지나는 빛이여!

우주 천지 어디에 어떤 빈 중심이 있길래, 또 그곳에서 어떤 자장(磁場)으로 얼마나 강력하게 빛을 잡아 끌어당기길래, 우주를 떠도는 빛이, 영혼이, 그곳에 머물러 새로운 부활의 '얼씨'가 된단 말인가?

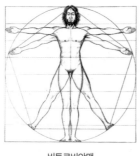
비투르비안맨

천지인

다빈치의 오류를 보고 중심에 대한 관심은 더욱 깊어졌다. 위 두 개의 드로잉은 그 탐구의 결과다. 입상과 좌상으로 구별되는데, '비투르비안맨'은

* 세마젠(Semazen)은 종교의식의 하나로 회전춤을 추는 이슬람 수도승.

회음부가 중심이고 '천지인'은 심장이다. 회음부는 새 생명을 잉태하고, 심장은 생사의 시종을 주관한다. 두 기관 모두 인간 존립의 핵심기관으로 회음부는 몸, 심장은 마음을 상징한다.

그래서 두 중심을 지향하는 사람들의 잠재의식 또는 DNA에 중심의 차이만큼이나 다른 세계관이 잠재하고 있는 것이 아닌가 하고 상상해본다. 회음부 중심을 따르는 자의 세계에선 유물론적 실재론이, 또 심장 중심을 따르는 자의 세계에선 유심론적 관념론이 자연스럽게 또 당연한 듯 뒤따를 것이다. 물론 그 상관관계를 과학적으로 입증할 수 있는 방도가 있는 것은 아니다.

하지만 온몸을 활짝 드러낸 입상은 그 제스처가 역시 몸을 중시하는 듯 보이고, 팔다리를 오므리고 앉아 있는 모습은 몸보다는 마음 쪽인 듯 보인다. 여하튼 나는 옷을 모두 벗고 책상다리를 하고 앉아 두 손을 가슴에 합장했다. 그리고 비투르비우스의 글처럼 두 팔과 두 발을 벌렸다. 신장이 172cm인 나와 185cm인 손자를 같은 포즈로 사진 찍은 후, 두 사진을 비교해 가며, '비투르비안맨'과 '천지인' 두 장의 도형을 다시 그렸다.

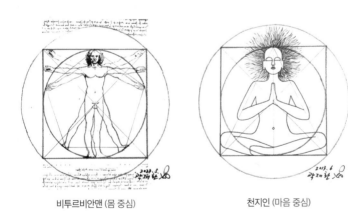

비투르비안맨 (몸 중심)   천지인 (마음 중심)

다빈치가 그린 '비투르비안맨'의 중심은 배꼽이었지만, 내가 그린 위 좌측의 '비투르비안맨'은 회음부가 중심이다. 우측의 '천지인' 중심은 배꼽도 회음부도 아닌 심장(마음)이 중심이다. 배꼽과 회음부 대신 생사를 주관하는 심장이 인체의 중심이자 척도의 중심이며 우주의 중심인 것을 표현한 것이다.

<천지인>

합장하고 있는 '천지인'은 2016년 한뼘갤러리 전시회 때 선보였던 도형이다. 인체 구성의 중심축(軸)을 골반 하부에서 정수리(백회)까지로 보고 그렸다. 이 축의 전체 길이를 지름과 한 변으로 삼아 그린 원, 사각, 삼각형은 각각 하늘(원)과 땅(사각)과 사람(삼각)을 상징한다. 서로 정방형 내에서 원과 삼각이 접점을 이루도록 그린 것은 천, 지, 인이 서로 조화를 이루어 원융의 상태가 된 것임을 나타낸 것이며, 외곽을 두르고 있는 보다 큰 원은 대우주를 표상한 것이다. 흩날리는 머리칼은 우주의 전파를 수신하는 촉수다. 그 촉수는 소우주의 원을 벗어나 인간이 스스로 인식할 수 없는 범주에서 대 우주의 정령들과 비밀스럽게 교신하고 있는 것을 나타낸다. 마음을 가다듬고 두 손을 중심에 모아 간절히 기도하면 우주의 모든 생명과 하나가 될 것이다.

나의 이러한 중심에 대한 탐구는 그대로 나의 건축에 반영되었다. 그 중심은 언제나 하늘을 응시하거나 하늘로 비상하려는 어떤 의지다.

그곳에서 우주의 중심처럼 부활의 '얼씨'를 생성하지 못할지라도, 나는 '천지인'의 심장과 같은 중심을 내 건축에 늘 새겨왔다. 그곳이 비록 손바닥만 한 공간이라도 그 움(um)과 비움이 구심성과 원심성을 포괄하며 고동치는 그 집의 생명력으로 작동하길 바란다. 때론 그곳이 마당이 되고, 대청이 되고, 통로가 되고, 발코니가 되고, 쉘터가 되고, 중정이 되고, 작은 방이 되기도 하지만, 나의 삶, 앎, 놂, 풂, 빎, 공간에 지은 그 중심들은 나와 연결돼 항상 나의 심중 깊은 곳에서 함께 숨 쉬고 있다.

'중심 짓기' '하늘 짓기'

나의 '중심 짓기'는 곧 하늘 짓기다. 이는 김중업건축연구소 근무 시절, 내가 계획한 첫 작업부터 시작됐다.

'육군박물관' 설계는 아예 개념 자체를 '중심'으로 잡았는데, 안중근 장군의 '위국헌신군인본분' 정신을 '충(忠)' 자에 담아 풀었다. '충'자는 다름 아닌

육군박물관 중정

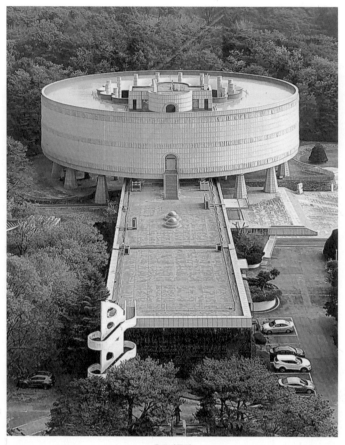
육군박물관

'중심(中心)'이란 글자의 조합이다. 육사가 대한민국을 지키는 중심이 되고, 나아가 세계평화의 중심이 되기를 바라는 마음으로 개념을 잡았으며, 원형의 중심에 물을 담아 육사 생도들이 그 물에 자신을 투영하라는 의미였다.

이처럼 강한 '중심에 대한 신념'과 '하늘에 대한 지향성'은 나의 DNA에서 비롯된 듯하지만, 성장기에 형성된 잠재의식과 나의 사유가 덧붙어 더욱 강고해졌다. 어떻든 '중심 짓기'와 '하늘 지향성'은 일관된 내 건축의 키워드임은 분명하다.

세계평화의 문 중심축

　김중업건축연구소에서 퇴사하기 전 마지막으로 설계한 '평화의 문'은 두 날개 사이에 몽촌토성(과거)과 도시(현대)를 잇는 중심축을 두었다. 또 앞마당과 뒷마당 사이의 중심에 올림픽 개최라는 역사적 의미의 매듭을 지어 민족의 호연한 기상과 염원을 담았다.

　'중심 짓기'는 개인건축사무소 '맥'을 개설한 이후에도 이어졌다. '앎'의 건축인 은평구립도서관을 설계할 때 중심에 반영정을 두어 가장 낮은 곳에 하늘을 담았다. 중심축은 노을과 석양을 응시하고 있다.

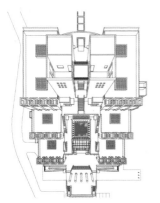

은평구립도서관의 중심, 반영정

'늪'의 건축인 비전힐스골프클럽하우스의 설계 과제는 건축과 자연의 만남을 통한 환경의 조화와 상생에 대한 것이었다. 어떻게 하면 자연 훼손을 최소화하면서 상호 유기적으로 결합시켜 새로운 가치와 의미를 지닌 장소를 이곳에 구축할 수 있을 것인가? 산을 허물어 골프장을 건설하는 작업에 동참하는 일은 여간 부담스러운 일이 아닐 수 없었다. 무엇으로 이 자연의 파괴를 보상할 수 있을까?

지형지세의 훼손을 최소화하기 위해 건축이 놓일 위치의 전후 10미터 높이 차이를 가급적 절토하지 않기로 했다. 되레 그 높이 차이를 이용해 위층에서 아래로 하향식 공간 구성을 하고, 상층부의 옥상을 잔디 정원으로 만들어 자연과의 화해를 구상했다. 그렇게 새로 조성된 그 자연으로부터 지상으로 융기하는 벽과 열주를 배치했다.

이곳의 조형 원리는 묻힘과 솟음, 수직과 수평, 곡선과 직선, 무거움과 가벼움, 상승과 하강 등 다양한 상대적 요소의 결합이다. 생명이란 원심력과 구심력, 두 기운이 어우러져 내적 평형을 이룬 조화의 산물일 터.

비전힐스 클럽하우스의 중심에 쉘터를 설치했다. 햇빛을 조절하기 위한 장치의 필요성과 비전힐스의 비전을 상징하는 두 날개는 다만 이 쉘터를 설

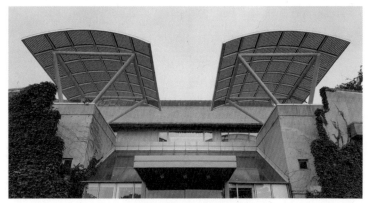

비전힐스 클럽하우스 중심, 쉘터

치하려는 명분이 있다. 쉘터는 오직 이곳을 위해 소멸되어간 무수한 자연의 생명체들을 기억하고자 내 마음속에서 하늘로 띄운 진혼의 연(鳶)이었을 뿐이다. 언젠가 담쟁이가 무성히 자라 벽을 덮고 이끼가 필 때쯤 나의 이러한 화해와 상생의 생각은 완성될 것이다.

'품'의 건축인 에바스화장품 생산공장 중심엔 4개 층이 오픈되어 있는 아트리움 공간을 두어 밝고 쾌적한 작업환경을 도모했다. 깨끗하고 화사한 회사의 제품 이미지를 고려하여 외벽은 주로 백색 페인트와 드라이비트로 마감하였고 화장품 공장인 만큼 삼원색으로 몇 개의 요소에 악센트를 주어 활력을 더했다.

에바스화장품공장 중심, 아트리움

'삶'의 건축인 '백학재(白鶴齋)'는 중앙에서 좌우로 안채(살림집)와 사랑채(추후 북카페 사용 예정) 영역으로 나누되, 중앙에 자작나무를 심어 하늘로 뻗어 오르며 자라나게 하였다.

이 중정은 추후 사랑채를 북카페로 사용하게 될 때, 살림 공간과 분리 또는 연결을 가능하게 하는 매개 공간이다. 또 중정을 거쳐 북카페에 들어설 때 확 트인 창밖 풍경을 인상 깊게 느끼도록 하는 심리적 조율공간이기도 하고, 동시에 이 집의 중심으로 상징적 공간이기도 하다.

백학재

<하늘기도소>

'밝'의 건축인 제일영광교회 중심엔 하늘기도소를 두어 중심과 하늘이 만나 하나가 되게 하였다.

2) 오간도량(五間度量, Five-Space Metrics)

건축에 입문하면서 삼각스케일(scale) 자를 알게 됐다. 그리곤 땅과 건물을 종이 위에 그리면서 줄였다 늘였다, 1/100에서 1/600까지 미터법 축척이 새겨진 스케일 자와 함께 놀며 살기 시작했다.

척도는 동서양이 모두 인체를 이용한 기준을 만들면서 시작됐다. 동·서양 모두 고대엔 인체 부위의 크기를 단순히 척도의 기준으로 사용했지만, 르네상스와 산업혁명을 거치며 서양은 기하학과 과학문명이 획기적으로 발전하였다. 그에 힘입어 서양은 카논,* 황금비, 모듈** 등 인체의 미학적 탐구를 체계화하고 산업화했다.

반면에 이 땅에선 화엄경의 '만물일체유심조(萬物一切唯心造)' 사상이 오랫동안 사물을 인식하고 평가하는 보편적인 태도였다. 객관적 실체가 주관적 해석에 따라 결과치가 다를 수 있다는 지극히 자의적인 관념이 용인되고 있다.

서양의 미학이 논리와 물적인 외적 형식과 형사(形似)에 보다 더 비중을 두고 발전한 것이라면, 동양의 미학은 정신적인 내적 조화와 기운에 초점을 맞췄다. 그래서 동양에선 군이 인체의 비례를 미학적, 종교적으로 연구할 필요가 없었다. 오히려 그것이 야박하고 난처한 미적 평가를 해야 하는 심리적 부담으로부터 자신을 합리적으로 도피시킬 수 있는 명분이 되어 비례 탐구는 고사하고 척도의 규범조차 제대로 전해오는 게 없다.

그런데 그 때문일까? 안타깝게도 근대에 서양의 물질문명이 쓰나미처럼 밀려올 때, 동양은 혼을 잃고 말았다.

나의 '오간도량'은 그 잃어버린 혼을 되찾고자 하는 궁리의 결과다. 우선 인체의 좌상을 척도의 기준으로 삼았다. 좌식 생활이 동양의 보편적인 생활 방식이기도 하거니와, 서법(書法)에서 골기(骨機)를 중요시하는 동양의 미학과 세계관을 반영하고자 하는 의도가 작용했다.

인체의 심장을 척도의 기준점으로 삼은 까닭도 탄생과 죽음의 시종을 주관하며, 인즉천(人卽天)을 가슴에 품고 사는, 동양의 혼이 맥박치는 곳이라고 생각

---

* 고대 그리스 미술에서 이상적인 비례를 뜻하는 말이다. 그리스어로 갈대라는 의미이며 고대 그리스에서는 갈대를 길이를 재는 '자'로 썼기 때문에 '표준', '기준', '정형' 등의 의미를 가진 단어로 의미가 넓어졌다.
** 건축 재료 등의 공업 제품을 생산할 때나 건축물의 설계, 조립 시에 기준으로 삼는 치수.

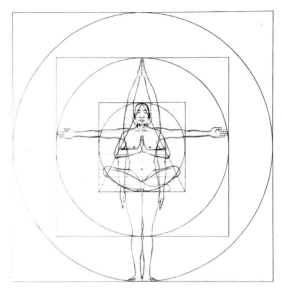

오간도량

했기 때문이다. 동양의 보편적인 일체유심조(一體唯心造) 사상을 반영하는 것이기도 하고, 심장이 인체의 중심으로 우주의 중심이 되어, 도형의 중심과 일치된 만물 척도의 중심이 되는 것이 타당하다고 생각했기 때문이다.

'오간도량'이 제시한 최소한의 공간 규정에 대한 준거가 향후 인권 차원의 1인 최소공간 시설기준 제정과 그에 따른 사회적 논의에 작은 도움이나마 되길 바란다. 나아가 그 도형이 좌식 생활 문화권, 신인합일 문화권, 정좌(靜坐)를 고안해낸 동방의 세계관에 우주적 상상력과 창조적 의미를 확장시켜주는 작은 단서가 될 수 있기를 바란다.

최소 공간

2023년도 통계청 발표에 의하면 현재 대한민국의 성인 남자 평균 키는 174cm 정도다. 평균 신장보다 약간 큰 180cm를 인체의 기준 신장으로 정해,

삶·앎·놂·퓲·빎 각각의 행위에 필요한 최소공간을 산출하였다.

첫째, 옷(衣)감을 잴 때 사용하는 단위 마(碼)가 있는데, 심장으로부터 한 팔을 뻗은 손끝까지를 한 마(碼)라고 한다. 기준 신장이 180cm일 때 길이는 약 0.9m(3자)에 해당한다. 이는 서양의 1야드와 같으며, 그 길이가 정사각형의 한 변이라면 면적은 0.81㎡(0.25평)이다. 심장을 축으로 정수리까지의 길이를 한 바퀴 돌린 크기이고, 나는 이를 1좌(座)라고 한다. 이 체적이 '앎'의 최소공간이며, 사람이 앉은 상태에서 동작의 범위가 단지 대화나 명상을 할 수 있는 최소공간이라고 생각한다. 사도세자가 갇혀 죽은 뒤주가 이 정도의 크기인데, 사유할 수 있되 방향만 바꿀 수 있는 범위다.

둘째, 옷(衣)감을 재는 단위 발(把)이 있는데, 두 팔을 벌리고 손끝에서 손끝까지를 한 발(把)이라고 한다. 길이는 약 1.8m(6자)에 해당하며 그 길이가 정사각형의 한 변이라면 면적은 3.24㎡(0.98평)이다. 이는 심장을 축으로 벌린 팔 손끝을 한 바퀴 돌린 크기이다. 이를 우리는 오래전부터 1평(坪)이라고 해왔다. 이 체적이 '놂'의 최소공간이며, 사람이 두 팔을 움직이며 자신의 의사와 감정을 행위로 표현할 때 필요한 최소공간이라고 생각한다.

셋째, 집[住]의 크기를 재는 단위 칸(間)이 있는데, 기둥과 기둥 간격을 말한다. 1자가 31.22cm였던 조선 세종 때는 8자 크기를 한 칸이라고 했다. 길이는 약 2.5m였다. 그러나 그때보다 큰 평균 키와 시대성을 감안해 9자로 늘리면 현재의 1자(30.3cm)로 2.7m에 해당한다. 그 길이가 정사각형의 한 변이라면 면적은 7.29㎡(2.2평)이다. 이는 심장을 축으로 뻗은 발끝을 한 바퀴 돌린 크기이다. 나는 이를 1칸의 치수로 정하였다. 이 체적이 '퓲'의 최소공간이며, 사람이 두 발과 두 팔을 뻗고 행동하는 데 필요한 최소공간이라고 생각한다.

넷째, 위 세 가지 공간을 모두 아우르는 체적이 생존을 위한 '삶'의 최소공간이라고 생각하며, '빎'의 공간도 "삶"의 공간과 다르지 않다고 생각한다.

칸

그 결과 '1칸'의 공간 크기가 '삶, 앎, 높, 품, 넓'을 모두 아우를 수 있는, 그 야말로 최소한의 범위가 되므로, 나는 이를 '생존을 위한 1인 최소공간 기준' 단위라고 생각한다.

이와 같은 최소공간의 토대 위에 인간의 사회성 측면과 인권 배려에 대한 함수를 추가하는 사회적 합의를 거쳐, 최종적으로 '생활을 위한 1인 최소공 간 기준'을 정하는 것이 바람직하다. 기준 설정의 목적이 인간의 존엄성 확 보에 있기 때문이다. 그래야만 교도소의 독방과 독거인을 위한 복지 시설 기준도 합리적으로 정할 수 있을 것이다.

1845년 헨리 데이비드 소로가 자발적 빈곤을 위해 월든 호숫가에 지은 오 두막은 3m×4.6m=13.8㎡(4.17평)였다. 과연 그것이 1인의 삶을 위한 적절한 크기였을까?

'칸'은 우리가 옛부터 일상생활을 영위하던 방(房)의 개수와 공간을 재는 척도로 사용해온 단위다. 그러나 집을 지을 때 '칸'의 간격은 시대별, 신분별, 용도별로 편차가 심해, 아쉽게도 '1칸'을 규정하는 일정한 치수가 없다. 아니 있었지만, 시대마다 적용한 '칸'의 간격이 달랐다. 그뿐만 아니라, 동일한 1 자(尺)라 하더라도 황종척, 주척, 예기척, 영조척 등 다양한 척도 중에서 어떤 척도를 사용했느냐에 따라 결과가 달랐다. 기준 치수가 모두 다르기 때문이 다. 그렇지만 대체로 2.4m에서 3.0m 사이로 지어진 경우가 많았으니, 1자 의 치수가 30.3㎝인 영조척(營造尺)으로 환산하면, 대략 1칸의 간격이 8자에 서 10자 사이였다는 것을 알 수 있다. 그런데 1910년 이후엔 일본의 척관법 을 사용해 1칸이 무려 1.8m로 축소됐다. 우리가 사용해오던 자, 평, 칸 등의 척관법(尺貫法)은 1964년 미터법으로 대체되면서 현재는 대한민국에서 금하

<노숙자를 위한 1인 최소 골판지하우스>

고 있다. 그동안 척도의 편차가 비록 시대별로 심했다고는 하나, '칸'은 시금도 널리 쓰이는 용어이고, 우리의 몸에 맞춘 합리성을 지녔던 신척(身尺)이어서 아쉬움이 크다.

그래서 합리적 근거에 의한 확정된 치수가 없던 '칸'의 개념을 나름 삶, 앎, 높, 품, 밞의 최소공간으로 그 기준과 근거를 정립하여 제시하는 것이다.

어느 날 바닷가에 나가 바위에 다닥다닥 붙어 있는 따개비를 보니, 아프리카 전통 가옥이나 남미의 빈민촌 생각이 났다. 한편, 이 작은 생물조차 자유롭게 제집 짓고 사는데, 사람으로 태어나 집은 고사하고 방 한 칸도 없이 떠돌다 길바닥에 그냥 쓰러져 자는 노숙자를 보면, 사람으로 태어나 부끄러운 일이고, 방관하는 사회도 도리가 아니라는 생각이 든다.

사람이 집 짓고 거주할 권리는, 생태계 뭇 생물들처럼 사람이 사람답게 살기 위해 하늘로부터 부여받은 가장 기본적인 권리다. 그래서 지구촌의 모든 국가는 제 나라 국민 모두에게 최소한의 주거 공간을 제공할 책임과 의무가 있다고 생각한다.

그런데 세상에 태어나 불공평한 것 중 대표적인 것이 땅 문제다. 무엇보다 하나뿐인 지구를 대대로 물려받아 점유하며 자기 살림집 이외 땅으로 불로소득을 취하는 자에게 정부는 적어도 헨리 조지(Henry George, 1839~1897)의 토지 공개념을 적용해 무주택자를 위한 무상 주거공급용 특별 세금을 징수하고, 무주택자가 없는 세상을 실현해야 한다고 생각한다.

더 큰 문제는 지속적으로 살아갈 수 있는 경제력이지만, 우선 집 문제만이라도 국가와 사회가 나서 해결했으면 좋겠다. 모두가 지구의 토지를 공유하며 살 수 있을 때, 비로소 평등 사회로 나아가고, 평화로운 세상이 될 것이라고 나는 믿는다.

치수 단위

오간도량엔 이러한 '최소공간' 개념 이외에 내가 그동안 모든 설계에 적용해 온 '치수 단위' 개념이 있다. 다름 아닌 '3'의 배수 적용이다. 이 땅에선 지금도 1자(尺)가 약 30cm인 척관법으로 가옥이 지어지고 가구가 만들어져, 이 척도에 의해 지어진 공간의 크기에 불편 없이 적응되어 왔기 때문이다. 또 '3'의 수가 '천부경'의 삼태극과 척도의 기준점을 '심장'으로 정한 '천, 지, 인'의 3요소를 지칭하는 상징적인 숫자이기도 하기 때문이다.

기준 '치수 단위' 적용 논리가 거의 종교적 차원이긴 하지만, 가급적 이 기준 치수 단위를 고수하며 건축자재 또는 건축 법규상 어쩔 수 없거나 특별한 경우를 제외하곤 거의 모든 길이의 결정에 '3'의 배수를 적용해오고 있다. 물론 '칸'의 기준 치수도 예외가 아니다.

천부경 묘향산 석벽본

동파문으로 번역한 천부경

천부경은 이 땅에 전해 내려오는 한민족의 오랜 경전이다. 1781년 정조가 구월산 삼성사에서 올린 치제문에는 천부보전으로 언급되어 있는 바, 단군시대에 녹두문으로 작성됐다는 이것을 최치원이 한자로 번역한 81자 전문에는 고대 한민족의 우주관과 천,지,인 일체 사상 및 숫자 탄생의 기원에 대한 내용이 간결하게 적시되어 있다.

이 난해한 문장을 몇 해 전에 해석해 중국 운남성 나시족이 지금도 사용하고 있는 인류 최후의 상형문자인 동파문으로 번역했고, 최근 11×11=121자, 13×13=169자, 두가지 한글 버전으로 만들었다.

한	은	시	작	없	는	한	삼	극	으	로
쪼	개	도	다	함	없	고	일	천	이	지
삼	인	으	로	나	뉘	도	음	양	으	로
십	채	워	져	음	양	삼	극	천	음	양
삼	극	지	음	양	삼	극	인	이	된	다
그	음	양	총	화	육	칠	팔	구	낳	고
삼	극	합	일	과	음	양	조	화	로	순
환	한	다	한	은	묘	연	해	쓰	임	변
해	도	근	본	변	치	않	고	맘	과	해
같	음	을	깨	달	아	천	지	인	이	하
나	임	을	알	라	한	은	끝	없	는	한

한	은	시	작	이	없	는	한	이	다	삼	극	으
로	쪼	개	도	다	함	이	없	고	한	은	일	하
늘	이	땅	삼	사	람	으	로	나	누	어	도	사
음	양	으	로	십	이	채	워	지	며	삼	극	은
오	하	늘	도	음	양	삼	극	땅	도	음	양	삼
극	사	람	도	음	양	삼	극	으	로	나	뉜	다
그	음	양	의	총	화	육	거	기	서	칠	팔	구
나	오	고	삼	극	과	음	양	이	운	용	할	제
삼	극	의	합	일	과	음	양	의	조	화	로	순
환	한	다	한	은	묘	연	해	쓰	임	변	해	도
근	본	은	변	하	지	않	고	본	디	맘	과	해
가	동	일	함	을	깨	달	아	천	지	인	이	하
나	임	을	알	라	한	은	끝	없	는	한	이	다

一始無始一析三極無盡本(일시무시일석삼극무진본)

'한(一)'시작이 없는 존재로서 우주가 생성되기 이전에 있는 태초의 텅빈 무극이며, 만물의 근원으로서 삼태극(천,지,인)으로 나누어 쪼개도 본체는 다함이 없는 태극이다.

天一一地一二人一三(천일일지일이인일삼)

천(하늘)은 '한'에서 첫 번째 나눈 태극이다. 그것을 천의 생성수 "1"이라 하며,

지(땅)는 '한'에서 두 번째 나눈 태극이다. 그것을 지의 생성수 "2"라 하고,

인(사람)은 '한'에서 세 번째 나눈 태극이다. 그것을 인의 생성수 "3"이라 한다.

一積十鉅無匱化三 (일적십거무궤화삼)

이때 '한'의 무극(一)이 태극이 되어 음(陰)과 양(陽)의 두 기운으로 나뉘며 음양(二)의 태극으로 재편된다. 그것을 음양의 분리수 "4"라고 한다.

이 음양의 기운으로 인해 천, 지, 인의 총화가 "10"으로 충족되며 쪼개지기 이전의

태극에 비해 전혀 부족함이 없는 삼태극으로 나뉠 수 있게 된다.

天二三地二三人二三(천이삼지이삼인이삼)

그래서 천, 지, 인은 서로 자기 안에 다른 두 정체성의 기운을 품은 대등한 존재가 되어, 천도 음양을 품은 삼태극 중 하나가 되고, 지도 음양을 품은 삼태극 중 하나가 되며, 인도 음양을 품은 삼태극 중 하나가 된다. 그 음양의 수 "2"와 삼태극의 수 "3"의 합수를 완성된 삼태극의 합일수 "5"라고 한다.

大三合六生七八九(대삼합육생칠팔구)

음양은 만물을 생성하고 변화를 일으키는 태극의 원기이다. 삼태극이 지닌 음양의 기운 합수(핵)를 태극의 음양수 "6"이라 하며,

"7"은 천의 변화수다. 생성수 "1"과 음양수 "6"의 합수이고,

"8"은 지의 변화수다. 생성수 "2"와 음양수 "6"의 합수이며,

"9"는 인의 변화수다. 생성수 "3"과 음양수 "6"의 합수이다.

運三四成環五七(운삼사성환오칠)

삼태극의 수 "3"과 음양의 분리수 "4"가 '한'을 운용할 제, 삼태극이 완성된 "5"수의 합일과 삼태극의 수와 음양의 분리수가 교합하며 생기는 "7"수의 조화로 만물이 생장염장하며 태극의 핵 음양수 "6" 주위를 끝없이 순환한다.

음양삼태극

一妙衍萬往萬來用變不動本(일묘연만왕만내용변부동본)

'한'은 실로 오묘하고 무변 광대하여, 천지의 만물이 그 안에서 저마다 생성소멸하며 만왕만래 하여도 용(用)인 삼태극의 쓰임은 변해도 체(体)인 '한'의 근본은 결코 변하지 않는다.

本心本太陽昂明人中天地一(본심본태양앙명인중천지일)

본디 사람의 마음과 하늘의 태양은 같은 존재이니, 이것을 우러러 깨닫고, 사람

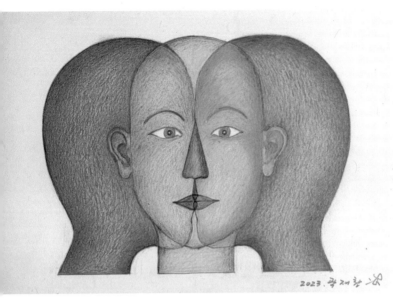

<삼태극>

가운데 하늘과 땅이 하나이며 동일한 '한'의 존재임을 알라.

一終無終一

'한'은 끝이 없는 존재로서 무한하며 영원한 '한'이다.

이 천부경 81자에는 '인중천지일(人中天地一)'이라는 구절이 나온다. 내 안에 있는 하늘과 땅이 나와 '하나'라는 것이다. 그 '한'은 너무도 묘연하고 무궁해 천·지·인 3극으로 나누어도 본질은 변함이 없다 한다. 바로 그 3극을 삼태극이라고 하는바, 땅의 기운을 아우르고 하늘의 기운을 우러러 내가 존재하나니, 사람이 곧 하늘이고 땅이다.

돌이켜보니 이것이 내가 그토록 찾아 헤맨 지향점이었구나, 하는 생각이 비로소 든다. 중심을 짓고 하늘을 지향한 나의 건축, 그 가운데 도사리고 있던 그것은 바로 이 '인중천지일'이었다.

2부. 아가오장

我家五場

— 설계 작업에 적용된 개념과 실제

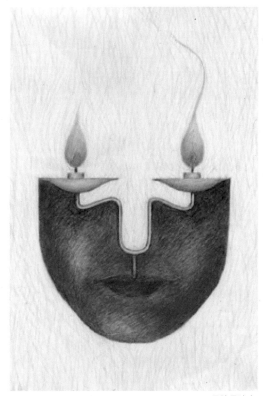

<고독한 몽상가>

삶

안식의 장

어릴 적 살던 대전 정동집 내부를 사진으로 남긴 것이 없어 아쉽다. 부엌과
목욕탕, 장독대, 수돗가, 우물이 있던 마당과 화단의 나팔꽃, 분꽃, 접시꽃
등이 떠오른다. 유일하게 남아 있는 것이라곤 화장실 입구를 스케치한 것
과 국민학교 1학년 때인지, 입학하기 전 해인지 분명치 않지만, 안방 마루
앞에서 형제사촌 이웃들과 어울려 찍은 사진뿐이다. 그 사진 속 어머니가
겨우내 방에서 뜨개질로 지어주신 털실 옷이 눈물겹다.

근본으로 돌아가는, 귀소헌(歸素軒)

— 귀소헌 별채

귀소헌(歸素軒)은 집주인 윤상기 교수 부부가 12년 전에 영암 월출산 자락 개신리 새박골에 대흥사의 일지암을 본떠 동일한 규모로 지은 집이다. 일지 암은 초의선사(草衣禪師, 1786~1866)가 다산 정약용(丁若鏞, 1762~1836)과 추사 김정 희(金正喜, 1786~1856), 소치 허련(許鍊, 1809~1892) 등과 시서화(詩書畵)를 논하면서 풍류를 즐겼던 조선 후기 인문학 담론의 보고(寶庫)였다. 일지암의 정신을 우 리 시대에 다시 한번 발현시키고자 이곳에 터를 잡고 귀소헌 원림을 조성하 기 시작하였으니, 이 부부가 지향하는 인문학 담론의 정원은 빼어난 수목이 나 희귀한 화초로 잘 정돈된 정원이 아니라 '타샤의 정원'과 같이 자연과 하 나된 평화로운 정원으로, 고요한 화엄의 세계이다.

'귀소헌'이란 당호는 도연명(陶淵明, 365~427)이 지은 귀거래사(歸去來辭)에서 영향을 받아 지었다고 한다. 귀거래(歸去來)는 관직을 버리고 고향으로 돌아 가는 것을 일컫는 말로, 윤 교수의 선조인 고산 윤선도(尹善道, 1587~1671)도 다 음과 같은 은자적 삶을 희구하는 한시를 남겼다.

人間軒冕斷無希(인간헌면단무희) 인간 세상 높은 벼슬 결코 바라지 않았고
惟願江湖得早歸(유원강호득조귀) 오직 강호에 일찍 돌아갈 수 있길 원했네
已向孤山營小屋(이향고산영소옥) 이미 외로운 산에 작은 집을 지어 놓으니
何年實着芰荷衣(하년실착기하의) 어느 해에 실로 연잎 옷을 입을 수 있으리

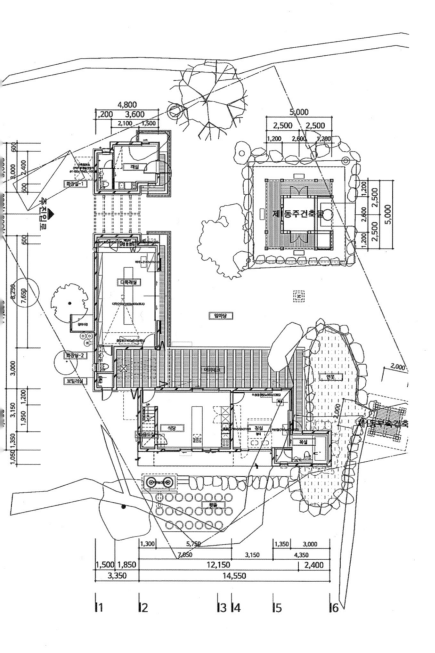

이 시는 〈次韻謙甫叔丈詠懷二首(차운겸보숙장영회이수)〉 중 두 번째 작품이다. 고산의 나이 30세에 지은 것으로, 조정 내 간신배들이 하는 짓을 보고 젊은 나이인데도 귀거래를 표명하는 시를 지은 것이다.

윤 교수가 일지암을 본받아 지은 공간, 귀소헌이라는 당호에는 이와 같은 선조들의 풍류정신과 은일정신이 함께 담겨 있는데, 자연친화적이며 진세

(塵世)로부터 멀어지고자 하는 마
음을 헤아려 볼 수 있다.

　귀소헌은 마을 입구에서 멀리
장군봉과 천황봉이 펼쳐지는 월
출산의 장엄한 풍광을 바라보며
진입한다. 안으로 들어서기 전, 와편으로 거칠게 막쌓은 담 같은 벽이 나
오고, 그 사이로 방향을 틀면서 진입부에선 보이지 않던 인문학 정원의
내밀한 마당에 들어서게 된다. 중심에 귀소헌과 매화 한그루가 서 있는,
어머니의 품 같은 화엄 세계로의 귀소다. 화엄은 '하나가 일체요, 일체가
곧 하나'다. 집에서 키우는 진돗개 '호야'를 위한 집도 특별히 공간 프로
그램에 포함시켰다. '호야'도 한 생명이요, 한 식구이니, '천지여아동근(天
地與我同根), 만물여아일체(萬物與我一體)'의 세계! 더불어 함께 살아가며 '쉬
엄쉬엄' 화엄(華嚴)을 이뤄가는, 이것이 이 집의 '삶'이다.

새로 신축하는 귀소헌 별채는 이 터에 품었던 건축주이 뜻을 소중히 여겨, 그 정신과 그동안의 시간이 담겨 있는 기존 귀소헌을 훼손하지 않고, 그 뜻을 강조하는 데 초점을 두었다.

귀소헌 원림의 조성 행위 일체를 초의 선사가 지향했던 다선일미(茶禪一味)의 '다(茶)'에 비유한다면, 귀소헌에 담긴 의미는 '선(禪)'에 해당하는 정신의 핵이라고 할 수 있다. 세월이 지나도 신축 건물로 인해 존재감이 퇴색하거나 초라해지지 않고 더욱 빛을 발할 수 있도록 영역의 중심에 귀소헌이 배치되도록 했으며, 작고 검박한 공간이 귀소헌의 정신과 텅 빈 충만을 대변할 수 있도록 하였다. 근본으로 돌아가는 우주만물의 귀소(歸素)를 깨우치는, 이것이 이 집의 '앎'이다.

월출산은 수많은 기암괴석으로 어우러진 신령한 산으로 하나의 거대한 수석처럼 보이기도 하고 아름다운 한 폭의 산수화 같기도 하다. 막 떠오르는 달을 양봉 사이로 바라보는 광경은 너무나 아름다워 "달이 뜬다. 달이 뜬다. 둥근둥근 달이 뜬다. 월출산 천황봉에 보름달이 뜬다"는 영암 아리랑의 노랫말이 되었다. 고산 윤선도도 월출산에 올라 시조 한 수 남겼다.

월출산이 높더니마는 미운 것이 안개로다.
천왕 제일봉을 일시에 가리워 버렸구나.
두어라 해가 펴진 뒤면 안개 아니 걷히랴.

기기묘묘한 월출산의 높고 낮은 봉우리들을 조망하는 데 지장이 없도록 건물의 높낮이를 조율하고, 막히면 터주고 터지면 막아주는 다양한 공간 리듬으로 춤추게 했다. 월출산에 달 뜨면 숲속의 신비와 뭇 생명들이 집과 어

우러져 노닐며 풍류를 노래히는, 이
것이 이 집의 '놂'이다.

중심을 'ㄴ(니은)' 자로 둘러싸고 있
는 신축 별채 건물은 전통 공간구성
개념을 차용해 안채, 사랑채, 행랑채
로 나누고 집의 다양한 쓰임에 가변
적으로 대응할 수 있도록 했다. 토
굴, 장독대 등 부속시설 동선과도
무리 없이 연계될 수 있도록 하였다.
집의 구조는 대청마루와 온돌을 반
영해 하절기와 동절기 쓰임에도 유용하도록 했으며, 현대적 공간 개념과 전
통적 공간 개념이 어우러진 시·공간을 형성해 기존 시설들과 조화를 이루는
쓰임을 갖도록 하였다. 신구(新久)가 공존하는 온고지신의 덕으로 상생(相生)
을 지어가는, 이것이 이 집의 '쓺'이다.

다목적실의 옥상에 서면 월출산이 그림처럼 한눈에 들어온다. 2층 객실
앞 옥상에서 족욕을 하며 월출산을 조망할 수 있도록 옥외 욕조를 설치해
달이 뜨거나, 비가 올 때, 눈이 내릴 때도 온전히 하늘의 기운과 하나되는 풍
취를 향유할 수 있도록 하였다. 살아가면서 집의 형(形)과 상(象)이 자연과,
집의 수(數)와 시(詩)가 생활과, 집의 내(內)와 외(外)가 이웃과 합일되는 그윽한
공간으로 깊어지고 지속적으로 자연 풍광과 함께 아름다움을 지어갈 수 있
기를 바란다. 나와 집이 '하나'되는 아가일여(我家一如)적 삶으로 천지와 합일
된 원융(圓融)을 이뤄가는, 이것이 이 집의 '삶'이다.

역사와 자연을 아우르는, 백학재(白鶴齋)

강화도 백학재에서 하룻밤을 지내며 코가 삐뚤어지도록 대취했다. 덕진 진 바로 앞 언덕에 지은 지 5년이 된 집이다. 이번에 외부공간이던 중정을 개조한 후, 주인장이 잊지 않고 건축가와 시공자를 초대한 자리였다. 건축 가에게 자신이 설계한 집은 자식과 같은 존재다. 그러나 준공되면 자신의 손에서 떠나 집주인과 희로애락을 함께하는 것. 그러니 그 하룻밤은 사돈댁 에서 머문 것이라고나 할까? 그동안 정원엔 주인장 부부가 정성 들여 가꾼 화초와 나무들이 집의 연륜과 함께 자리를 잡아가고 있었다. 그저 행복한 삶을 누리길 바랄 뿐이다.

다음 글은 설계할 당시에 품었던 생각과 컨셉이다. 설계할 당시의 프로젝 트 명칭은 '북카페 쥬라블리'였다

북카페 쥬라블리(Bookcafe Zhuravli)

"어떤 집을 원하세요?"라고 물어보니, 우선 살림을 할 수 있어야 하고, 강 화 생활에 어느 정도 적응이 되면 북카페를 운영할 수 있는 집을 지었으면 하였다. 지친 이들이 몸과 맘을 편히 의지하고 쉴 수 있는, 그냥 바다와 같 고 하늘과 같은 집.

그리고 내민 하얀 단층집 사진 한 장!

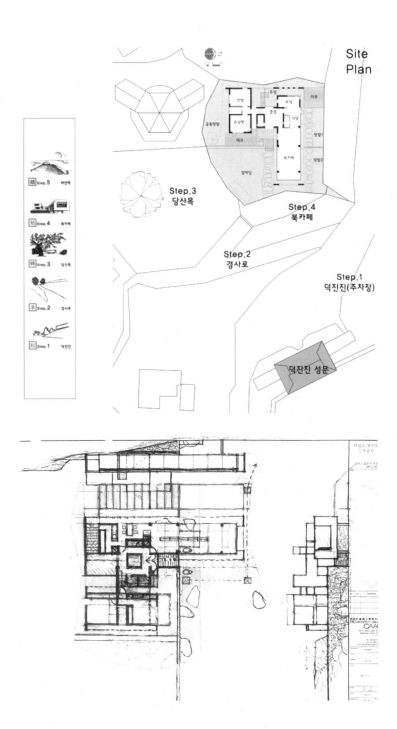

Site Plan

Step.5 해안쪽
Step.4 북카페
Step.3 당산목
Step.2 경사로
Step.1 덕진진

Step.3 당산목

Step.4 북카페

Step.2 경사로

Step.1 덕진진(주차장)

덕진진 성문

나는 가끔 병사들을 생각하지/ 피로 물든 들녘에서 돌아오지 않는 병사들이/ 잠시 고향 땅에 누워보지도 못하고/ 백학으로 변해버린 듯하여/ 그들은 옛날부터 지금까지 날아만 갔어/ 그리고 우리를 불렀지/ 왜, 우리는 자주 슬픔에 잠긴 채/ 하늘을 바라보며 말을 잃어야 하는지?/ 날아가네, 날아가네 저 하늘 지친 학의 무리들/ 날아가네 저무는 하루의 안개 속을/ 무리지은 대오의 그 조그만 틈 새/ 그 자리가 혹 내 자리는 아닐는지/ 그날이 오면 학들과 함께/ 나는 회청색의 어스름 속을 끝없이 날아가리/ 대지에 남겨둔 그대들의 이름자를/ 천상아래 새처럼 목 놓아 부르면서……

그 사진을 보며 떠오른 첫 생각이 러시아 노래 〈쥬라블리(백학)〉였다.

집 지을 땅 바로 앞 덕진진은 140여 년 전인 19세기 말 조선이 프랑스와 미국과 벌인 병인양요(1866)와 신미양요(1871) 때의 격전지로, 피아간에 많은 병사가 희생된 유서 깊은 지역이기 때문이었다. 성문 앞 언덕 위에 위치한 부지는 주변 일대를 한눈에 조망할 수 있는 곳으로, 높고 낮은 두 레벨로 크게 나뉘어 있었고, 문화재가 근접한 곳이기 때문에 지표면으로부터 건물 높

이가 5m를 넘지 못한다는 제한이 있었다. 이곳에서 책을 읽으며 잠시 생각에 잠기고, 하늘과 바다를 품으며 꿈꿀 수 있다면, 좋은 북카페가 될 수 있으리라 생각했다.

어떻게 이 땅의 이야기를 이 장소와 엮어 이곳을 찾는 이들에게 전하면 좋을지, 구상은 땅의 이야기로부터 시작되었다.

사방으로 열린 부지는 마치 이 일대를 조망하며 지휘하던 유적지의 돈대(墩臺)처럼 보이고, 마당의 느티나무 고목 한 그루는 이곳을 지켜온 수호목인 듯 내뿜는 기운이 예사롭지 않았다. 그래서 더욱 떨칠 수 없었다. 손돌의 전설과 근세의 역사를 아우를 수 있도록 북카페의 공간 구성을 덕진진과 연계시켜야겠다고 생각했다.

그것을 반영하기 위해, 부지는 건축주의 소유 범위를 벗어나 덕진진 영역으로 확장되었고, 덕진진 주차장 레벨에서 북카페 정상까지 오르는 경로와 그 상승 과정이 중요한 설계 과제가 되었다. 이것을 나는 정신이 점증적으로 고양되고, 조망이 점차적으로 확대되는 5단계 수직 공간 위계를 지닌 기(起), 승(承), 전(轉), 결(結), 월(越)의 5개념으로 풀었다.

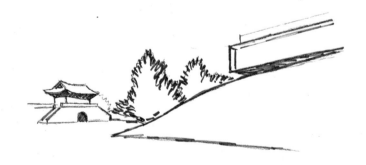

- 기(起)의 단계는 손돌의 전설과 병인양요, 신미양요에 이르는 역사유적지인 덕진진 공간이다.

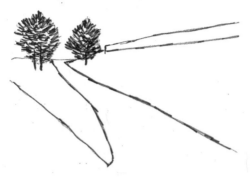

- 승(承)의 단계는 마을과 북카페를 향해 오르는 작고 좁은 경사로 공간이다.

- 전(轉)의 단계는 오랫동안 이곳의 생명과 영혼을 지켜온 느티나무 고목이 서 있는 잔디마당 공간이다.

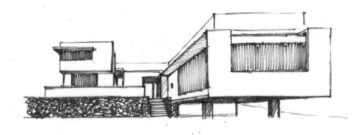

- 결(結)의 단계는 중정을 거쳐 느티나무 고목과 공조루, 손돌목 등을 조망하며 생각에 잠길 수 있는 북카페 내부공간이다.

- 월(越)의 단계는 하늘과 바다를 가슴에 품으며 강화해협과 광성보, 초지진, 덕포
진 등을 응시할 수 있는 옥상 공간이다.

'기승전결'의 단계는 집의 생성논리이며, '월'의 단계는 땅이 품고 있는 한
(恨)을 풀어내고자 하는 승화논리다. 이것이 이곳의 역사와 자연을 아우르
고, 또 우러르는 이 집의 정체성이길 바랐다. 이 과정에서 중정은 좀 특별하
고 다양한 역할을 한다. 집은 살림(안채)과 북카페(사랑채) 영역으로 나누되,
각 부분이 상호 불편하거나 다소 부족할 수 있으니, 중정은 경우에 따라 서
로의 영역으로 분리하거나 연결이 가능한 매개공간이다.

중정은 잔디마당에서 카페에 들어설 때 창밖 풍경을 인상적으로 강조하
기 위한 심리적 조율공간이기도 하다. 이와 더불어 서가를 설치한 카페가 이
집의 중심공간, 상징적 공간이 되는 든든한 배경이다.

때와 곳이 늘 어진 집, 시선재(時善齋)

어느 날 고등학교 동창이 근 반세기 만에 불쑥 찾아왔다. 친구는 공주 평소리에 귀향하여 컨테이너에서 혼자 기거하며 아로니아 농사를 짓고 있는데, 고향 동막골에 여생을 보낼 집을 지으려고 궁리하다 보니, 학창 시절 그림 잘 그리던 내 생각이 문득 나더라는 것이다. 그래서 대전에 있는 동창들에게 내 소식을 수소문해 서울로 찾아오게 되었단다. 그러면서 하는 말이, 전통과 현대미가 어우러진 목구조에 온돌방이 딸린 흙벽돌 친환경주택 30평을, 공사비 1억 들여 2년간 혼자 직접 쉬엄쉬엄 지어볼 참이란다. 자기는 아직 건장해서 설계도만 있다면 짓는 건 자신있다고. 허~ 참!

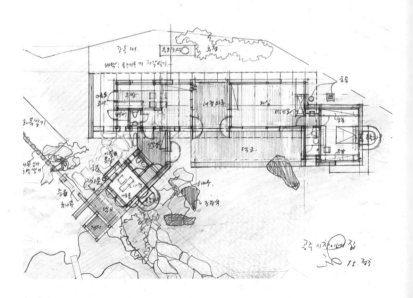

갑자기 고향 친구가 찾아와 반가웠지만, 여러 사정이 녹록지 않고 무리가 따르는 듯했다. 멀리 있는 나보다 가까이 있는 친구 사무실에서 긴밀하게 자주 상의하며 진행하는 게 좋겠다고 하면서, 술 한잔 나누며 묵은 회포를 풀고, 저녁 식사 후 그냥 헤어졌다.

그러고 1년이 지났다. 불원천리하고 찾아온 친구를 그냥 보낸 것이 계속 맘에 걸려 안부 전화를 했다. 어떻게 잘 짓고 있느냐고. 근데 웬걸, 대전 친구 사무실에 갔었지만, 맘에 안 들어 여태 아무것도 못하고 있다고 한다. 그것 참~!

그렇다면 한번 시작해보자. 그렇게 해서 짓게 된 집이 시선재다.

결국 자식들의 만류로 친구가 직접 짓지는 못하고 시공회사에 맡겨 지었고, 부부 금실이 좋아, 서로의 이름 가운데 글자 한 자씩을 따서 당호를 지었다. 시선재는 '때가 늘 어진(善) 집이니, 곳도 늘 어진 집'이 될 것이다. 평소리에 있는 광덕산 자락에 앉아 저 멀리 선학(仙鶴)이 노니는 팔봉산을 바라보며 호연지기를 펼쳐 본다.

'유랑을 끝낸 집시들의 마지막 거처, 카치올리'

　김요일 시인의 집에 초대를 받고 '카치올리'에 방문했다. 준공된 지 6년 만이다. 김 시인을 나에게 소개했던 동화작가 김진과 함께 고양시 강매동에 있는 그 집에 들어서니, 설계할 때 보았던 그의 아들 새힘과 딸 새별이 그사이 모두 시집 장가를 가서 며느리와 사위, 손녀도 함께 반긴다.

　'카치올리'란 본래 김 시인이 쓴 시(詩) 제목으로 '유랑을 끝낸 집시들의 마지막 거처' 이름이다. 달무지개 걸려 있는 마을 이름이기도 하다는데, 리듬에 맞춰 흥얼거리다가 잠이 들면 백 가지 꿈을 꾼다는 곳이다. 설계하며 내

Site Plan

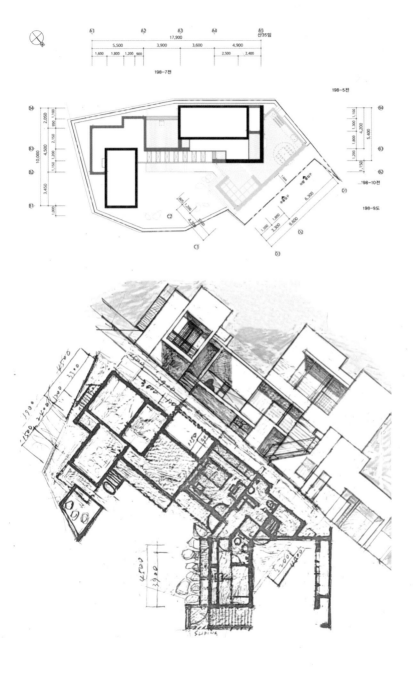

가 임의로 이 집 당호로 차용해 썼다.

　김 시인이 내게 요청했던 것은 집에 술 마시기 좋은 곳을 몇 군데 만들어 달라고 했을 뿐이다. 그런데 살아보니, 그런 곳이 부산 사투리로 '천지 삐까리'란다. 꽃이 만발한 봉대산을 바라보며 술 한잔해도 좋고, 세찬 빗소리를 들으면서도 좋고, 단풍 들고 낙엽 지거나 눈보라 치는 날도 어디서든 좋다고, 죽을 때까지 평생 이곳에서 살겠단다.

　이 집에서 그림 동화 〈범 내려온다〉 삽화를 그린 김우현을 사위로 맞았다. 그는 나이 서른네 살, 젊은 나이임에도 모교에 장학금도 기부한 참신한 청년이었다. 뿐만인가 이쁜 며느리와 손녀까지 얻었으니 이 집의 복이 더할 나위 없다.

　김 시인이 워낙 애연, 애주가로 소문이 나서 사는 것도 집시처럼 살 줄 알았는데, 당호처럼 그사이 그는 유랑을 마치고 집과 삶이 하나된 듯 어우러져 평화로워 보였다.

카치올리로의 초대

— 김요일

카치올리,
유랑을 끝낸 집시들의 마지막 거처
사시사철 태양만한 보름달이 떠 있지
푸른 연기 자욱한 마을은
국경 밖에 있어

마을 어귀엔 선술집
간판도 문도 달려 있지 않아
술은 마셔도 그만 안 마셔도 그만
리듬에 맞춰 카치올리 카치올리 흥얼거린다네

재즈면 어떻고 탱고면 어때
누구나 솔리스트가 되어 카덴자를 연주하지

졸리진 않겠지만 잠이 들면
마을 사람들은 백 가지의 꿈을 꾸곤 해
바다보다 출렁이는
마지막 별보다 슬픈, 착한 꽃보다 향기로운
그런, 뻔하고 낭만적인 꿈 있잖아

놀다 지쳐 심심해진 소녀들은

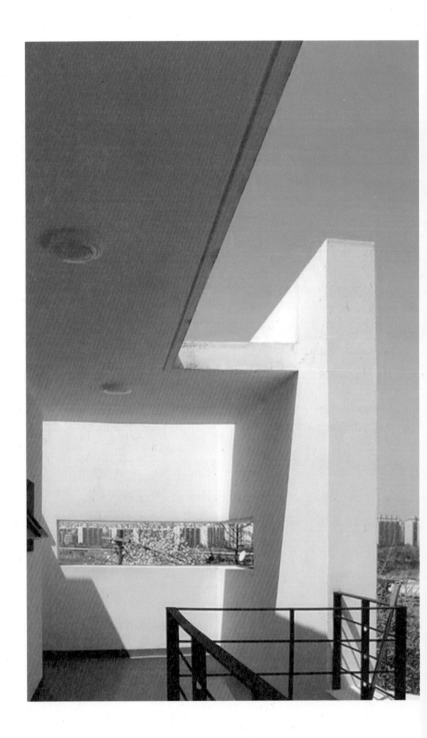

기지 끝에 발그레한 열매로 매달리기도 하고
눈꽃이 되어 날아다녀

카치올리,
시보다 사랑스러운 것들로 넘쳐나는 곳
책 밖으로 길이 나 있는 곳
가끔, 정장을 차려입고 결혼식엘 가거나
한심해진 신을 위해 기도하기도 하지
모두 모여 함께 몸을 씻기도 해

카치올리,
달무지개 걸려 있는 마을 이름은 카치올리지만
여장남자 시코쿠는 레피시라고 불러
털보 뤼팽은 아무르가 맞다고 우기지
마을 사람들의 심장 개수만큼 불리는 이름도 제각각이야

내가 사는 땅 카치올리, 카치올리, 카치올리
오지보다 깊은 곳
모락모락 모닥불 같은 환(幻) 피어나는 곳
당신에게만 살짝 귀띔하고 싶은 곳

마음속에 지은 집, 솔의 집

건축가에겐 자신이 설계한 집이 실제로 세워지지 못하고 미완의 설계안으로 남아 있는 경우가 허다하다. 나에게도 그러한 경우가 많은데, 그중 시간이 지나도 잊히지 않는 집이 있다. 이루지 못한 것에 대한 애틋함이 크기 때문에 그러하리라. 아직도 마음 한구석에 그 집이 나의 그림자처럼 남아 있음을 문득 보곤 한다.

그 집을 설계한 지도 벌써 삼십여 년이 넘었다. 그때가 늦은 봄쯤이었나. 평소 알고 지내던 농학자인 정 박사가 찾아와 청주에 내려가 후학을 가르치게 되었다며 작은 거처 설계를 요청했다. 서울에서 청주로 오고가면서 때때로 머물며 다용하게 쓸 수 있는 처소가 필요해서란다.

집 시을 터는 소상으로부터 불려받은 종산에 있는 밭이었다. 10여 호가 옹기종기 모여 사는 평화로운 기운이 감도는 마을이었다. 함께 답사하던 그날, 때마침 그 마을에 운무가 서려 그곳을 거쳐 산으로 들어서는 우리가 마치 수묵화 속에 있는 나그네가 되어 그 화폭 속을 걷고 있는 듯한 착각에 빠질 정도였다. 그 터에서 바라본 운무 속의 소나무는 그야말로 한 폭의 선경이었다.

비 오는 오후
대청에 앉아
무심히 바라보는
솔나무
바람은
풍경소리에
사위어지고
개 짖는 마을은
비안개에
묻혀 가는데
지긋이 눈감는
아득한 마음에
투명한 날개를
일으키는
푸르름이여.

그렇게 설계가 시작되었다. 예산은 넉넉하지 못했지만, 그곳에 어떻게 선

비의 호연한 기상과 풍류를 담을 수 있을까, 이 궁리 저 궁리 고심했다. 비록 마감은 세련되지 않고 투박하더라도, 또 미려하지 않고 다소 거칠더라도, 품새가 당당하고 범속하지 않은 기운이 서린 집이면 그 아니 족할까 싶었다. 실면적이야 30평 정도지만 그만하면 쓰기에 넉넉했다. 그러나 붓글씨도 획수가 적은 한 일(一) 자에 생동한 기운과 멋을 담기가 쉽지 않듯이 집 설계도 작은 집이 오히려 어렵다. 구성인자가 작고 단순하기 때문이다. 그것도 전원에서는 도시보다 규모가 더욱 작게 느껴지니 말이다.

궁리 끝에 처음 답사에서 받았던 인상적인 소나무의 이미지를 모티프로 삼아 작업을 전개해 나갔다. 하절기와 동절기에 가변적으로 대응할 수 있는 마루 공간을 중심으로 안채와 사랑채를 나누어 구성하고, 석 달여 열심히 몰입하여 매만지다 보니 그런대로 틀이 잡혔다.

거의 마무리해 나갈 즈음, 뜻밖의 연락이 왔다. 미안하게 됐노라고. 팔순의 노모가 계시는데, 당신 눈에 흙이 들어가기 전에는 그곳에 집을 지을 수 없노라 한다는 것이었다. 일순에 맥이 쫙 빠지는 일이었지만 어쩌겠는가. 살자고 짓는 집으로 초상을 치를 수는 없는 노릇이니, 그날로 설계는 그대로 허공에 뜬 집이 되고 말았다.

그 후 시간이 지나 잊혀가던 어느 날 불쑥 정 박사로부터 중학교 '기술' 검정교과서를 함께 집필하자는 요청이 왔다. 교과서를 집필할 만한 지적 능력도 없고, 더군다나 평소 이 방면에 관심과 경험이 없던 나로선 무모한 일인지라 가능치 않다 하였다. 그러나 집요한 요청과 무엇보다 집필할 경우 보류했던 집을 짓겠다는 달콤한 꾐(?)에 빠져 호기 어린 취중에 그만 수락하고 말았다. 그 뒤에 날밤을 새며 끙끙거렸던 시간이라니 참!

그러나 집필을 끝낸 그 이후에도 한 달 두 달 기다려 달라던 집짓기는 오리무중에 빠지고, 다시 일년 뒤 고등학교 검정교과서 집필을 재요청해왔다.

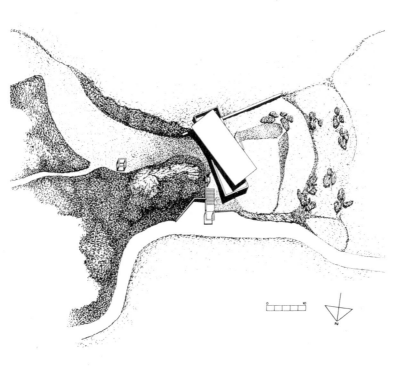

이번엔 마음을 다잡아 먹고 단호히 거절했으나 단단히 작정한 듯 이번만이라며 막무가내였다. 꼭 집을 짓겠다는 다짐을 재차 받고 다시 일을 저지르고 말았으니 그 후 끔찍한 고난의 시간을 어디에 하소연할 수 있으랴. 그러나 이 사역마저도 집짓기에는 역부족이었는지 끝내 무산되었다. 이것은 필시 자신의 설계에 집착하여 이를 기어코 실현하고야 말겠다는 나의 질긴 욕망에 내리는 형벌이 아니었나 싶다.

돌이켜 생각해보면 집은 비록 짓지 못했으나 그로 인하여 책 두 권을 지었으니, 부족한 책이나마 그 책으로 공부했을 학생들을 떠올리면 약간의 위안을 받기도 한다. 그 아이들이 성장하여 장차 자신들의 집을 지을 때, (순전히 나의 자위이긴 하지만) 이 배움이 계기가 되어 좋은 집을 지을 수도 있겠다는 생각이 들기 때문이었다.

세월이 지나 시간이 바뀌면 자연 공간도 바뀌고 그 속의 사람도 바뀌어,

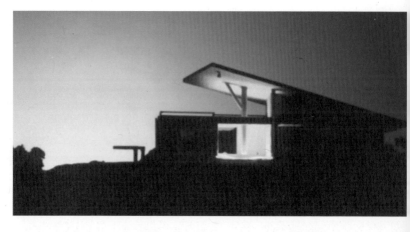

결국 모든 것이 변하기 때문에 한번 지을 시기를 놓치면 다시 그 집을 짓기 어려운 법이다. 그래서 〈솔의 집〉은 이제 지을 수 없다.

지난해 오랜만에 만난 친구가 사무실에 와 〈솔의 집〉을 보더니 그대로 자신의 터에 옮겨 짓길 원했다. 그러나 집이란 집이 놓인 곳의 주변 환경과의 관계 속에서 가치를 지니는 것이지, 독립된 개체로 의미가 부여되는 것이 아니다. 장소가 변하면 동일한 형상의 집이라 하더라도 주변 환경이 다르고 상황이 달라 내부의 쓰임도 변해 집의 가치가 전혀 다르게 된다. 설혹 옮겨 짓는다 해도 그것은 이미 〈솔의 집〉이 아니고, 다만 형상을 닮은 다른 집일 따름이다. 사정이 이러하니 이제 노모님의 허락이 떨어져 당초의 터에 그대로 짓는다 한들 예전의 〈솔의 집〉은 다시 지을 수 없을 것이다.

집이란 처음엔 사람이 그곳에 들어가 살지만, 세월이 지나 집이 퇴락하면 집이 사람의 기억 속에 들어와 살다 사라진다. 생각해 보니 〈솔의 집〉은 이미 오래전부터 내 기억 속에 들어와 나와 함께 살고 있었나 보다. 아니 처음부터 나의 마음속에 지은 집이었는지 모른다. 비록 세상에 나와 실현되어 사람과 함께 살 수 없었다 할지라도 내 마음속에는 무너지지 않는 추억의 집으로 남아 있다.

<솔의 집>

공허공간의 구축, 웅백헌

불혹의 나이를 넘기고서야 처음으로 고향 대전에 작은 집(연면적 101.92㎡/ 약 31평) 하나 설계한 적이 있다. 도로 개설로 잘려나가 남게 된 성남동 가로변 모퉁이 자투리 땅(면적 96.41㎡/ 약 29평)이었다. 중심에 콧구멍 같은 마당(3x5m)을 만들어 평상이나 대청 기분이 들도록 마루를 깔고, 담장에 작은 벽난로 하나를 붙여 놓고 작업을 마무리했다. 그러곤 그 마당이 마치 하늘이 천정인 안락한 거실인 양, 마루에 누워 활활 타오르는 불꽃을 상상하며 밤하늘을 보았다. 아마 '3일 천하'쯤 됐을 게다. 그렇게 혼자 도취해 이 생각 저 생각에 잠겨 멍때리다가, 한여름밤의 꿈처럼 허무하게 끝났다. 현실을 잊어버린 채, 내가 살 집도 아닌데 내 집처럼 꿈꾸고 착각하다가 황망히 접어야 했다. 건축주가 살 집이 아니라 내 집을 지었으니…….

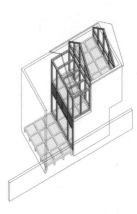

엑소노메트릭

그래서 나는 건축가라기보다 때론 몽상가에 가깝다. 그렇지만 어찌 이 계획안을 버릴 수 있으랴! 모형까지 만들고 이름까지 '응백헌(凝白軒)'이라 지어, 지금도 가끔 그때의 애틋했던 기억을 떠올린다. 당시 이 집을 설계하며 지금 읽어도 이해하기 어려운 낙서를 남겼는데, 다음과 같다.

"공허(空虛) 공간 — 건축은 가장 의미있는 공허 공간의 구축에 있다. 그곳에 우리가 기다리는 침묵이 있기 때문이다. 나는 그러한 공허 공간을 '간(間)'이라고 하지 않고 '백(白)'이라고 한다. 그 '백'에는 시간의 구별이 없다. 그곳은 2차원도 3차원도 아닌 무차원의 세계다. 그러나 모든 것이 그곳에 있다."

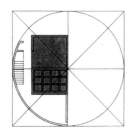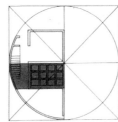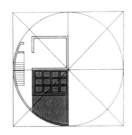

다시 말하자면, 건축은 자연 상태의 공허에 어떤 의미를 부여하는 것이다. 그곳에 우리의 영혼을 사로잡는 침묵이 담길 때 그 건축은 가장 의미있는 공간이 될 것이다. 그러나 그 침묵이 내재된 공허가 공'간'적 개념보다는, 시·공간 개념을 초월한 제3의 어떤 인식이랄까? 경이로부터 아득하게 엄습하는 전율이랄까? 시공간이 응축된 얇은 벽 속에 내 의식이 갇힌 것처럼, 무차원의 공'백'으로 내게 공명된다는 생각을 품었다.

하지만 그 속에는 영혼을 끌어당기는 마력이 담겨 있다는 넋두리였다. 여전히 알쏭달쏭한 얘기지만, 오랜만에 응백헌 벽난로 앞에 앉아 다시 불을 지피며 활활 타오르는 불꽃을 본다.

암
수행의 장

사람의 일생이란 매 순간 머묾과 떠남의 결정과 그 실행의 연속이다. 그 두 가지 선택을 두고, 건축가는 머무르는 자를 위해 집을 지었고, 떠나가는 자를 위해 길을 열었다. 그리고 역사는 집과 길을 무수히 엮어 지구에 도시를 만들었다. 자유와 사랑과 정의를 위하여, 아니면 그 무엇을 위하여 머무를 것이며 떠나갈 것인가? 그 선택이 자신의 삶을 결정하는 중요한 이정표다.

하늘로 향한 석양의 신전, 은평구립도서관

　은평구립도서관이 오랫동안 자물쇠로 걸어 잠가놓고 있던 석교(夕橋)를 개방했다. 2001년 개관 후, 일주일 만에 옥상과 뒷산을 연결한 석교가 차단된 지 18년 만이다. 개관 당시 석교를 개방했더니 뒷산에 산책 나온 사람들이 애완견과 함께 흙발로 열람실에 출입하고, 또 응석대(應夕臺)에서 술판을 벌여 도서관에서 관리상 차단할 수밖에 없었다는 것이다.

　석교는 이 도서관이 주변의 자연과 하나되어 일대의 지역 주민들과 방문자에게 뒷산과 도서관을 자유로이 넘나들며 산책할 수 있도록 부지 경계선을 넘어 설치해 놓은 공중정원의 길이었다. 그래서 사색하며 지식이 지혜가 될 수 있기를 바란 도서관의 생명줄 같은 길이었다.

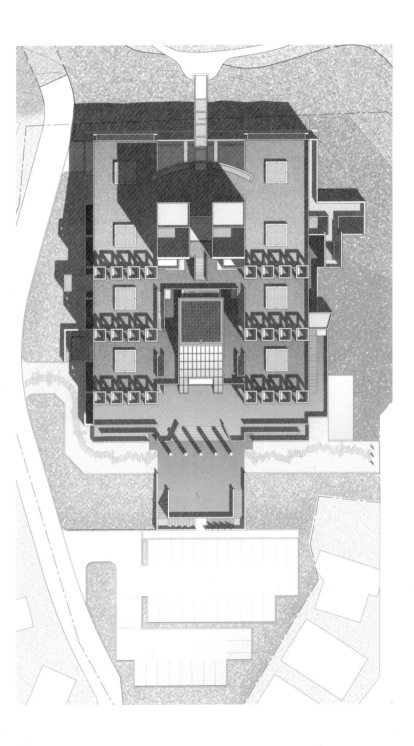

그동안 기회 될 때마다 개방을 요청했으나 반응이 신통치 않아 포기 상태였는데, 권영관 도서관장이 뒷산(아미산)을 '생각숲길'로 조성하고 도서관과 연결시키면서 개방하게 된 것이다. 비로소 주변 자연환경과 하나가 되는 도서관의 혈이 뚫렸다. 반갑다. 정말 반갑다! 사색할 수 있는 도서관을 구현하고자 했던 설계 의도가 살아나 크게 기쁘고, 도서관의 생명줄을 열 수 있도록 노력해준 도서관 관계자 여러분이 고맙다.

내가 제작한 '바다로 가는 책담길' 영상을 2017년 고창 책마을해리에서 '제1회 책영화제' 때 상영하고, 다음 해 〈오늘의 도서관〉과 인터뷰 때 소개하며 유튜브에 올린 적이 있다. 그걸 우연히 은평구립도서관장이 본 후 영향을 받아 도서관에서 뒷산으로 이어지는 숲속 도서관을 구상하게 되었다고 한다. 이곳에 나의 '책담길' 개념을 반영했다고 하니 더욱 고마운 일이 아닐 수 없다.

다음 글은 준공 때 도서관에 대해 쓴 글을 다시 정리한 것이다.

은평구립도서관은 야트막한 동산으로 이루어진 불광근린공원 내에 입지하고 있다. 일반적으로 서향 경사면에 위치하고 있는 부지란 도서관 입지로 적합한 곳이 아니다. 강한 일광과 자외선으로 인해 독서와 도서 보존에 불리한 환경이기 때문이다. 그래서 건물 배치도 서향을 피하는 것이 상식처럼 되어 있다.

그러나 이곳 산등성이에 서 보면, 이러한 사실은 극복하고 넘어서야 할 문제라는 것을 안다. 왜냐하면 산 아래 펼쳐진 도시의 풍경이 한눈에 들어와 눈맛이 시원할 뿐 아니라 무엇보다 해질 무렵 노을을 바라보며 조용히 사색할 수 있는 장소인 까닭이다.

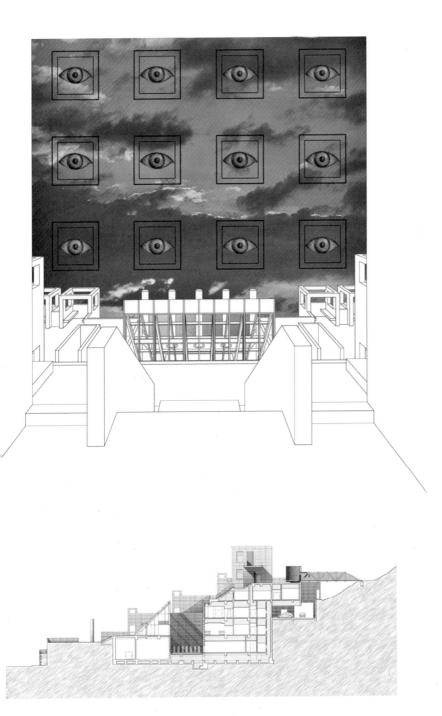

189

바람 속에 당신의 목소리가 있고

당신의 숨결이 세상 만물에게 생명(生命)을 줍니다.

나는 당신의 많은 자식 가운데

작고 힘없는 아이입니다.

내게 당신의 힘과 지혜를 주소서.

나로 하여금 아름다움 안에서 걷게 하시고

내 두 눈이 오래도록 석양(夕陽)을 바라볼 수 있게 하소서.

당신이 만든 물건들을 내 손이 존중하게 하시고

당신의 목소리를 들을 수 있도록 내 귀를 예민하게 하소서.

당신이 내 부족 사람들에게 가르쳐 준 것들을

나 또한 알게 하시고

당신이 모든 나뭇잎, 모든 돌 틈에 감춰둔 교훈들을

나 또한 배우게 하소서.

내 형제들보다 더 위대해지기 위해서가 아니라

가장 큰 적인 내 자신과 싸울 수 있도록

내게 힘을 주소서.

나로 하여금 깨끗한 손, 똑바른 눈으로

언제라도 당신에게 갈 수 있도록 준비시켜 주소서.

그래서 노을이 지듯이 내 목숨이 사라질 때

내 혼이 부끄럼 없이 당신에게 갈 수 있게 하소서.

설계할 당시, 늘 머리에 맴돌던 인디언 수우족의 구전 기도문이다. 시간이
흐를수록 노을에 대한 이미지는 나의 몽상을 키우며 지속적인 촉매로 작용
하였다. 생각해 보라, 신비하고 황홀한 석양의 빛과 그 우수가 주는 메시지

를. 그 어떤 도서관의 그 어떠한 텍스트보다 우리로 하여금 끊임없이 자연의 경이로움에 눈뜨게 하고 삶과 죽음의 의미를 깊게 일깨워 주고 있지 않은가! 무엇이 이보다 더 이곳을 예지의 장소로 만들어 줄 수 있을까? 나는 어떤 주문에 사로잡힌 듯 오랫동안 석양을 바라보았고, 끊임없이 생각했다.

이 도서관은 석양을 향한 집착과도 같은 몽상으로부터 비롯된 것이다. 나는 이곳에 석양을 위한 한편의 서사시를 쓰듯 터를 고르고 벽과 기둥을 세우며 단을 만들어 나갔다. 이리하여 이 도서관은 신화가 상실된 시대에 다시 신화를 만들어 가고자 하는, 한 우매한 인간의 한결같은 발걸음과 염원을 담은 석양의 신전이다.

입지 조건의 부정적 요인은 내부 환경의 물리적 처리를 통해 약화시키고, 석양의 정서적 요인을 더욱 강조함으로써 오히려 도서관의 본질적인 장소성을 구축하는 기반으로 삼았다. 그러나 기존 환경을 존중하고 그 환경 질서에 부응하기 위해선 먼저 지형 지세에 순응하는 단형(段形)의 매스*가 요구되었으며, 이 요구는 도서관의 프로그램과 결합하여 내부공간의 시스템을 결정하는 기준이 되었다. 그리고 단형의 옥상에 독서와 휴식을 겸할 수 있는 시설을 조성하고, 뒷산으로 가는 다리를 설치해, 주차장에서 옥상정원을 거쳐 뒷산까지 단절되지 않고 산책할 수 있도록 하였다. 이는 원래 지상에 있는 공원이 하늘로 솟아오르고 그 하부에 도서관이 들어선 형국인데, 본래의 공원이 유지되면서 새로운 기능이 첨가된 상태로 거듭난 셈이다. 그래서 땅의 효율을 높이고, 땅과 사람의 관계가 조화롭게 형성될 수 있기를 바랐다. 이것이 이 도서관이 추구한 "삶"의 모습이다.

---

* 매스(mass): '양괴' 혹은 '양감'이라고 번역된다. 부분들이 집합하여 상당한 양으로 덩어리진 것을 가리킨다. 조각에서는 파악되는 대상의 덩어리를 말하며 그 자체가 이미 매스인 조각의 소재와 통일체를 형성한다. 건축에서 매스는 공간을 점유하는 양괴의 규모 및 내부 공간을 규정하는 실체를 말한다.(대한건축학회 건축용어사전)

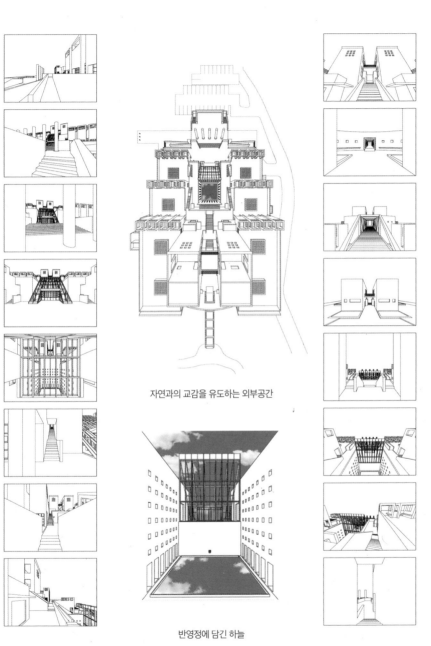

자연과의 교감을 유도하는 외부공간

반영정에 담긴 하늘

응석대

각층에 마련된 24개소의 응석대(應夕臺)는 석양으로 향하는 원심력이 내재된 곳으로, 자연과 인간이 본래 하나의 근원에서 비롯되었음을 깨닫게 하는 묵시적 교훈이 함축된 장소다. 또 자신의 존재감을 부각시키며 이 도서관의 이미지 형성에 가장 큰 파장을 주는 대표적인 요소다. 이곳에서 산 아래 삶의 풍경과 석양을 바라보며 대자연의 소멸과 생성의 이치를 깨우칠 때, 태어남과 살아가는 존재의 가치에 대한 소중함을 더욱 깊게 터득할 수 있을 것이다.

조망과 사색을 통해 지식을 지혜로 전환시킬 수 있는 곳으로, 독서 공간을 외부로 확장시켜 내외 공간의 유기적인 결합을 도모하였다. 이것이 이 도서관이 추구한 "앎"의 모습이다.

반영정

도서관의 중심에 자리한 반영정은 이 도서관의 중심인 심장에 해당되며 명경지수를 담고 있는 상징적인 요소다. 가장 내밀하고 조용하며, 가장 낮은 이곳에 하늘을 담고자 하였다. 반영정은 이름 그대로 존재의 그림자를 투영하는 곳으로 윤동주(尹東柱, 1917~1945)의 시 「자화상」 속 우물에 비친 사나이처럼 고요히 자신의 내면을 비추어 보는 장소다. 이것이 이 도서관이 추구한 "놂"의 모습이다.

석교

뒷산에서 도서관 옥상으로 연결시킨 석교(夕橋)는 이 도서관의 개념을 확고히 하는 생명줄과 같은 존재다.

누구든 자유롭게 산책할 수 있는 개방된 통로와 길을 열어, 인간의 존엄한 자유 정신을 고양하는 요소로 작동할 수 있도록 했으며, 아울러 지역의 환경 사랑과 건강에 기여하도록 해, 건축과 자연과 인간이 하나로 융화할 수 있도록 하였다.

또 버려진 땅을 공원으로 조성해 지역 주민은 물론, 이곳을 방문하는 모든 사람이 사색하며 즐길 수 있도록 하였다. 이것이 이 도서관이 추구한 "품"의 모습이다.

헤르메스의 기둥

주출입구 전정 공간에 수직으로 직립한 다섯 개의 원주(圓柱)는 이곳이 도서관임을 알리는 솟대와 같은 것으로, 이 도서관의 프롤로그이며 오버추어(overture)와 같은 요소다. 도서관 자체가 땅에서 하늘로 일어선 수직의 존재이지만, 열주는 바람을 포착하기 위해 기립한 깃발처럼 보이지 않는 존재를 향하여 선 그 무엇이다.

한낮 동안 천공을 향하여 선 열주는 해질 무렵 초월과 허무를 향해 사라진 무수한 나그네의 행렬처럼 긴 그림자를 드리울 것이다. 그러나 진리를 찾는 발걸음이 이곳에 끊이지 않을 것이다. 먼 후일 이 도서관이 이곳에서 자라는 아이들에게 큰바위 얼굴로 작용하길 바라며, 진리를 찾아 나선 탐구자의 소망과 염원을 열주에 담았다. 이것이 이 도서관이 추구한 "앎"의 모습이다.

어느 날 함성호 시인이 도서관을 방문하고 열주를 보더니 '헤르메스의 기둥'이라고 이름 지었다. 그 이름이 생각할수록 적절하고도 멋있다. 헤르메스는 전령의 신이자 문자의 신이고 도서관의 신이며, 신의 세계와 인간의 세계를 왕래하며 보이지 않는 존재를 드러내는 형이상학의 신이니 말이다. 아마도 이만큼 근사한 격을 지닌 이름은 찾기 힘들 듯하다. 기둥을 타고 오르는 넝쿨은 마치 헤르메스의 지팡이(케리케이온)를 타고 오르는 뱀에 비유되니 기가 막힌 작명이다.

내가 석교, 웅석대, 반영정이라고 모두 이름을 지으면서 이 기둥의 이름을 마저 작정하지 못한 것은, 다섯이라는 숫자가 지니고 있는 상징의 의미가 워낙 다양했기 때문이다. 좀 진부하긴 하나 나의 삶, 앎, 놂, 픎, 빎, 오장(五場)을 포함해 오상(五常)과 오행(五行) 등을 포함하여 하고많은 '오' 자의 의미가 있었다. 하지만 끝내 이름을 짓지 못했다. 다만, 그냥 보는 자가 마음대로 상상하라고 무명으로 둔 것이다. 의미상 일종의 여백을 둔다 할까. 그러나 하늘과 땅 사이에 수직으로 선 기둥을 이곳에 구축한 내 의식의 저변에는 이를 하늘을 지향하는 의지의 응체로 여긴 무의식이 자리하고 있다고 생각한다. 그래서 이것이 하늘과 땅을 이어주는 매체로 표상되거나, 또는 그 사이에서 시지프스와 같이 영원히 꿈꾸다 허무 속으로 사라지는 인간의 표상쯤으로 생각되어도 무방하리라 생각하였다.

재미있는 것은 내가 좋아하는 형이상학파 화가인 조르조 데 키리코(Giorgio de Chirico, 1888~1978)도 자신을 헤르메스라 불렀다. 키리코와 헤르메스가 이렇게 연결되다니, 이게 다 까닭이 있는 것이었다.

영혼, 마음, 육체의 길

형상이란 존재하는 동안 그곳에 머무르고 있는 에너지의 덩어리이며 빛의 결정체이다. 그것은 언젠가 끊임없이 충돌하는 새로운 빛으로 와해될 빛의

화신이고 응집이다. 그래서 모든 재료란 기본적으로 하나의 빛이다. 사물들의 형상이 비어 있는 공간의 형과 채워져 있는 물체의 형으로 나뉘는 것은 빛이 지금 그곳을 통과하고 있거나 머물러 있는 것의 현상이다.

이곳에 머무르며 도서관이 된 빛은 단색조인 노출콘크리트이다. 이 재료는 자기의 존재를 꾸밈없이 보여주는 순수하고 담대한 이미지를 갖고 있다. 이 이미지에 노출콘크리트 표면의 무채색은 수묵화에서 느낄 수 있는 한아(閑雅)하면서도 번잡하지 않은 기운을 더한다. 그래서 대칭으로 축을 지니며 정좌(靜坐)하고 있는 장중한 형상을 짓고, 강렬한 석양의 붉은 빛을 담아내기에 적절한 재료라고 생각했다. 더욱이 이곳에 분포하고 있는 소나무와 어울리니 제격이다. 이 빛은 앞으로 이 도서관에 노을이 비치고 어스름이 내릴 때, 시원으로부터 들려오는 신화를 아득하게 전해줄 것이다.

석양에 대한 나의 이러한 몽상과 경도된 마음은 이곳이 교육의 장소인 도서관이기에 더욱 심화된 것이다. 수많은 정보가 우리에게 주는 것은 과연

<석양의 신전_은평구립도서관>

무엇인가? 그리고 무엇을 위해 필요한 것인가? 이러한 물음을 통해, 나는 이곳이 첨단 정보를 '얼마나 효율적으로 많이 수장하고, 그것을 어떻게 편리하게 이용하고 제공하느냐' 하는 창고형 마켓 같은 도서관을 지양했다. 우리가 정보를 취하여 인생에서 추구하고 실현하고자 하는 것이 무엇인가?

도서관은 모든 물음을 궁리하고 탐구하는 장소다. 그래서 건축공간 스스로 해답을 주는 장소이기도 해야 한다. 정보 도서관이기에 앞서, 이곳이 사람과 자연이 함께 하나로 융화하는 조화로운 장소가 되어, 이곳을 방문하는 모든 사람에게 지혜를 일깨우는 배움의 터전이 되기를 바랐다. 이것이 도서관의 소프트웨어라 할 수 있는 내부 기능의 성능도 중요하지만, 하드웨어인 장소성의 구축에 근본적인 뜻을 두고 더욱 관심을 기울인 까닭이다.

그 결과, 이 도서관에는 세 가지 길이 생겼다. 하늘을 향하는 영혼의 길, 사회를 향하는 마음의 길, 자연을 향하는 육체의 길이다. 도서관에 이윽고 해가 지고 어둠이 깃들게 되면 두런거리는 밤공기 속에서 잠을 깬 공원의 요정들이 하나둘 석교를 넘어오고, 하늘에선 무수한 별들이 나와 하늘로 향하는 이 산책로를 가득 채우리라. 이 하늘이야말로 이 도서관이 구축한 매일 업데이트하는 최신 정보의 서버이다.

지상의 빛 천상의 빛, 흑빛청소년문화센터

1980년 사북사태를 전후하여 탄광촌에 살았던 아이들이 쓴 짧은 글 모음집 『아버지 월급 콩알만 하네』(임길택 엮음)에는 가난과 슬픔이 있으나 꾸밈없고 진솔한 아이들의 삶이 기록돼 있다. 그 시절 조회 시간 머리 위를 날아가던 하얀 새를 보며 "나도 하늘을 날고 싶었다"고 했던 미숙이는 지금 무엇이 되었을까? "무릎까지 오는/ 장화를 신고/ 동굴에 들어가/ 탐험을 하게 될 거"라던 선한이는 정말 광부가 되었을까? 지금쯤 그들은 어느덧 중년의 나이가 되었을 것이다. "처음 사북으로 이사 오던 날/ 나는 검정 나라에 온/ 기분이었어요/ 물도 시커멓고/ 집도/ 건물도/ 아니, 아저씨들의 얼굴도/ 처음 사북에 이사 오던 날/ 나는 그만/ 빙그레 웃어 버렸죠"라던 천진난만한 아이들을 위해 이우갑 신부님이 고한천주교 성당에 흑빛공부방을 열었다.

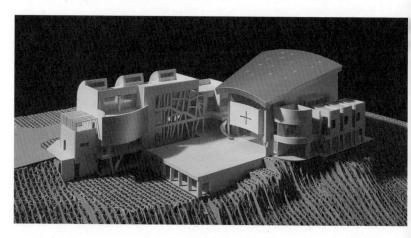

처음 나는 의아해했다. "흑빛공부방이라니?" 웬 아이들 공부방에 컴컴한 흑빛이람. 탄광촌이라 이런 이름을 지었나? 아니, 흙빛을 잘못 들었나? 설명을 들어보니 이랬다. 흑빛은 탄광촌을 암시하기도 하지만 밤하늘을 상징하는 것으로, 이곳 공부방과 교사들은 기꺼이 밤하늘이 될 테니 아이들은 별이 되라고, 그래서 장차 사회에 희망을 주는 소중한 사람이 되기를 바라는 염원이 담겨 있다고……

설계를 의뢰하며 신부님은 나에게 이렇게 전했다. "평범은 죄악입니다." 이 흑빛공부방은 컴컴한 굴에서 탄을 캐던 광부들과 그 아이들의 영혼이 빚은 집이다. 컴컴한 어둠 속에 묻혀 일하다 나온 광부들은 알았을 것이다. 누구보다 깊이 빛의 존재를, 온 세상이 빛으로 둘러싸였음을, 온 세상이 빛의 존재임을, 그리고 빛이 곧 생명임을.

흑빛공부방은 학습실, 공연상, 수녀숙소 세 영역으로 구분된 내부 공간과 레벨이 다른 두 곳의 마당으로 구성되어 있다. 높은 마당에 데크를 조성하고 진입부 가로변에 학습실과 공연장을, 수녀숙소는 진입부에서 떨어진 안

쪽의 밝고 따뜻한 남향 경사지 위쪽에 배치하였다. 길에서 아이들의 모습을 가까이 볼 수 있도록 하는 것이 길에 친근함과 활기를 주리라 생각했다. 한편으론 학습실과 공연장 매스로 중심을 둘러싸 주변 환경으로부터 데크의 독립성을 강조하고 남서쪽으로 열린 전망의 극적 전개를 도모하였다. 남향 풍경은 평화롭고 고요하여 수녀숙소가 향하기에 좋은 곳이었으며 그저 바라보고만 있어도 절로 기도가 이루어지는 곳이다. 공연장은 이 집의 숨이 들고나는 폐(肺)와 같은 곳이다. 연주, 연극, 영화, 전시는 물론 강연과 예배가 가능한 다목적 기능의 홀로 계획하였으며, 중심의 데크와 고저 차이 없이 연결하여 안과 밖으로 넓게 사용할 수 있도록 가변성을 부여하였다. 공연장의 지붕에 자유롭게 배열된 12개의 천창은 밤하늘의 별이며 이곳이 희망의 땅으로 부활하기를 바라는 회원의 상징이다.

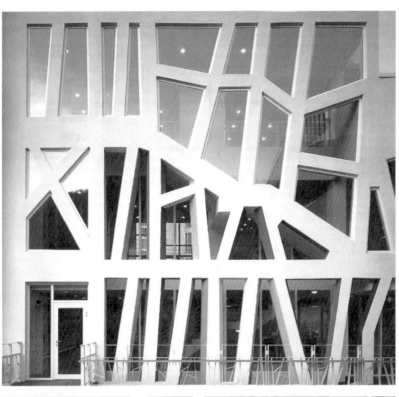

　한낮의 태양은 실내에 오색 빛을 연출하고 동심에 대한 찬가를 부를 것이다. 아이들아! 하늘을 바라보라. 지상의 빛인 아이들에게 천상의 빛을 전하고 다채로운 색의 체험을 위해 내부는 층별로 색조를 달리하였으며 외부는 백색으로 동심의 순수성을 나타내었다. 중심의 데크는 별의 신화를 듣는 밤하늘을 유영하는 갑판이다. 아이들의 유희를 담은 주계단과 창프레임, 나선계단과 영사실, 돈보스꼬 성인상 좌대, 데크, 케스케이드, 공연장의 처마 등 갑판에 접한 여러 조형 요소들은 내·외부에서 다양한 풍경과 공간 체험을 제공한다. 또 그것들은 동심의 잠재의식 속에 화석처럼 남아 그들의 내면에서 언젠가는 상상력의 길을 따라 높고 낮은 풍금 소리로 변환되어 울려 나올 것이다. 집의 성격을 암시하는 구형의 지붕과 공연장의 둔중한 외벽에 새겨 놓은 현(絃)들이 밤하늘의 별에게 이 집의 비밀을 전할 것이다. 그것은 태백준령의 침묵과 신비를 담아 전하는 악기이자 밤하늘을 노래하는 뮤즈의 은유라는 것을 말이다.

<뮤즈의 갑판_흑빛공부방>

나무의 꿈, 자혜학교 직업교육관

자혜학교는 지적장애 학생들을 위한 학교로 유치원에서부터 고등학교 전공과 과정까지 있는 특수학교다. 그곳에 16년 전인 2008년에 직업교육관을 설계했다.

건축 예정지에 느티나무 한 그루가 저촉되어 있었는데 베어내지 말고 살려서 설계하자는 내 제안이 받아들여졌다. 신축 교육관은 교육 운영상 기존 본관동과의 연결이 중요했기에 본관 2층 교육실에서 신축 교육관으로 직접 연결되는 다리를 만들게 됐다. 내심 그 다리에 내가 젊은 날 꿈꾸던 '나무와 집'을 떠올리며 연결통로 중간에 나무가 놓이도록 했다. 학생들과 나무가

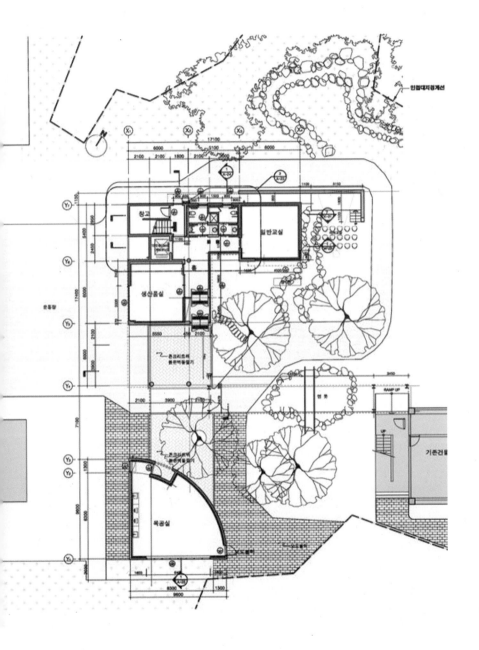

친밀한 관계를 맺으며 나무에 새집도 지어주고, 나무에 올라 책도 읽고, 나무와 놀며 추억을 만드는 나무의 꿈을 심어 주고 싶었기에……

늘 그 나무의 소식이 궁금했다. 그러던 어느 날 나무가 병이 들었다는 소식을 듣고 작년 11월 인근에 있는 에이블아트센터에 가다가 잠시 학교에 들렀는데 늦가을이어서 가지만 앙상하게 남아 있었다. 그래도 봄이 되면 새싹이 돋겠지, 했다. 그런데 며칠 전 당시 교장으로 재직 중이던 김우 교장께 물어보니 나무가 죽었다는 것이다. 내가 공연히 그 짓을 하여 나무를 죽인 것만 같아서 마음이 아프다.

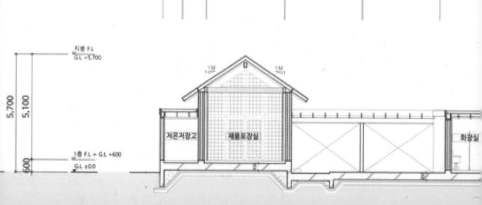

16,400

1,000 1,200 3,900 3,900 3,900 2,500

지붕 F.L
G.L +5,700

5,700
5,100
600

1층 F.L + G.L +600
G.L ±0.0

저온저장고　제품포장실　화장실

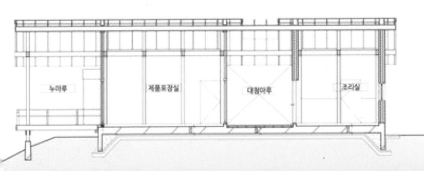

17,550						
3,900	1,950	1,950	1,950	3,900	1,950	1,950

| 누마루 | 제물포장실 | 대청마루 | 조리실 |

몸맘의 양식, 책마을해리

— 별마중달마중과 부엉이화덕

동화작가 김진, 시인 조은과 함께 출판기획자 이대건의 고향 고창 해리면에 있는 라성초등학교에 처음 간 것은 2009년 진달래꽃 피는 이른 봄날이었다.

그 학교는 이대건의 증조부(李奎澤, 1888~1949)가 설립했으나 폐교된 지 이미 9년이 지난 때였다. 운동장엔 웃자란 잡초들이 무성했고, 삐걱거리는 교실 마루를 밟을 때마다 먼지가 폴폴 피어올랐다. 봄날이긴 해도 거미줄과 창틀에 수북한 먼지와 깨진 유리창 파편들이 어지럽게 흩어져 있는 그 풍경은

무척이나 을씨년스러웠다. 다행스럽게도 교사 당직실로 쓰던 숙소는 그나마 쓸만해서 우리는 그곳에서 같이 하룻밤 묵기로 했다. 그리고 그날 밤 중조부님의 설립 정신을 되살려 보겠다는 이대건의 결연한 꿈 이야기를 들었다. 그러나 그것은 마치 풍차를 향해 돌진하는 돈키호테의 무모하고도 허망한 꿈과 같았다. 그곳은 학생은커녕 사람 얼굴조차 보기 드문 황량하고 외진 바닷가의 작은 마을이었기 때문이다. '문화'라는 말조차 사치스러울 정도였고 시설이라곤 고작 폐교된 그 학교가 유일한 척박한 시골이었다. 그래서 혼자, 무엇을, 어디서부터, 어떻게 시작해야 좋을지 엄두조차 내기 어려운 암담한 상황이었다.

이대건은 자신의 꿈을 현실로 이뤄내기 위해 계획을 세우고 한 걸음씩 앞으로 나아갔다. 그리고 2012년 기어이 그 땅 위에 '책마을해리'를 열고 꿋꿋하게 책농사를 짓기 시작했다. 시간이 흐르며 막막했던 불모의 땅은 점차 기름진 땅으로 변해갔다.

나는 그동안 온갖 난관을 극복하며 독서캠프와 책과 관련된 다양한 프로그램을 운영해온 이대건 촌장을 옆에서 격려하며 지켜보았다. 책마을해리는 서서히 전국에 이름이 알려지기 시작했고, 매년 그곳을 찾는 사람들이 늘어났으며 이제 그 지역의 대표적인 문화 상징이 되었다. 이대건의 뚝심이 자신의 이름처럼 크게 이루어낸 성과였다.

부엉이 화덕 정면

책마을해리가 나름 성공적인 결과를 이루어내긴 했으나 중조부님의 애민·교육 정신을 아직 충분히

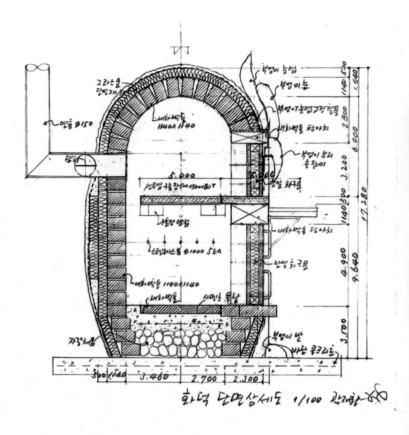

화덕 단면상세도 1/100 관재함

펼쳐냈다고는 할 수 없었다. 2021년은 학교가 폐교된 지 만 20년 되는 해였
다. 마침내 이 촌장은 이곳에서 다시 대안학교 책학교해리의 모든 시설과 시
스템을 갖추고 본격적으로 증조부님의 뜻을 잇는 새로운 도전의 발걸음을
내딛기 시작했다.

이 과정 속에서 나는 2014년에 영혼의 양식뿐 아니라 육체의 양식도 지
어내는 건물인 〈별마중달마중〉을 설계했고, 2016년에 소녀의 부활 기원
을 담은 '미네르바'를 그렸고, 이어서 바다로 가는 책담길 영상을 제작한 후
2022년에 이곳에 부엉이 화덕을 설계해 박남준, 인디언수니, 이대건, 이현
우, 이현주와 함께 직접 만들었다.

<미네르바>

바다로 가는 책담길(영상)

　내가 '바다로 가는 책담길' 영상을 제작해 2017년 '제1회 책영화제' 때 선보인지도 어느덧 6년이 지났다. 처음 이 영상을 제작한 것은 책마을해리 대안학교 '책학교해리' 설립을 기념하고 격려하기 위해서였고, 지속적으로 교육용도로 활용할 목적이었다.

　책마을해리가 동학혁명의 기포지인 무장면과 가까운 데다, 동학혁명이 지향했던 평등·평화 세상 만들기 정신을 내가 참여키로 한 학교 설립 정신에 이어가고자 했다. 그런데 당시 그 영상을 본 어느 독자가 그렇게 개방된 책장에 책을 꽂아두면 다 가져갈 텐데, 누가 어떻게 그 책을 관리할 거냐고 묻길래, "책 가져가려고 이곳까지 오겠다면 가져가라지요, 책담길 운영자가 또 채워 놓으면 됩니다. 그럼 출판사도 살고, 작가도 살고, 그 책 보러 오는 방문객 많아지면 지역 경제도 살 테니 잘 된 거지요"라고 했다. 그러자 또 눈·비에 책이 다 젖을 텐데 한다. 그럼 특별히 젖지 않을 지질에 인쇄하든지 책장에 유리문을 달면 되니 걱정할 일 없다 했다. 그렇게 시작된 책담길이다.

　그사이 허술했던 제1호 '부엉이집 책담' 쉼터가 제법 면모를 갖추어 그럴듯해졌다. 동학평화도서관 트리하우스, 책 거치대 폴리, 부엉이 도서관 등이 생겨났으니 시작이 반이다. 이제 매년 하나씩 지어 나가면 좋을 텐데, 명사십리 해변이 왜 이다지도 멀기만 한 것이냐?

　다음 글은 6년 전 제작 때 쓴 것이다.

　'바다로 가는 책담길'은 고창 해리면 라성리에 위치한 '책마을해리'에서부터 상하면 장호리 명사십리 해변까지 약 3Km 구간에 계획한 것이다. 책마을해리 정문 옆의

'부엉이집 책담'으로부터 시작하여 명사십리 해변의 '우금나루 책담'까지 총 15개소의 책담 쉼터로 되어있다.

이 책담엔 동학농민혁명과 관련해 발생 전과 후의 시기로 나눈 19세기 조선의 역사가 조형물로 반영됐다. 책마을해리에서 중간지점인 법장천까지의 7개소 쉼터는 혁명 전의 인문정신을 부엉이로 개념화하고, 법장천의 '쌍조다리 책담'을 지나 명사십리 해변까지의 7개소는 혁명정신을 파랑새로 개념화하였다. 책마을해리에 오신 분들과 학생들은 책담길을 따라 거닐다 보면 바다에 당도할 것이다. 그 바다는 미지에 대한 꿈의 세계이자 생명의 근원지이며, 동학농민혁명이 추구하던 평등 세상을 상징하는 수평의 세계다.

이 책담길을 짓고자 하는 까닭은 후천개벽을 염원했던 동학농민들의 안타까운 넋을 기리고, 함께 더불어 사는 행복한 세상을 꿈꾸고자 함이며 널리 평화의 메시지를 전하고자 함이다.

책담에 담은 이야기

01. 부엉이집 책담: 19세기 조선은 개혁을 추진하던 정조가 의문의 죽음을 맞이하고 순조가 즉위(1800)하며 안동 김씨의 세도정치와 함께 시작된다. 백성의 삶이 피폐해지며 홍경래의 난(1811)이 일어나고 크고 작은 민란들이 계속된다.

02. 월봉연못 책담: 헌종이 즉위(1834)하자 풍양 조씨가 득세했으나 민생은 파탄 지경에 이르렀고 헌종마저 일찍 죽자 강화도령 철종이 즉위(1849)한다. 하지만 후천 개벽 세상이 도래한다는 이야기가 널리 퍼지며 삼정이 극히 문란해진다.

03. 사인여천 책담: 이런 암울한 시대에 민족 고유의 경천사상을 바탕으로 최제우가 동학을 창시(1860)한다. 삼남에 민란(1862)이 발생한 후 고종이 즉위(1864)하고 흥선 대원군이 집권하지만, 최제우는 혹세무민의 죄로 끝내 처형(1864)되고 만다.

04. 청보리밭 책담: 경복궁이 중건(1865~1868)되고 서구 열강들의 세력이 아시아

로 뻗칠 때, 외세의 침탈을 막으려 한 통상수교거부 정책과 충돌하는 병인양요(1866) 와 신미양요(1871)가 일어나고 동학교도 이필제의 진주민란(1871)이 발생한다.

05. 솟대깃발 책담: 이 시기에 서원의 오랜 적폐를 제거하기 위한 서원철폐(1871) 가 단행되고 진주민란으로 동학은 더욱 탄압을 받는다. 흥선대원군이 실각(1873)한 후 조선은 일본과 강화도조약(1876)을 체결하고 마침내 개항하게 된다.

06. 동학의꿈 책담: 외세가 한창 밀려오던 이때 동학의 교세는 비약적으로 확대됐 으나, 임오군란(1882)이 발생하고 김옥균을 비롯한 개화파가 자주독립과 근대화를 목표로 갑신정변(1884)을 일으켰으며 거문도 사건(1885)이 발생한다.

07. 녹두서당 책담: 한편, 전봉준은 고창 당촌마을에서 유년기를 보내고 아버지 전 창혁의 서당에서 한학을 배운 후 성년이 되자 고부에서 훈장과 한의사 생활을 하며 곤궁하게 보내다가 30대에 동학에 입교하여 접주(1892)가 된다.

08. 쌍조다리 책담: 삼례집회(1892)와 한양 복합상소(1893)는 최제우의 죄명을 벗고 포교의 자유를 얻기 위한 동학의 교조신원운동으로 처음엔 종교운동이었으나 보은집회(1893) 이후 '척왜양'의 반외세 정치운동으로 발전한다.

09. 새야새야 책담: 이 와중에 고부군수 조병갑이 만석보를 축조해 부당한 세금을 징수하고 폭정을 자행하매 격노한 군민들이 항의하자 오히려 학정을 가중시키며 탄압한다. 이것이 이듬해 동학농민혁명을 유발하는 원인이 된다.

10. 사발통문 책담: 조병갑의 폭정에 분개한 20인의 의인이 사발통문을 작성(1893)하고 고부민란(1894)을 일으켜 탐관오리를 응징한다. 이를 수습하기 위해 임명된 안핵사 이용태가 오히려 군민들에게 죄를 물어 탄압하자 재궐기한다.

11. 무장기포 책담: 전봉준, 손화중, 김개남 등의 동학 접주들이 의기투합하여 무장에서 포고문을 작성하고 동학농민혁명의 반봉건, 반외세 기치를 올리며 보국안민, 제

폭구민을 위한 본격적인 투쟁을 선포(1894)한다.

12. 백산창의 책담: 고부관아를 재점령하고 백산에 집결한 후, 전봉준을 동도대장, 손화중과 김개남을 총관령으로 하는 동학농민군을 결성하며 창의문과 농민군 4대강령을 선포한다. 이때 '서면 백산 앉으면 죽산'이란 말이 생긴다.

13. 녹두꽃밭 책담: 상황이 급박해지자 조정에선 청군 파병을 요청하고 텐진조약에 따라 일군도 파병한다. 동학농민군은 황토현 전투와 황룡촌 전투에서 승리하고 파죽지세로 전라도 전역을 접수한 후 전주성에 입성한다.

14. 집강우물 책담: 외세의 간섭이 시작되자 조정은 동학농민군의 요구를 들어준다고 회유해 전주화약을 맺는다. 동학농민군은 즉각 해산하고 전라도 각 군현 53개소에 농민자치기구인 집강소를 설치한다. 그러나 조선에 대한 지배권을 놓고 청국과 일본간에 청일전쟁(1894)이 발발하고 갑오개혁이 행해진다.

15. 우금나루 책담: 조정이 위기에 처하자 재봉기하였으나 우금치 전투에서 패해 좌절된다. 절명시를 남기고 전봉준이 처형된 후 을미사변(1895)이 터지고 대한제국 이 선포(1897)되며 최시형마저 처형(1898)되니 백년의 한 서린 역사가 저문다.

때를 만나서는 천하가 함께 힘을 합치더니,
운을 다해 영웅도 스스로 도모할 길 없네,
백성을 사랑하고 의를 세움에 잘못 없건만,
나라를 위한 일편단심을 그 누가 알아주랴.

— 전봉준

창조의 장

인류가 지구에 나타난 이래, 태양이 지고 어둠이 내리면 수없는 별들이 쏟아지는 저 검푸른 허공을 바라보며 그 신비스러운 광경 앞에서 그 누구인들 경외스럽다고 하지 않을 수 있었겠는가? 하늘은 그저 천변만화하며 끝없이 펼쳐진 막막한 허공과 같은 것이었을 뿐, 누구도 그 정체를 헤아리거나, 가늠할 수 없는 존재였다. 아마 태곳적 사람들은 수평선 너머 아득히 먼 하늘로 나아갔다가 살아돌아온 모험가의 이야기에 귀 기울이며 잠 못 이뤘을 것이다. 그 막막한 허공이 한-얼이 된 후, 수천 년을 지나오며 한울이 되었고, 하눌이 되었다가, 끝내는 하늘이 되고 하느님이 되어 우리를 보우하시니. 찬양하라, 하늘을, 저 막막한 하늘을, 동녘과 서녘에선 매일 찬란한 태양이 우리를 축복하며 황홀하게 춤을 추는도다. 하여 우리는 처절하리만치 아름답게 노닐고 있는 저 하늘에 서린 울음을 노을이라고 불렀다.

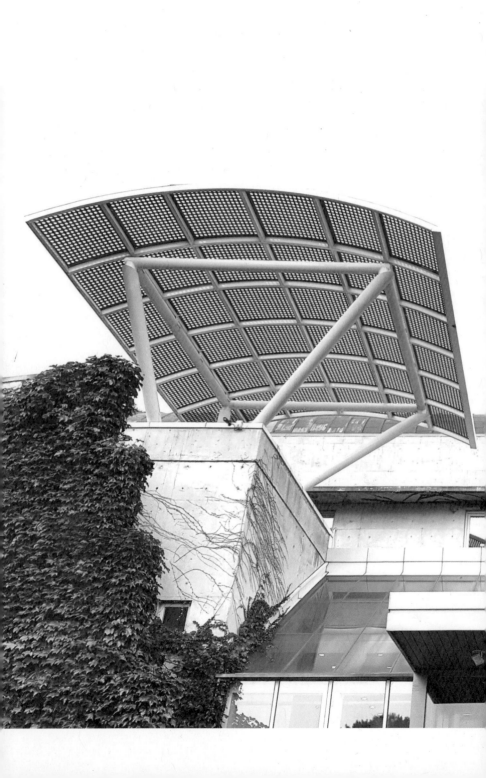

세 가지 생각, 비전힐스골프클럽하우스

집도 사람처럼 생로병사가 있다. 태어난 지 20년이 지난 '비전힐스골프클럽하우스'도 우면산 산사태가 있었던 2011년, 산사태로 한 쪽(직원동)을 잃었다. 나에겐 내가 설계한 건물이 자식과도 같은데, 그 상태로도 여전히 사랑받으며 잘 살고 있는 듯해 다행이다. 산사태가 그나마 그 정도에서 멈출 수 있었던 것이 혹, 설계하며 마음속으로 파괴된 자연을 향해 올린 '진혼의 날개(중앙부 쉘터)' 기도 덕분이었을까?

시공(1998년 착공)이 한창이던 어느 날 공사 현장에 가보니 중앙부 쉘터 하부의 지지대 철골구조가 껑충하게 높이 올라가 있었다. 도면을 확인해보니,

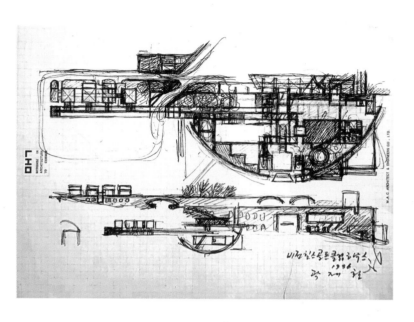

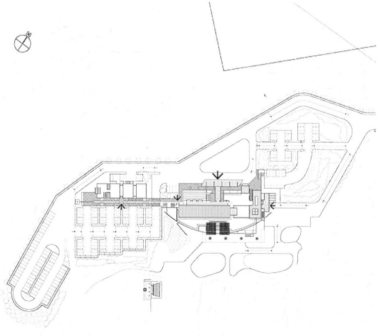

단면상세도가 입면도 치수보다 훨씬 높은 수치로 잘못 기재되어 있었다. 건축주는 한사코 그 상태로도 멋있다고 그냥 놔두자고 했지만, 난 그냥 넘길 수가 없었다. 내 잘못이니, 기어이 사재를 들여 현재의 모습으로 재시공시켰다. 다른 것도 아니고, 이 쉘터는 설계하며 골프장 건설로 파괴된 자연의 뭇 생명들의 넋을 진혼하기 위해 남몰래 하늘로 띄운 내 마음속 '진혼의 날개'였기 때문이다.

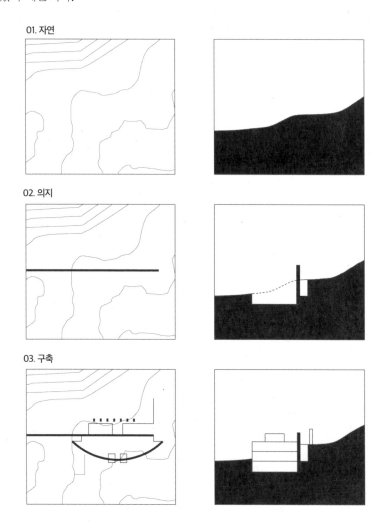

01. 자연

02. 의지

03. 구축

다음 글은 설계하며 들었던 세 가지 나의 생각이다.

첫 번째 생각. 인간과 건축의 만남에서,

이곳을 이용하는 모든 이들에게 일상에서 벗어난 휴식과 일탈의 즐거움을 건축적으로 어떻게 제공해 줄 것인가?

번잡한 일상에서 벗어난 이들에게 우선 진입부의 첫인상에서 차분하게 가라앉은 정한(靜閑)의 기운을 느낄 수 있도록 노출콘크리트와 잿빛 납동판 재료를 사용해 수평성을 강조했다. 그렇지만 분위기가 너무 가라앉지 않도록 진입부의 치켜올린 캐노피와 열주가 갖는 역동성으로 정과 동의 조화를 꾀하였다. 그리고 내부 동선 체계를 일반적인 다른 클럽하우스와 달리 최상층에서 진입해서 아래로 이동하며 전개되는 하향식 체계를 체택했다.

3층 로비에서 중정과 1층의 중앙 아트리움으로 이어지는 하향식 동선 체계는 공간의 감각이 주는 새로운 체험을 제공해 줄 것이다. 또 방문자가 필드와 접한 원호의 각 부분에 도달할 때, 한눈에 들어오는 개방과 확장은 일상에서 위축된 답답한 가슴을 단번에 트이게 해주리라 믿는다.

두 번째 생각. 인간과 인간의 만남에서,

이용자(골퍼)와 종사자(관리자, 캐디) 모두에게 상호 위화감이 유발되지 않는 유쾌한 장소를 어떻게 조성할 수 있을 것인가?

종종 이용자와 종사자를 위한 시설 수준이 차별의 정도를 넘어 비인간적인 상태인 것을 볼 때가 있기 때문이다. 열악한 환경에서 일하고 있는 종사자의 서비스를 받는다면, 이용자가 느끼는 기쁨과 즐거움이 참다울 수 있을까?

진입부와 필드를 가르는 긴 수평축은 이용자와 종사자를 위한 시설을 분절하고 연계시키는 공간 구성의 축이며 기점이다. 골퍼들의 이용 동선은 이 축과 직교되는 방향으로 전개하여, 원호의 중심에서 상하좌우로 분기하고 종사자 동선은 축을 따라 평행하게 상하로 전개된다. 상호 간 동선은 수직 또는 수평으로 분리되며 가급적 불필요한 접촉이 발생하지 않도록 했다.

세 번째 생각. 건축과 자연의 만남에서,

어떻게 하면 자연 훼손을 최소화하면서 상호 상생하며 유기적으로 결합된 조화로운 장소를 구축할 수 있을 것인가?

건축부지로 정해진 곳에 건축을 이유로 더는 지형을 훼손하고 싶지 않았다. 10m 높이의 차이를 이용해, 이곳에 상승하고 하강하는 두 기운이 조화를 이루도록 하였다. 묻힘과 솟음, 수직과 수평, 곡선과 직선, 무거움과 가벼움 등 다양한 상대적 요소의 상생적 결합이 이곳의 조형 원리다. 중앙부의 햇빛막이 장치인 쉘터는 희망찬 미래를 향해 띄운 비전의 연(鳶)이기도 했지

만, 설치 명분일 뿐, 나에게는 이곳의 파괴된 자연을 향해 띄운 마음속 진혼 (鎭魂)의 날개였다.

언제인가 무성히 자란 담쟁이가 온 벽을 덮고 이끼가 낄 때쯤 이 상생의 생각은 완성될 것이다.

나비의 꿈, 눈의 집

1991년 안성의 나다컨트리클럽에 4·3건축그룹의 멤버 아홉 명이 모였다. 골프 코스 중 아홉 개의 그늘집을 프랑스 라빌레뜨 공원의 폴리(Folly)처럼 해석해, 설치 조형물 혹은 작은 건축물 하나씩을 맡아 설계하기 위해서였다. 그중 내가 맡은 것이 물 헤저드가 있는 곳의 그늘집이었는데, 나의 작업은 유리창을 깨는 퍼포먼스가 있는 파격적인 컨셉의 '눈의 집'이었다. 그러나 이후, 나다컨트리클럽이 매각되는 바람에 이 계획안은 아쉽게도 무산되고 말았다.

하나의 물질이 본래의 물성에서 새로운 정신의 산물로 변할 때 그 물질은 비로소 꿈꾸는 존재가 된다.

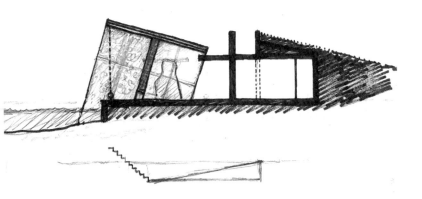

자연 속의 나는 자연 속 너를 본다.

너를 보고 있는 나도 나는 본다.

두 개의 눈을 가진 자의 눈 밖에서

안을 기웃거리며 살피는 너는 누구냐?

소리가 전달되지 않는 눈 속에서

나는 소리를 지른다.

소리는 반사되어 나의 고막을 때린다.

어쩌면 너는 내가 아니냐?

나는 눈의 집 안에서 눈을 통하여 너를 노려본다.

너를 보는 것이 나인지, 나를 보는 네가 나인지,

나는 눈의 안팎에서 서로를 의심한다.

끝내 눈을 두드리며 파괴를 다짐한다.

파괴된 눈의 집은

그때부터 존재하기 시작한다.

풂

상생의 장

30대에 시작된 나의 오행에 대한 생각이 일과 노동에 해당되는 단어에서 막혔다. 삶, 앎, 놂, 빎 네 단어는 모두 동사, 형용사 등, 품사 변용이 가능한데, 누구도 '일'은 '잃'이라고 하지 않거니와, 일다, 일어서 등 품사 변용이 전혀 되지 않는 단어였기 때문이다. 품사 변용이 가능한 일과 관련된 단어가 없을까, 오래 찾아봤지만, 떠오르지 않았다. 그래서 한동안 일은 사는 것, 아는 것, 노는 것, 비는 것 모두에 해당되는 단어일 뿐이라고 생각했다. 그러다 불혹을 넘긴 어느 날 문득 품삯이라는 단어가 떠올라 무릎을 탁 쳤다. 옳다. 이거구나. 품삯이 일삯 아닌가?

풀다, 풀어서, 풀으니, 풀고, 푼, 풂, 모든 품사 변용이 가능한 단어다. 문제와 오해와 원한 등을 푸는 것은 정신적 일이요, 몸을 풀고 짐을 푸는 것은 육체적 일이다. 그렇게 하여 나의 오행 "삶, 앎, 놂, 풂, 빎"이 완성되었다.

작업의 장, 에바스 화장품 공장

거주의 집에는 사랑으로
생명과 죽음이 안식하게 하라
교육의 집에는 지혜로써
정신과 육체를 건강하게 하라
작업의 집에는 정열로써
이성과 감성을 향기롭게 하라
축제의 집에는 순수로써
환희와 비애를 노래하게 하라
예배의 집에는 믿음으로
절대와 자아가 조화롭게 하라

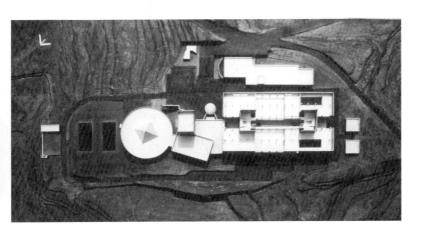

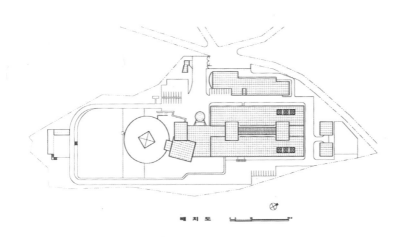

배 치 도

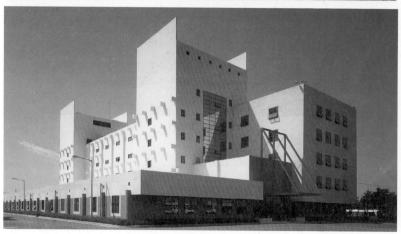

작업할 때 한 번쯤 뇌리에 떠올리는 독백이다. 화장품 생산 공장이란 작업의 장은 어떻게 이루어져야 하는가? 그곳에선 이성과 감성의 어느 쪽이 우세하며, 열정적인 작업을 할 수 있는 환경은 어디서 비롯될 수 있을까? 거주와 교육과 축제와 예배의 기능은 그곳에 어떻게 관련되어 삶의 터를 이룩하는가? 이러한 생각은 개념과 이미지를 출발부터 한정시키고 굴절시키는 것은 아닐까? 물음은 늘상 나를 집요하게 어디론가 이끌고 간다.

평택 고덕면 좌교리의 낮게 구릉진 언덕에 위치하고 있는 부지는 몇몇 제조공장과 100호 정도의 농가가 어우러져 있는 조용한 마을이다.

주어진 프로그램은 단계별로 시설을 확충해 가는 내용으로, 공장장인 박용운 씨가 구상해 온 원료계량, 제조, 보관, 포장, 반출 순서의 하향식 생산 시스템을 적용하여 다층식 생산 시설을 구축하는 것이다.

작업의 주된 골격은 장변 방향으로 종단하는 부지의 중심 축선상에 내부 공간을 순환하는 수평 동선을 설정하고, 48m 간격으로 수직 동선 코아를 배치하였다. 이것은 기능과 형태상으로 강한 축을 형성하여 생산시설 부지 전체의 공간 체계에 분명한 질서를 부여하고 단계별 확장 계획에 효율적으로 대응하고자 한 것이며 원활한 생산활동을 위한 내부 동선 체계의 구축이다. 수직 동선 코아의 결절부는 각 생산 시스템의 유니트가 좌우로 결합하고, 분절되고, 변화하며 전시와 견학, 시선의 닫힘과 열림, 빛과 그림자의 다이나믹한 전환 등 사용자와 방문자에게 다양한 공간 체험을 제공하는 내외부 풍경의 중심을 이루는 부분이다.

특히 4개 층이 오픈되어 있는 생산부의 아트리움 공간은 작업 환경의 분위기를 밝고 쾌적하게 조성해 줄 것이며, 3단계의 연구 복지 시설이 완성되면 공간은 더욱 풍요로워질 것이다.

깨끗하고 화사한 회사의 제품 이미지를 고려하여 외벽은 주로 백색 페인트와 드라이비트로 마감하였다. 그리고 삼원색으로 몇 개 요소에 악센트를 주어 공간의 활력을 도모했다.

1단계 공사 진행 중 당초 설계의 주 진입로가 테니스 코트가 있는 저지대 부분에서 부출입구로 정했던 공무동 방향으로 변경되었다. 공간 전개의 어색함과 어려움이 노출되어 있으나 주변의 녹음(綠陰)과 함께 밝은 모습으로 마을에 자리해 주길 바란다.

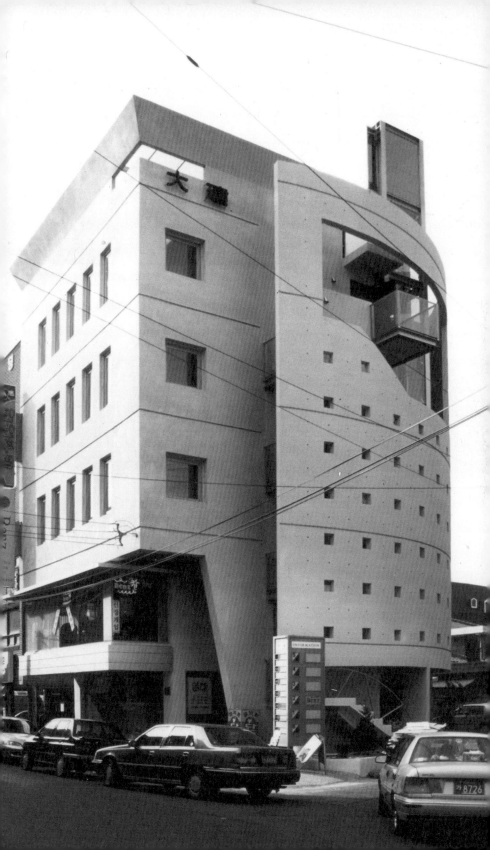

공간의 공유성, 대건(DG.) 빌딩

출입을 한 곳으로 집중시킨 건물은 일반적으로 방범(防犯)과 관리에 효과적인 합리성을 지닌다. 그러나 이 합리는 커뮤니케이션을 한정하고 위축시키는 반작용이 있다. 인간의 다양한 행태와 자유의지를 하나의 출입구로 획일화하기 때문이다.

길과 건물의 접점(接點)이 오직 하나의 출입구로 통제된 건물과 거리는 그만큼 행동 패턴이 단조롭다. 다양한 접근이 가능토록 하고, 건물의 일부도 공중에게 개방하여 외부인이 자유롭게 공유할 수 있다면, 그 거리는 보다 다채로운 풍경과 체험을 삶의 환경에 제공해줄 것이다.

대건(DG.)빌딩은 이러한 공간의 공유성이 부여된 계단과 외부에서 내부로 직접 통하는 8개의 출입문이 있는 임대용 근린생활 시설이다. 계단을 오르

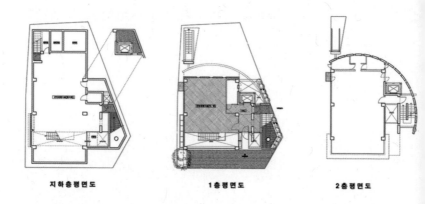

지하층평면도   1층평면도   2층평면도

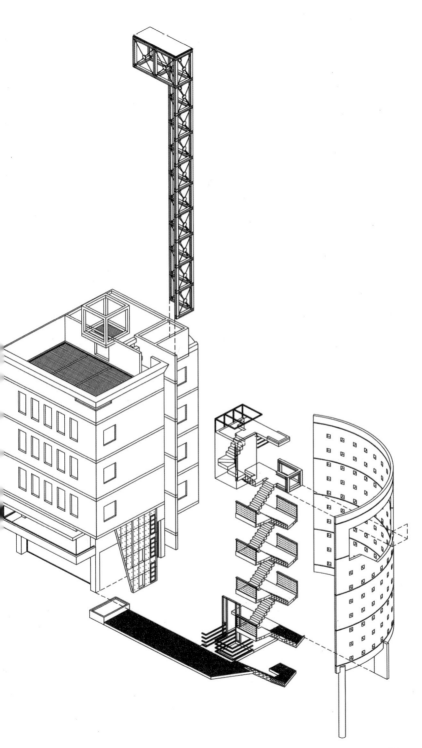

며 만나는 벽과 작은 구멍들. 그 사이 사이 풍경의 막힘과 트임, 가림과 드러
냄으로 새로운 대화를 엮어낼 것이다. 건물의 시각적 포인트로 설정된 5층
의 계단 난간에 서면 열린 시계(視界) 속에 주택가의 풍경과 북한산이 한눈에
들어온다.

누구든지 원한다면 이곳에 자유롭게 올라 조망할 수 있는 것이 이 건물이
이곳을 찾는 이들에게 주는 작은 기쁨이요, 지역의 환경 공동체에 참여하고
자 하는 바람의 결과이다.

소통의 통로, 삼성동 주민자치회관 리모델링

이 프로젝트는 기존 건축물을 주민 자치회관으로 변경하는 리모델링 프로젝트였지만, 나에게는 이 건물 뒷동네에 사는 사람들에게 대로변으로 나갈 수 있는 길을 뚫어주는 프로젝트였다. 기존 건물은 주민들이 대로변으로 나가려면 상당히 돌아갈 수밖에 없었다. 그런데 이 건물에서 길을 뚫어주면 바로 대로변으로 쉽게 나갈 수 있겠다는 생각이 들었다.

다행히 나의 제안이 받아들여져 기쁘다. 주민이 불편한 곳을 찾아 막힌 혈을 뚫어 줬다고나 할까? 그런 기분이다.

기존 건축물 외관

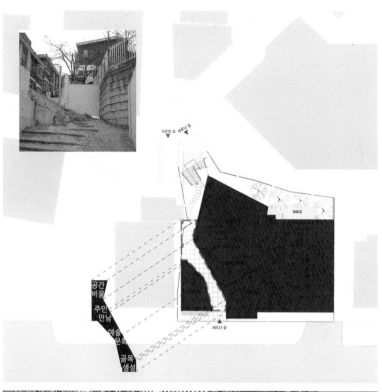

빔
기원의 장

모든 생명은 빛으로 이루어졌다. 온 우주에 가득한 빛의 화신이고 응집이며, 언젠가는 끊임없이 자신을 비추며 자신과 충돌하는 다른 빛으로 인해 다시 빛으로 와해될 빛의 결정체다. 시작도 끝도 없이 천지 우주를 떠돌며 자유로이 여행하는 영원한 빛이여!

무엇 때문에, 무엇으로 인해 그 자유로움에서 벗어나 그곳에 머무르며 생명을 얻었는가? 사랑인가? 인연인가? 운명인가? 인간의 의식을 초월한 그 어떤 의지인가?

88서울올림픽 상징조형물, 평화의 문

　88서울올림픽 상징조형물로 태어난 '세계평화의 문'은 세상에 빛을 보이기까지 우여곡절이 참 많았다. 전두환 정권 시절인 1984년 12월부터 현상공모로 진행된 이 프로젝트는 작품심사 결과 김중업건축사사무소의 안이 당선작으로 선정돼 신문 지상에 공개(1985년 9월 16일)되었다. 그러나 당선 통보를 받은 지 얼마 지나지 않아, 주무부서에서 프로젝트 담당 이사였던 나에게 연락이 왔다. 대통령 결재 과정에서 문제가 생겼다는 것이다. 그러면서 나에게 요청하기를 높이 88m 원기둥 다섯 개를 제시한 2등작 김세중 조각가와 합작하면 안 되겠냐는 것이었다. 일언지하에 거부했다.

　그랬더니 얼마 뒤 어이없게도 프로젝트가 백지화되었다는 통보가 왔다.

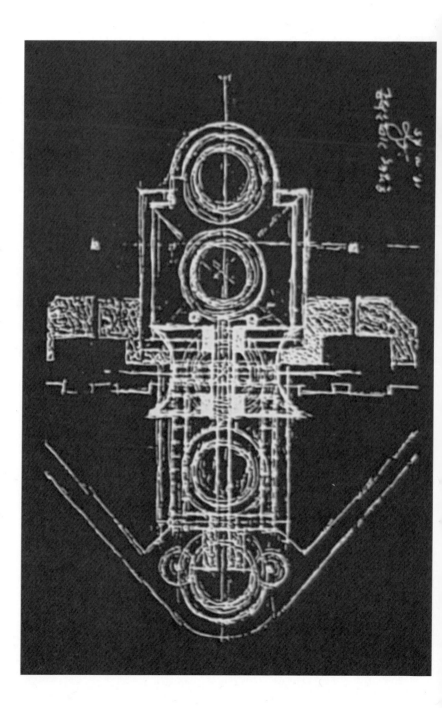

다시 10월 초, 주무부서로부터 대통령 지시사항이라며 1, 2등 두 작가(김중업, 김세중)의 2차 안을 11월 말까지 비공식적으로 다시 받아 청와대에서 최종 결정하기로 했다는 일방적인 전화 통보가 왔다.

"세상에 이런 몰상식한 경우가 어디 있나?"

나는 참여하지 않겠다며 또다시 거부했다.

김중업 선생님께 이런 경과를 말씀드렸더니 나의 거부 의사에 선생님도 흔쾌히 동의해주셨다. 그런데 선생님이 청와대에서 이렇게 하는 이유가 당선작의 규모가 작아서 그렇다는 얘기를 누구로부터인가 전해 들으시고는, 나에게 2등작보다 높게, 또 파리 개선문보다도 더 높게 규모를 키워 그 안에 기념관도 함께 계획하면 좋겠다고 하셨다. 내키지 않았지만, 당시 병중이셨던 선생님의 뜻을 따라 날개 높이 60m, 최대높이 90m의 2차 응모안을 냈다. 그리고 그해 12월 최종적으로 당선되었다는 확정 통보를 받았다.

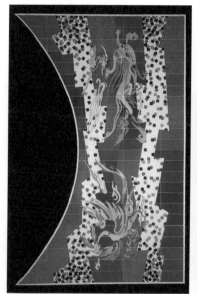
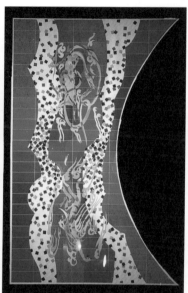

천정화(백금남 作)

탈 조각(이승택 作)

이때 이러한 결과가 주요 일간지에 일제히 보도(1985년 12월 28일)됐다. 이 보도로 일반인들은 그간의 과정은 알지 못한 채, 최종 완공된 조형물을 보고는, 건축가의 기념비적인 웅장한 당선작을 서울시가 터무니없이 축소했다고 알고 있다. 때문에 이 부분에 대한 여러 오해가 생겨 지금도 포털 사이트에는 각종 추측성 기사가 돌고 있다.

김중업 선생님은 정녕 그토록 거대한 조형물을 마지막 작품으로 남기고 싶으셨던 것일까? 이 의문은 내 심중에 아직도 꺼림칙한 수수께끼로 남아 있다. 그렇지만 선생님은 모든 일을 나에게 위임하셨다. 이 프로젝트뿐만 아니라 당시 사무실의 모든 설계를 책임 맡고 있던 나는 당선작 공표 이후, 주무부서였던 서울시 담당기획관(김성순)을 만나 최종 당선작을 원래 규모로 환원시키기 위한 설득 작업에 돌입했다. 풍력에 대한 구조 안전성, 과도한 스케일, 시공 기술력, 공사기간, 예산 부족 등이 축소의 주된 명분이었다. 계속된 나의 끈질긴 설득으로, 내부에 약간의 기념시설을 둔 날개 높이 32m 규모로 절충했고, 마침내 1986년 말 완성된 시공도면을 서울시에 제출했다.

그러나 기공식(1987년 1월 26일) 이후, 조형물 내부에 있던 기념 시설이 외부로 분리되면서, 결국 다시 한번 더 축소돼 첫 당선작과 거의 동일한 날개 높이 24m 규모로 건립되었다.

2년 동안의 축소 과정과 초기안으로의 회귀 과정에서 함께 추진해오던 타 장르와의 협동 작업에 변화가 생겼다. 진입 광장 초입의 이일호 작가의 조각과 조성묵 작가의 부조가 사업 범위에서 제외되고, 겨우 백금남 작가의 천정화와 이승택 작가의 탈만 남게 된 것이다. 반영구적인 테라코타 타일 천정화도 '캐논세라믹'에서 샘플까지 만들며 추진했으나 무산되고 단청+페인트 제작 방식으로 변경되었으며, 태극광장 바닥 문양 역시 고구려 수렵도의 산으로 변하고 말았다. 모처럼 회화, 조각, 건축이 한데 어우러질 좋은

기회였는데, 크게 아쉽다.

그 협력 작가 중 조각가 조성묵은 이미 고인이 되셨지만, 당시 그들이 밤을 지새며 구상에 몰두했던 스케치와 찰흙 조각품들은 사진으로 남겨 여태 내가 보관해 왔다.

아쉽게도 김중업 선생님은 한창 공사가 진행 중이던 1988년 5월 11일, 조형물 완공과 올림픽 개막을 보지 못한 채 세상을 떠나셨다. 그래서 '평화의 문'은 선생님 영전에 바친 나의 헌시가 되었다.

당시 이 프로젝트를 수행한 발주처 관계자는 박세직 서울올림픽 조직위원장, 염보현 서울시장, 김성순 서울시기획관, 김광시 서울시건축과장, 이노근 서울시담당관이었다. 마지막 마무리 담당관은 임계호였으며, 풍림산업이 시공하고 김중업건축사무소의 여창룡이 감리했다.

평화의 문은 올림픽 개막 5일 전(1988년 9월 12일) 세상에 나오게 됐다. 올림픽 행사를 마친 후 체육부에서는 나에게 '올림픽 기장'이란 메달 하나를 수여(1988년 12월 29일)했는데, 나는 지금도 그것을 소중하게 간직하고 있다. 그 기장에는 내 젊은 날의 꿈이 담겨 있기 때문이다.

<평화의 문 개념도>

몸과 마음과 얼의 집, 제일영광교회

"몸과 마음과 얼의 집(集)인 '집'은 그들의 삶과 더불어 긴 서사시를 협주한다."

제일영광교회는 이제는 더 이상 볼 수 없다. 다음의 사진과 글들만 남긴 채 전설이 되고 말았다.

우리의 생각과 표현과 의지를 통해 빛과 흙으로 하나의 집이 지어질 때, 공간이 그곳에 그렇게 있듯이 한 집의 영혼이 그곳에 머물게 된다. 저속하고, 모나고, 둥글고, 졸렬한 제각각의 모습 속에. 그러나 집의 영혼은 언제나 그곳에 그렇게 있을 뿐, 우리에게 무엇을 어떻게 하라고 강요하지 않는다. 다만, 지켜보며 우리로 하여금 상기시킨다. 우리가 어디로부터 비롯되었으며, 자신이 누구인지를, 그리고 삶의 모든 근원을, 그렇게 그의 해맑은 고요

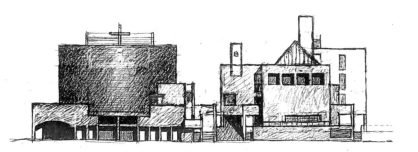

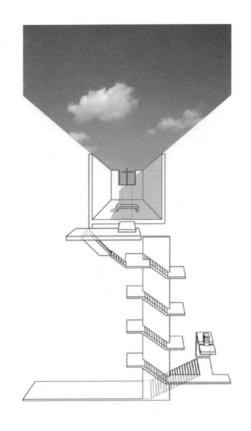

함으로……

　제일영광교회는 평소에 지니고 있는 나의 다섯 가지(삶, 앎, 놂, 폶, 빎) 집에 대한 생각의 소산이다. 이 교회가 자리 잡고 있는 곳은 주택들이 밀집해 있는 주거지역의 한복판이다. 주택이 다닥다닥 붙어있는 주거지는 때론 삶의 가치가 서로 첨예하게 반목·대립하기도 하고, 한편에선 서로 기대며 의지할 수밖에 없는 곳이기도 하다. 그만큼 상호관계의 밀도가 높다. 그래서 작업은 어떻게 하면 기존의 주거 환경이 지니고 있는 질서 속에 조화롭게 자리하며 교회가 지녀야 할 청일(淸逸)한 품격을 구현시킬 수 있겠는가 하는 생각을 수없이 조율하는 과정이었다.

　삶의 환경에 서로의 존재가 침투하며 나름의 균형을 취하고 있는 조밀한 주택가에 난데없이 나타난 건물 덩어리가 주는 환경의 변화와 침해는 교회가 아니라고 하더라도 그 파장이 적지 않을 것이다. 하물며 사랑을 베풀고 주변을 감싸 안아야 할 교회인 바에야! 주민들의 요구에 귀 기울일 수밖에 달리 어쩌겠는가. 일조, 조망, 소리, 시선, 침수 등 어느 것 하나 환경 공동체의 일원으로서 만만하게 넘어갈 수 없는 문제였다.

　주변 환경에 걸맞도록 덩어리를 나누고, 사방에서 언제든지 자유롭게 접근할 수 있도록 다양한 길들을 엮었다. 붉은 벽돌이 주조를 이루는 기존 환경에 융화하면서도 저렴하게 시공할 수 있는 백시멘트 몰탈 뿜칠로 외벽마감을 정하고, 목재와 노출콘크리트를 가미해 친밀하면서도 단아한 화락(和樂)의 정취를 궁리했다. 또 주거지 내 6m 도로는 협소한 폭이다. 가급적 시각적 열림을 도모하면서, 전면 가로변에 담소를 나누며 휴식할 수 있는 공간을 배려하였다. 이곳은 무시로 동네 아이들이 와서 놀기도 하고 누구든지 잠시 앉아 쉴 수 있는 그런 곳이다. 세속적인 삶 속에서 구현하지 못하는 성(聖)은 무슨 의미가 있겠는가! 규모가 작더라도 교회는 근린 지역사회의 중심공간으로서 환경적 측면에서도 마땅히 주민을 포용해야 할 것이다.

작업하는 동안 교회와 가장 문제가 되었던 것은 네온 십자가에 대한 견해 차이였다. 나에겐 그것이 민감하고 심각한 일이었다. 밤이 되면 온갖 상업 네온사인과 경쟁이라도 하듯 선명한 자태를 드러내며 선정스럽게 빛나고 있는 붉은 네온 십자가를 무수히 보게 된다. 그럴 때 내 마음은 늘 불편하다. 나에게 그것은 은혜의 상징이 아니라 교회가 자본주의 사회의 상업화된 의식에 오염돼 하나님 대신 돈과 권력이라는 우상을 섬기며 세속화된 상징처럼 보이기 때문이다.

신은 그의 피조물인 모든 사물을 통하여 현현(顯現)하므로, 만물은 저마다 자기 모습 속에 영성을 지닌다고 생각한다. 나무와 꽃들이 각기 제모습을 이루고 있듯이 저마다의 영성(靈性)을 지닌 격(格)을 모색해야 한다. 주택은 주택다워야 하고, 학교는 학교다워야 하고, 교회는 교회다워야 하고, 십자가는 십자가의 격을 지녀야 한다. 십자가를 마음속의 십자가라고 여기며 대수롭지 않게 여기거나 방치하려면 차라리 상징을 없애야 한다. 그것이 곧 하늘의 영광에 답하는 길일 것이다.

이번에 증축하는 교회는 추후 교육관으로 사용하고, 본당은 별도로 신축할 장기계획이 수립되어 있다. 그날이 언제가 될지 모르나 기존 본당 자리는 장차 헐려 중심 마당이 될 것이다.

　오랜 시간이 지나면 이번에 지은 교회도 다 사라질 터이지만, 작업기간 내내 가장 관심을 기울이며 기다렸던 공간은 십자가가 매달려 있는 옥상의 작은 '하늘기도소'였다. 주계단을 따라 십자가를 메고 골고다의 언덕을 오르는 순례자처럼 오르다 보면 주변의 풍경과 멀리 북한산이 시야에 들어오고 이윽고 옥상의 이 기도소에 이르게 된다.

　하늘만 보이는, 그곳은 천공으로 열려있는 가장 고요한 장소이다. 시원(始原)의 우주로부터 그곳에 비가 내리고, 눈이 쌓이고, 바람이 불고, 별이 소식을 전할 것이다. 사람들은 오지 않는다 하더라도 이 집의 영혼은 아마 그곳에 머무를 것이다. 꾸밈새는 비록 작고 보잘것없지만, 그렇게 해맑은 고요함으로 머물 것이다.

하늘기도소

　和(화). 교회는 기원(祈)의 집으로서 삶의 근원을 일깨우는 고요함[淸]의 가치를 근본으로 삼되 아우름[和] 슬기로움[慧] 즐거움[樂] 올바름[正]의 가치를 함께 지니는 곳이어야 한다. 어떻게 하여야 도시의 주택지 내에서 기존의 질서에 조화롭게 자리하며 청일한 품격을 지닐 수 있는 고요한 공간을 형성할 수 있을까?

어린 시절 낙숫물 떨어지던 비 오는 오후의 뜰 앞 공간을 떠올린다. 고요함이란 무음과 정지를 의미하는 것이 아니라 여러 소리와 움직임이 일체가 되어 잡념이 사라지고 모든 것이 하나로 집중되는 구심력이 작용하는 것을 이른다. 나는 하늘을 물끄러미 바라보며 고요함에 대해 몽상한다. 우주로 무한히 열린 하늘과 나의 자아가 일체가 되는 공간, 침묵하는 순수한 공간을. 그곳에 있으면 나는 우주의 어디에서 아직도 나에게 끊임없이 보내고 있을 메시지를 분명하게 포착할 수 있으리니.

慧(혜). 수직의 주동선 체계는 각층을 연결하기 위한 단순한 통로가 아니라 야곱이 '하란의 꿈'에서 본 사다리이며, 하늘기도소는 사다리의 꼭대기로서 여호와의 신성과 언약이 자리하는 곳의 은유이다. 하늘을 향한 수직성, 이것이 이 장소의 성격을 형성하는 가장 중요한 개념이다. 그러나 이 수직체계는 고딕 양식에서 보여주는 수직성과는 의미가 다르다. 고딕이 단순히 바라보고, 올려다보는 시각대상으로서의 공간적 수직성이었다면, 이곳은 직접 계단을 올라가며 체험을 통해 인식하는 시·공간적 수직성이다. 하늘기도소는 주님의 존재가 인간이 다다를 수 없는 높고 먼 곳에 떨어져 있는 것이 아니라 바로 자신 속에 있음을 확인하는 공간이다. 수직성과 함께 중요한 또 하나의 개념은 각부의 내부공간에 떨어지는 천창의 빛이다. 이 빛은 정신을 집중시키기 위한 시각적 중심을 만들고 내부공간에 고요함을 이루기 위함이다. 이때, 빛은 조도를 위한 물리적 대상에서 기도를 위한 의미의 대상으로 치환된다.

樂(혜). 부지의 상황은 동쪽의 전면도로, 북쪽의 경사도로, 기존 교회의 주
예배실 층, 전면도로에서 1.5m 높은 부지, 서쪽에 면한 부지 등 다양한 레벨
의 여러 층위가 접속되어 있다. 사방에서, 언제든지, 자유롭게 접근할 수 있
도록 했다. 작지만 담소를 나누며 쉴 수 있는 생활공동체를 위한 공간을 만
들었다. 그들이 신자든 비신자이든 구별 없이 모두 모일 수 있는, 누구든지
사용할 수 있는 열린 공간이다. 이런 곳에서 성장한 아이들에게 진정한 신심
이 자리하리라 여긴다.

樂(락). 외벽의 주 마감 재료는 백시멘트 몰탈 뿜칠이다. 이것은 붉은 색조
가 주조를 이루고 있는 기존 환경에 융화하면서도 저렴한 경비로 공사가 가
능한 검소한 재료이다. 이곳에 목재와 노출콘크리트를 가미해 화락의 정취
를 궁리하였다. 종탑은 먼 곳까지 복음을 전하기 위해 으레 높게 세워왔지
만 이젠 종을 직접 칠 일이 거의 없으므로 낮은 곳으로 내려 보행자의 눈높
이에서 자연스럽게 접하도록 했다. 이는 가로의 풍경에 시각적 다양함을 제
공하고, 비록 소리는 울리지 않지만 가로를 오고가는 이에게 예전에 은은히
울리던 종소리에 대한 향수를 불러일으키는 오브제이다.

淸(정). 도시의 밤하늘에 무수히 떠 있는 붉은 네온 십자가를 보고 있노라
면 그때마다 도시가 깊은 잠을 자고 있는 거대한 무덤 같다는 생각이 들곤
한다. 이 붉은 네온 십자가의 등장은 아마도 척박한 시절, 성탄절날 꽃전등
으로 치장하던 것이 그 시초였을 것이라고 막연히 짐작해 본다. 그러나 바
라보는 나의 마음은 도무지 편하질 않다. 연중 밤하늘을 붉게 장식하고 있
는 십자가엔 이제 성탄절을 축하하기 위해 장식하던 예전의 그 순수한 마음
이 담겨 있지 않다. 나태함과 안일함이 보혈의 상징이라는 명분 속에 숨어있

으며, 호객하는 온갖 네온사인과 경쟁이라도 하려는 듯 선정스러운 빛을 발하고 있기 때문이다. 주간에 보는 그 흉물스런 꼴이란. 이를 두고 성속(聖俗)이 일여(一如)라는 말이 있는지 모르나, 성(聖) 그리스도의 상징이 단지 세인의 관심을 끌어 구매력을 유발하기 위한 비속한 상업광고의 수단으로 전락한 것만 같아 마음이 울적하다. 십자가는 대상을 통해 영혼의 내적 울림을 듣고자 하는 마음의 산물이며, 그 물질 속에 잠재하고 있는 영(靈)으로 들어가는 통로의 문이 아니던가. 달빛 아래 고요히 그러나 온 우주에 빛나고 있는 십자가를 간절히 보고 싶은 까닭이다.

생명이 솟는, 등불교회 에이블아트센터

교회 부지는 아파트 단지 북쪽 귀퉁이에 단지로부터 소외된 듯 옹이처럼 박혀있었다. 첫 눈에 주변과 단절된 땅으로 보였다. 3면(동, 남, 서)이 모두 높은 옹벽과 아파트로 둘러 막혀서 답답하고 그늘진 곳이다. 더구나 이곳은 예전에 마을 우물터여서 땅의 기운이 음습하기조차 하여, 땅도 장애가 많은 버려진 곳이었다. 그나마 다행인 것이 북쪽으로 초등학교 운동장이 있고 그 뒤로 멀리 넓게 시선이 열려있어 숨통만은 트인 것이다.

이곳에 등불교회와 장애인을 위한 문화예술 창작공간을 함께 짓겠다는

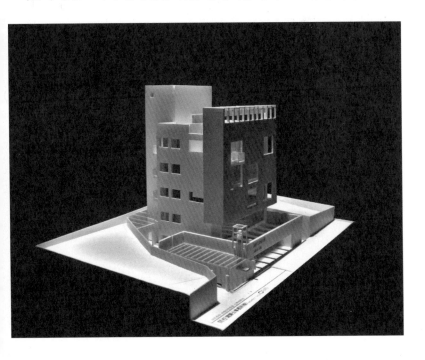

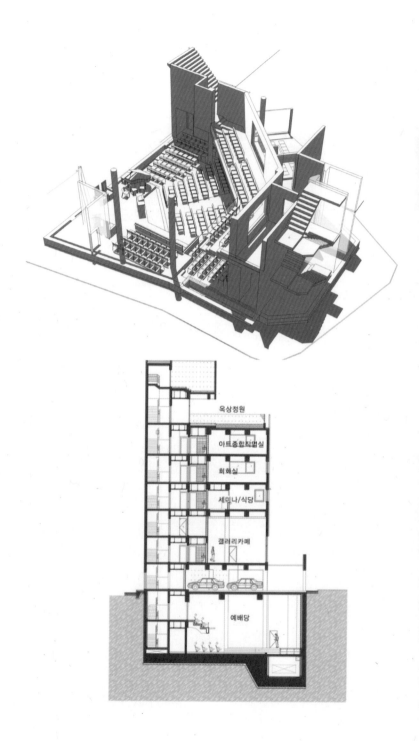

것이 장병용 목사와 성도들의 간절한 소망이었다.

대지의 사정은 열악하고 요구된 필요면적에 비해 예산은 터무니 없었다. 그러나 무엇보다 절박했다. 땅을 살려 건강한 공간으로 최대한 유용하게 쓸 수 있도록 하는 것이 이 프로젝트에서 우선적으로 해결해야 할 급선무였다.

등불교회와 에이블 아트센터 기능의 유기적인 결합을 위해 제시한 건축개념은 방문자와 주변 환경, 그리고 이곳 장애인들이 앞으로 만들어낼 작품들과 상호 어떻게 관계지으며, 보고, 보이고, 보일 수 있을 것인지, 하는 커뮤니케이션으로서의 '봄(Seeing)'이다.

여기에 만물을 소생시키는 생명력으로서의 '봄'과 희망찬 미래를 위한 등불교회 교인들의 마음을 담은 기원으로서의 '봄'이 결합된 개념이었다.

이를 위해 특별히 제안한 것은 지하 예배공간에서 옥상에 이르는 통로 벽을 갤러리처럼 구성하는 것과 건물 북쪽면에 조망을 위한 '오브제' 창을 내

는 것, 그리고 휴식과 명상을 위한 옥상정원의 '하늘기도소' 설치였다.

　시공과정에서 중간에 공사가 중단되고 일부 계획은 무산되고 변경되는 등 많은 우여곡절을 겪으면서 이 공간은 장애인의 특성과 활동에 맞춘 창작 기능 공간, 지역 주민과의 소통을 위한 문화공간, 예술과 영성이 조화를 이룬 지속가능한 생명 공간으로 거듭났다.

은총의길(에이블아트센터)

부록. 곽재환 건축론

<알혼섬>

밀교적 어둠의 세계

— **함성호**(시인, 건축가)

　곽재환의 철학적 주제는 인간의 심성에 내재하고 있는 우주적 본성의 발견에 있다. 그리고 그것이 바로 그의 건축적 주제이다. 그렇게 말하고 나니까 이 말은 어딘가 이상하다. 왜냐하면 철학적 주제와 건축적 주제가 일치하고 있다는 말은 철학-건축을 왕래하는 의미작용에 있어 철학을 건축이게 하는 연결고리가 빠져있다는 걸 뜻하고 있기 때문이다. 그러나 이 말도 틀렸다. 왜냐하면 '건축적 주제'를 건축을 포함한 삶의 태도로 해석할 때 철학-건축은 하나로 이해될 수 있기 때문이다. 그러나 '건축적 주제'를 '건축 예술'의 주제로 볼 때 우리는 다시 연결고리가 빠져있는 철학-건축으로 돌아간다. 그렇다면 이제야 우리는 이렇게 한 번 얘기해 볼 수 있을 것이다.

　인간의 심성에 내재하고 있는 우주적 본성의 발견은 곽재환의 철학이 끊임없이 탐구하고 있는 주제이며, 그의 건축 예술의 욕망이다. …… 그런데, 이렇게 얘기하고 보니까 말은 되지만, 그럼, 곽재환 건축 예술의 주제는 무엇인가 하는 문제가 여전히 남는다. 곽재환의 건축에는 다시 욕망-주제의 연결고리가 부재한다. 철학-건축의 연결고리가 장르적 변환을 가져온다면, 욕망-주제의 연결고리는 아마도 장르 내적인 방법적 전략과 긴밀하게 대응하고 있을 것이다. 만약 이 가설이 참이라면 곽재환의 건축에는 (장르로서의) 건축도 없고, 당연히 (건축의) 방법론도 없다는 얘기가 된다. 이 결론은 논리적으로 하자가 전혀 없다. 그의 건축에는 건축이 없다는 말이다. 그렇다면 곽재환은 대체 어떤 꿈을 꾸고 있는 것인가?

직관(intuition)과 감각(Sensing)

우리는 자신이 읽은 책 중에서 어렴풋이 기억은 나지만 정확하게 어떤 내용인지, 그리고 어떤 책이었는지조차 알 수 없는 경우가 종종 있다. 그럴 경우 우리는 일단 우리의 머릿속에 남은 기억, 그러니까 그것이 역사에 관계된 것인지 아니면 예술에 관계된 것이었는지를 떠올리고 소장 도서들을 뒤지게 된다. 그리고 선택한 책에서 자신이 찾는 내용을 짚어가기 시작한다. 그럴 때 가장 편한 것은 역시 색인이 정리되어 있는 경우이다. 색인을 뒤지면서도 아직 자신이 찾는 내용을 보여줄 만한 단어를 떠올리지 못한 경우라도 우리는 분류된 단어들 간 상관관계를 짚어가면서 결국 그 단어를 찾아내고 내용을 확인할 수 있다.

우리가 어떤 것을 찾아내고자 할 때 우리가 사용하는 방식은 대개 두 가지이다. Top Down 방식과 Bottom Up 방식이 그것이다. Top Down 방식은 전체적인 그림을 그리고 세밀하게 보다 구체적으로 찾고자 하는 범위를 축소해 나가는 방법이다. 논리학에서는 연역법이 Top Down 방식에 해당하는데, 우리가 인터넷 검색엔진의 메인 화면에서 여러 개로 분류된 항목 중에서 하나를 선택하고, 그 안에서 다시 세부 항목으로 선택해 들어가는 것이 Top Down 방식의 대표적인 활용 예일 것이다. 어떤 현상을 연구할 때 일단 가설을 설정하고 이의 증명을 위해 관련 내용들을 링크하며 가설에 논리적 오류를 제거하고 설득력을 주는 방법도 마찬가지이다. 그에 반해 인터넷 검색창에서 원하는 단어를 가지고 찾는 방법이 Bottom Up 방식이다. 사물에 대한 정보를 인지할 때 인간의 뇌는 이 두 가지를 모두 수행한다. 이것이 직관(intuition)과 감각(sensing)이다.

직관은 흔히 아무 맥락없이 보이기도 하는데, 사실은 이미 자신의 내부에 존재하고 있는 분류체계에 따라서 인지한 정보를 개념화하고 있는 것이다. 감각이 있는 그대로의 개별 사실에 따라서 닮은 인자들을 골라내는 것에 비하면 직관이 대상을 '개념화'한다는 데서 차이가 있다. 그러나 직관적 사고는 가끔 귀납적 사고의 속성을 가진다. '전체는 부분보다 크다'라고 했을 때, 이 명제는 보편 명제이면서 경험의 한계일 수도 있다. 따라서 직관적 결론은 지식의 새로운 가능성을 제공해 주지만 동시에 엄밀한 검증을 요구하기도 한다.

그런 점에서 곽재환의 건축은 철저하게 직관적이다. 물론 그의 직관에도 귀납적 속성이 분명히 존재하지만, 곽재환은 의식적으로 감각의 문제를 숨겨 둔다. 왜냐하면 그의 건축의 욕망은 앞서 살펴본 '철학-건축', '욕망-주제'의 연관을 홀쩍 건너뛰어서 그의 철학적 주제와 일치하기 때문이다. 그래서 그의 철학과 건축 사이에는, 그리고 욕망과 주제 사이에는 연결고리가 없다. 왜냐하면 하늘에는 그림자가 없기 때문이다.

우리들의 전선은 지도책 속에는 없다

그것은 우리들의 집안인 경우도 있고

우리들의 직장인 경우도 있고

우리들의 동리인 경우도 있지만…….

보이지는 않는다

〈중략〉

우리들의 싸움은 하늘과 땅 사이에 가득 차 있다

민주주의의 싸움이니까 싸우는 방법도 민주주의식으로 싸워야 한다

하늘에 그림자가 없듯이 민주주주의 싸움에도 그림자가 없다

하.…… 그림자가 없다

—김수영, 〈하…… 그림자가 없다〉 중에서

　상황에 따라 참여시로 읽을 수도 있지만, 이 시는 명명백백함을 지향하는
동양의 이상적 인간으로서의 군자관을 바탕으로 하고 있다. 모더니스트 김
수영의 근저에는 그 '더러운 전통'이 있었던 것이다. 곽재환의 의식 속에도
이런 동양의 세계관은 뿌리깊게 박혀있다. 김수영의 "하늘에는 그림자가 없
다"는 말은 곽재환에게서는 '天地與我同根, 萬物與我一體(천지여아동근, 만물여
아일체)'라는 선가의 말로 요약될 수 있을 것이다. 전자가 태도의 문제라면 후
자는 본질의 문제이다. 〈논어〉의 이성주의가 말해 주듯이 태도에는 상대
적 인과의 문제가 중요시되지만 본질은 인과가 필요없다. 그런 인과들은 모
두 개념화되어 직관으로 실리면서 작용한다. 그래서 곽재환에게 있어서 철
학을 건축으로 구현하는 매개는 없거나 의도적으로 가려진다. 따라서 곽재
환의 건축이 꾸준히 바라보는 것은 오직 '뿌리' 하나이다. 그리고 그것이야
말로 은평구립도서관에서, 제일영광교회에서, 비전힐스에서 지속적으로 탐
구되고 있는 하늘의 실체이다.

포에티카(poetic-architecture)
　그의 건축이 직관에 기대면서도 모호하지 않은 이유는 앞서도 밝혔듯이
이미 자신의 내부에 존재하고 있는 분류체계에 따라서 인지한 정보를 개념
화하고, 그것들을 의식적으로 링크시키고 있기 때문이다.
　사실 자기 건축이 형상화되는 과정을 곽재환처럼 확실하게 보여주는 건
축가도 드물다. 그런데 곽재환이 보여주는 건축의 형상화 과정에서는 다른
건축가와 구별되는 한 가지 특이한 지점이 노출되어 있다. 보통 어떤 작품

이 구상되고 결과물이 나오기까지의 과정에는 (꼭 이런 단계를 거치는 것은 아니겠지만) 구상-구성-형상(구축)의 단계를 가진다. 그러나 곽재환은 그 맨 앞에 '자아'를 두고 시작한다. 그리고 '형상(구축)'에서 끝나지 않고 그 뒤에 '암시'와 '객체'의 단계를 둔다. 이것은 다시 앞에 놓인 '자아'를 설명하고 있다. 말하자면 그가 생각하는 건축의 방법은 '구축'됨으로써 완성되는 것이 아니라 그것이 작가를 떠나 완전히 객체화되었을 때 끝난다. 아니 이 말은 틀렸다. 다시 '자아'로 돌아간다.

그의 건축은 완성되지 않는다. 그의 건축이 시를 지향할 수밖에 없는 이유다.

그러니까 곽재환의 건축 어디에나 풍부하게 녹아있는 시적 감수성은 결코 우연이 아니다. 그리고 그의 시적 감수성은 그의 건축을 거대한 자연에 대한 경외로 다가서게 하는 가장 중요한 이유가 된다. 그렇게 생각해 보면 우리의 일상에서 나무나 풀, 산과 강 같은 것 중 그 무한함을 단박에 느끼게 해주는 것은 역시 하늘이다. 하늘은 자신의 광대무변을 어느 것에도 투영하고 있지 않다. 하늘에는 그림자가 없다.

그림자는, 악마에게 그림자를 팔아버린 사내의 우화가 얘기해 주듯이 존재를 드러내 주는 동시에 공간을 점유하고 있는 존재의 영역을 대변한다. 곽재환이 그의 '형상전개의 8단계'의 마지막에 '소멸'을 얘기하고 있듯이 그는 건축의 그림자를 없애고자 욕망한다. 그림자를 없애버린다는 것은 존재를 무화시켜 버린다는 것이다. 그러면서 곽재환이 다시 '자아'로 돌아간다는 것은 질적 변환을 거치는 운동의 과정에 주목한다는 것을 말해준다. 〈솔의 집〉에서 본체와 완전히 분리되어 들어 올려진 경사지붕은 본체를 관통하고 있는 독립된 기둥에 의해 지탱되고 있는데, 건축가가 군이 이런 구조적 해결을 사용하고 있는 것은 분명히 하늘을 관조하려고 하는 작의로 보인다. 아울러 곽재환이 그의 작품에서 꾸준히 하늘에 집착하고 있는 이유는 그것이 그의 건축의 '뿌리'이기 때문이다.

　비교적 초기작에 해당하는 〈솔의 집〉은 곽재환 건축의 자연에 대한 경외를 일찌감치 드러내주고 있다는 점에서 많은 것을 시사해 준다. 사실 〈솔의 집〉에서 본체를 구성하고 있는 실들은 아무 의미가 없다. 이 집은 오로지 지붕만 있는 집이라고 해도 좋을 정도로 지붕과 지붕을 받치고 있는 기둥이 다소 과도하다 싶게 부각되어 있다. 더군다나 기둥을 중심으로 방은 외부에서 완전히 시각적으로 관통되어 있다. 즉 외부에서도 이 기둥이 무엇을 지탱하고 있는지 다 알 수 있게 되어 있다는 것이다. 그렇게 보면 곽재환은 처음 시작부터 자기의 길을 알고 있었던 것이고 지금까지 그것을 꾸준히 일관되게 추구해 왔던 것이다. 어찌 보면 지독하다 싶을 정도로 (나는 그의 작품들을 다시 일별해 보면서 질려버렸다) 그는 흔들림이 없었다.

어둠

　역시 같은 주제가 반복되고는 있지만 〈응백헌(凝白軒)〉은 건축가의 유년의 추억이 그의 건축적 지향점으로서의 하늘의 자리를 대신하고 있다는 점에서, 그리고 건축예술로서는 드물게 작가의 개인적 체험이 작품에 투사되고 있다는 점에서 특특한 자리를 차지한다. 〈솔의 집〉이 지붕밖에 없는 집이라면, 〈응백헌〉은 마루밖에 없는 집이다. 마루가 만들어지는 과정도 재밌다. 이 집을 온통 점령하고 있는 마루는 무엇에 '의해서' 점령되어지고 있다. 마루를 '점령'하게끔 하는 그 무엇은 벽이다. 〈응백헌〉의 벽은 일종의 커튼처럼 작가의 유년의 기억을 현실로부터 차단하고 있다. 마루는 그 차단의 리듬을 타고 사이사이에 자리잡고 있는데, 한마디로 〈응백헌〉의 마루는 유년의 보호막으로서 벽을 씨앗으로 해서 자라는 나무와 같다. 그리고 그 옥상에는 박공 지붕을 한 작가의 유년이 아주 낯설고 충격적으로 서 있다. 그것은 독립적으로 아무 맥락없이 1층의 외부로 휘어지고 안으로 꺾인 커튼(벽)과 유리된 채 부유하고 있다. 그곳은 곽재환의 말대로 "일상을 떠나 일상을 가늠하며 생활을 가다듬던" 이제는 사라져버린 누마루고, 되돌아갈 수 없는, 현실의 장소성이 부재하는 추억의 장소이다. 그리고 이 집이 구현하고자 했던 부재하는 현실의 장소성/현존하는 추억의 장소는 그 개념의 운명을 따라 지어지지 못했다.

곽재환의 건축의 욕망, 혹은 철학적 주제(<솔의 집>의 경우)와, 현실에 부재하는 추억의 장소성(<옹백헌>의 경우)이 가장 간명하게 드러났던(<옹백헌>의 경우 그래서 괴기스럽기까지 하다) 이 두 경우의 실험이 단지 계획안에 그쳤다는 것은, 그것이 단지 지어지지 못해서가 아니라 곽재환 건축의 불모성을 대변하고 있다는 점에서 의미심장하다. 그러나 그 불모성은 꽃피우지 못하는 불모성이 아니라,

나와

하늘과

하늘 아래 푸른 산뿐이로다.

꽃 한 송이 피워 낼 지구도 없고

새 한 마리 울어 줄 지구도 없고

노루새끼 한 마리 뛰어다닐 지구도 없다.

나와

밤과

무수한 별뿐이로다.

밀리고 흐르는 게 밤뿐이오,

흘러도 흘러도 검은 밤뿐이로다.

내 마음 둘 곳은 어느 밤하늘 별이드뇨.

— 신석정(辛夕汀), 〈슬픈 구도(構圖)〉 전문

와 같이 장소의 부재를 뜻한다. "흘러도 흘러도 검은 밤뿐"인 부재, 그리고 그것이 곽재환 건축의 어둠을 이루고 있다. 그러고 보면 빛과 어둠이 한 몸이라는 것은 참 뻔한 얘기이다. 신의 얼굴과 악마의 얼굴이 동전의 양면과 같은 것이란 얘기도 참 뻔하다. 그러나 어쩌랴, 나는 지금 그 뻔함이 주는 낯설음에 대해 말하지 않을 수 없다. 그렇게 보면 광대무변한 하늘을 건축에 끌어들이고자 하는 곽재환의 노력과 이 어둠은 흡사 심각하게 배치되어 있는 듯하다. 그러나 그 두 가지 모두가 곽재환의 무의식 깊숙한 곳에 자리하고 있는 어떤 충격과 무관하지 않다고 가정할 때, 그것은 모종의 연관성을 가지고 다가온다. 그 충격이 무엇이었나 하는 문제는 빛과 어둠이라는 방정식을 풀기 위한 하나의 가정이라고만 해두어야 할 것 같다. 그리고 우리는 그 가정이 성립할 수 있는 여건을 〈제일영광교회〉에서 볼 수 있다.

관념적 스케일

〈제일영광교회〉는 그 자체로 하나의 어둠이다. 내 생각에, 여기에서 곽재환이 그리고 있는 매스는 거의 무의식의 발로인 것 같다. 초현실주의 시인들의 자동기술처럼 작가는 연필 가는 대로 자신을 내맡겨버린 듯, 이 교회의 매스들은 서로가 서로를 부정하면서 이어지고 있다. 정면도의 균제된 형태는 계단 매스에 의해서 부정되고 목양실과 자모실의 기능에 의해서 다시 부정된다. 말하자면 작가는 그저 연필이 그리고 있는 여러 궤적을 선택적으로 차용해서 쓰고 있을 뿐이라는 얘기이다. 이 말은 〈제일영광교회〉는 그려진 것이 아니라 지우면서 만들어 나갔다는 말이 된다. 무엇을 선택한다는 것은 무엇을 버린다는 행위를 수반한다. 곽재환의 경우에 이 버린다는 행위가 강조되는 것은, 그가 그린 것보다 더 많이 버린다는 것에 의해 규정되는 게 아니라, 많이 버리는 만큼 더 많이 그린다는 데 있다. 더군다나 그에게 있어 그린다는 행위는 거의 의식의 무장해제 상태를 뜻한다. 자동으로 그려나가는 것이다. 그럴 때야 비로소 지워나가면서 만들어지는 것이 가능해진다. 그래서 곽재환의 입면은 어울리지만 합리적으로 보이지 않는다. 맥락은 없지만 총체적이다. 유기적이지는 않지만 관계가 있다. 마지막 말은 분절되어 있지만 유기적이라고 말해도 좋을 것 같다.

그래서 곽재환의 건축적 스케일은 측정 불가능하다. 직관을 통해 본질을 단번에 꿰뚫고자 욕망하는 그의 건축은 그래서 언제나 무거운 침묵으로 시종일관한다. 〈제일영광교회〉는 그 어둠을 형태와 기능에 있어 단적으로 드러내준다. 이 교회의 기능은 예배실이나 목양실 같은 프로그램에 있는 게 아니라 단언하건대 어둠에 있다. 형태는 마치 사과 껍질을 깎아내듯이 이 어둠을 지하에서부터 살짝 들어 올리는 것으로 그친다. 〈제일영광교회〉에서의 어둠은 곽재환의 다른 작품들보다 훨씬 직접적으로 그의 무의식을 표상한다. 마치 달리의 그림을 보는 듯한 떠 있는 십자가, 반복적으로 나 있는 격자창(이건 곽재환 건축에서 끊임없이 나오는 이미지이다), 종탑을 기점으로 지하로 들어가는 계단은 오르페우스의 신화를 상기시키며, 이것은 다시 〈은평구립도서관〉에서 좀 더 극적으로, 다른 양상으로 반복 사용된다(나중에 다시 얘기되겠지만, 사실 그런 신화적 요소의 차용이란 점에서 보면 〈제일영광교회〉가 계획된 순서로 보면 나중이긴 하지만, 그것은 〈은평구립도서관〉의 전초전에 지나지 않는다).

따라서 곽재환의 건축은 몸이 느낄만한 공간감이라는 것에서 늘 무미건

조히다. 그도 그럴 것이 그의 건축은 이제까지 살펴보았듯이 실제적인 스케일에 의존하기보다는 전적으로 관념적인 스케일에 의존하기 때문이다. 그가 생각하는 우주라는 것도, 자연이라는 것도 사실은 물리적으로 현존하는 개념이 아니다. 그것은 모두 그의 관념 속에서 존재하며 그의 건축은 그 관념과 현실의 긴장 속, 혹은 사이에 있다. 그 사이를 만들어내는 힘이 바로 장소의 부재에서 오는 불모성, 곽재환의 어둠이다. 〈제일영광교회〉는 그의 그런 생각들을 잘 들켜(?)주고 있어서 즐거운 작품이다. 〈제일영광교회〉는, 무엇보다 그 형태에 있어 낯설며, 그 낯섦은 작가가 사용하고 있는 스케일의 다름에서 오는 이상한 거부감을 우리로 하여금 준비할 수 있게 해주는 역설로 작용한다는 점에서 곽재환 건축의 키워드가 된다.

〈제일영광교회〉의 어둠이 가려져 있다면 〈비전힐스〉의 어둠은 유지되고 있다. 이 골프클럽 하우스는 아예 경사지를 절개하고 지하에 숨어있다. 〈제일영광교회〉의 어둠을 감싸고 있는 이상한(?) 껍질이 〈비전힐스〉에서는 자연의 문맥으로 치환된다. 그리고 건축가는 그 어둠에 빛을 들여보내면서 내부에서는 빛과 어둠의 강한 대비를 준다. 어둠은 빛에 의해 사라지지 않고 하나의 오브제로 유지된다. 〈비전힐스〉는 비록 여러 가지 복잡한 매스들이 지표 위로 솟아있긴 하지만 (더 높은 레벨의 진입부에서 볼 때) 서로 다른 레벨의 두 지표면이 겹치면서 건물이 사라지게끔 의도되었다는 걸 쉽게 눈치챌 수 있다. 그러나 실제로 그렇게 해서 건물이 사라지는 일은 벌어지지 않는다. 곽재환이 〈비전힐스〉에서 그동안 은유로 지워버렸던 건축을 실제로 지워버리려 계획한 것은 이루어질 수 없는 꿈인 것은 틀림없다. 건축의 사라짐을 건축의 완성으로 생각하는 이에게 건축은 얼마나 비극적인 것이겠는가? 곽재환의 관념의 스케일은 그런 비극을 극복하기 위한 장치이다.

신화—밀교적 어둠의 세계

〈비전힐스〉는 경사지의 활용이라는 점도 그렇고, 원래 물이 담기는 걸로 계획되었던 중정도 그렇고, 여러 가지 점에서 〈은평구립도서관〉을 예고하고 있다. 그런 만큼 〈비전힐스〉는 곽재환 건축에 있어서 하나의 기점을 이루고 있다. 그는 여기에서 그동안 자신의 내부에서 직관적으로 파악되던 개념들을 건축적으로 풀어놓기 시작한다. 하늘이 건축물 속으로 들어오고(중정), 관념화된 이상을 상징하듯 자신의 철학적 지향점을 형상화하며(두 개의 쉘티), 건축을 자연적인 것으로(단층작용을 표현하는 가로 월) 만들고 있다.

그렇게 해서 이루어진 곽재환의 건축은 종전의 관념적 지평을 질적으로 전환시키며 자신만의 독특한 세계를 일구어낸다. 나는 그것을 '밀교적 어둠의 세계'라고 불러본다.

곽재환 건축의 관념론, 그리고 그의 직관적 방법론, 그가 내리고 있는 어둠에 대한 독특한 해석들은 우주의 철학적 현상을 종교적 실체로 불격화한 밀교의 방법들과 대체로 일치하기 때문이다. 현교는 석가모니(Sakyamuni)를 교주로 하는 응화불의 가르침이고 밀교는 비로자나불(Virocana)을 교주로 하는 법신불의 가르침인데 사실 비로자나불은 석가모니와 같은 구체적인 대상이 아니라 관념적인 화신(化身)이다. 즉 철학적 현상이 하나의 구체적 대상으로 자리잡은 것이다. 곽재환의 철학적 주제와 건축적 주제가 매개없이 바로 일치할 수 있는 것도 이런 파격 때문이다. 이런 파격이 드디어 하나의 구체적인 대상(건축)으로 자리 잡고 있는 것이 〈은평구립도서관〉이다.

곽재환의 〈은평구립도서관〉은 한마디로 대지와 천체에 대한 묵시록적 찬가라고 할 수 있다. 아울러 도서관이라는, 인류가 쌓아온 지식의 축척 수단으로서의 기능을 시적으로 정의했다는 점에서 건축사적인 의미를 담보해내고 있다. 그것은 흡사 보르헤스의 소설 〈알렙〉을 떠올리게 한다.

"그러니까, 어느 각도에서 봐도 보이는 지구상의 모든 지점이 뒤죽박죽되지 않고 들어있는 장소라네……. 순니 박사는 내 알렙이 '양도 불가능'하다는 사실을 증명해 줄 걸세."

모든 것들이 빼곡히 들어차 있는데도 그 모든 것들이 서로 겹치지 않고 명징하게 보이는 장소, 그곳은 바로 신의 도서관이 아닐까?

그래서 〈은평구립도서관〉은 건축적으로 읽히기를 거부하고 신화적으로 읽히기를 요구하는 듯 보인다. 아니, 건축을 하나의 신화로 만들어내고 있다. 진입부의 노출콘크리트 벽과 그것을 양쪽에서 오르는 계단, 그리고 그 계단을 밟고 도달하는 다섯 개 열주의 정원은 근대인이 잃어버린 신화와 전설에 대한 향수를 다시 불러일으키고 있으며, 산세를 쫓아 층층이 뒤로 물러나 앉은 매스들은 자연에 대한 곽재환식의 경외를 구현하고 있다. 더군다나 그렇게 물러나 앉은 매스의 지붕들은 그대로 원래 대지를 소생시키고 있다는 점에서 더욱 그렇다. 건물이 서기 전에 이 산등성이를 오르내렸던 바람, 나무와 풀들의 식생, 그리고 사람들이 그러하듯이 우리는 이 건물이 들어선 다음에도 그 옥상정원을 타고 여전히 바람과 석양의 빛을 느끼며 곽재환이 펼쳐놓은 제2의 자연을 만끽할 수 있다.

그러나 무엇보다도 이 건물의 가장 드라마틱한 장면은 반영정에 있다. 그것은 저 먼 천체에 대한 향수를 그대로 지하에 끌어들인다. 우리는 거기에서 지옥에 떨어진 에우리디케를 찾아 기꺼이 카론의 강을 건너 하데스를 여행하는 오르페우스의 신화를 읽을 수 있다. 반영정을 둘러싸고 있는 표정 없는 벽들은 그 자체로 하나의 서사이며 거대한 악기와 같이 느껴진다. 지옥에서 울리는 오르페우스의 노래가 저녁 석양에 물들일 때, 하나둘씩 저 산등성을 넘어 도서관의 옥상정원을 걷고 있는 사람들은 나무와 사람의 구분

없이 그저 하나의 풍경이다. 곽재환의 빛은 빛을 향해 나아가는 것이 아니라 어둠 속에서 불러들이는 빛이다. 그래서 〈은평 구립도서관〉의 빛은 어둠이다. 곽재환은 그 어둠이 인류가 지금까지 쌓아온 저 지식의 심연을 애기하고 있다고 생각하고 있는 것이 분명하다. 그렇다. 만약 천국이 있다면 그것은 아마 도서관의 모습일 것이라고 얘기했던 사람이 누구였던가?

나는 곽재환의 작품들을 주욱 일별하면서 그가 탐구하는 주제가 처음부터 끝까지 같다는 데에 적잖이 놀랐다. 그의 이 독함이 도저히 표현할 수 없는 관념의 세계를 건축적으로 구현했을 것이라고 나는 믿고 있다. 그의 말처럼 그는 두 세계를 겹치지 않고 바라볼 수 있게 된 것일까?

"樓(누)는 열린 창문을 통하여 자연을 바라보며 자신을 생각하는 자를 위해 마련된 장소이며, 亭(정)은 닫힌 창문에 투사된 자신을 바라보며 우주를 생각하는 자를 위해 마련된 장소이다."

시인이자 건축가인 함성호는 강원도 속초에서 태어나 강원대학교 건축과를 마쳤다. 1990년 『문학과 사회』 여름호에 시를 발표했으며, 1991년 『공간』 건축평론 신인상을 받았다. 시집으로 『56억 7천만 년의 고독』 『성타즈마할』 『너무 아름다운 병』 『기르티무카』가 있으며, 티베트 기행 산문집 『허무의 기록』 만화 비평집 『만화당 인생』 건축 평론집 『건축의 스트레스』 『당신을 위해 지은 집』 『철학으로 읽는 옛집』 『반하는 건축』 『아무것도 하지 않는 즐거움』을 썼다. 현재 건축 실험 집단 'EON'의 대표로 있다.

인간화된 자연, 자연화된 인간

— **임지현**(한양대 사학과 교수)

I.

루소는 『불평등에 대한 논고』에서 이렇게 말했다. "한 조각의 땅에 경계를 두른 후 조심스럽게 '이것은 나의 땅이다'라고 말한 최초의 인간이 시민 사회의 창설자였다." 이것은 인간의 존재 양식으로서의 '경계짓기' 혹은 '울타리치기'에 대한 무서운 통찰이다. 경계짓기 혹은 울타리치기의 기준은 역사적 조건의 변화에 따라 씨족, 부족 등의 일차적 혈연 집단으로부터 분권 국가, 민족 국가, 제국 등의 이차적 역사 구성체에 이르기까지 끊임없이 변모해 왔다. 자신의 정체성을 묻고 또 그것을 확립하려는 인간의 의지가 지속되는 한, 그 기준을 무엇으로 삼든 경계 나누기는 지속될 것이다. 거주 공간으로서의 '집'에 대한 인간의 욕구도 기본적으로는 안과 밖을 나누어 자신의 정체성을 확인하고자 하는 욕망과 관련된다. 집을 기준으로 안과 밖을 나누려는 인간의 욕망은 울타리 치기를 강요하는 그 어떤 다른 욕망보다도 더 원초적이며 일상적이다. 남성성과 여성성조차 시대의 규범에 따라 만들어졌다는 점을 감안한다면, 그것은 성적 경계보다 더 완강하고 원초적이다. 무엇보다도 잠에 대한 인간의 신체적 욕구 때문이다. 레비나스가 말했듯이, 인간은 세계 내의 존재에 앞서 '잠자는 존재'인 것이다. 잠은 그 어떤 이론이나 지식, 표상에 앞서 삶을 살아가는 일이며, 따라서 잠자리를 제공해 주는 집을 통해 원초적 거주의 경험은 인간의 몸에 각인된다. 프로이트에 따르면, 그것은 태아가 어머니의 태내에서 느끼는 부드럽고 따뜻하며 친밀한 거주 공간으로서의 어머니의 자궁에 대한 원형적 이미지에서 비롯되는 것이기도 하다. 집은 어머니의 자궁의 대용품이라는 프로이트의 지적도 같은 맥락에서 이해된다. 안과 밖의 경계를 분명히 하고, 집이라는 그 울타리 안의 내밀한 공간에서 느끼는 평온함과 친밀감도 실은 어머니의 태내에서 형성된 원형적 이미지와 맞닿아 있다. 그런데 집이라는 원초적 거주 공간을 확보하기 위해 안과 밖을 가르려는 시도는 필연적으로 밖을 배제하고 타자화하는 차별의 논리를 정당화한다. 울타리를 치고 그 경계 밖의 모든 것을 타자화한다는 점에서, 집에 대한 인간의 원초적 욕구는 민족주의의 타자화 전략과 결을 같이한다. 자신과 다른 언어, 문화, 종교, 용모 등을 가진 사람들을 배제하고 타자화하는 민족주의와 비교할 때, '집짓기'의 타자화 전략은 훨씬 더 강력하고 포괄적이다. '집짓기'는 울타리 밖의 사람과 사물을 타자화할 뿐 아니라, 자신이 딛고 서 있는 대지와 공간까지도 타자화의 대상으로 삼는다. 건축이라는 행위 자체가 대지와 공간에 대한 인간의 '전유(Aneignung)' 행위를 전제한다는 점에서, 그것은 모든 건축의 역사에서 불가피한 과정이기도 하다.

그럼에도 불구하고 자연을 전유하는 건축 행위에 대한 인간의 자의식은 '전근대'와 '근대', 그리고 '근대'와 '탈근대' 사이에 뚜렷한 차이를 드러낸다. 하늘로 솟아오르고자 했던 교회 건축과 권위를 과시하고자 했던 궁정 건축을 제외하면, 전근대의 집짓기는 대체로 자연을 전유하는 행위에 대한 일종의 원죄 의식을 가졌던 것이 아닌가 한다. 그것은 자연을 공격적으로 전유하는 방식이 아니라, 있는 그대로의 자연에 슬며시 얹혀 짓는 방식을 선호한 데서도 잘 나타난다. 전근대의 건축은 자연을 정복하는 방식이 아니라 자연과 더불어 사는 거주 방식을 택했던 것이다. 심지어는 웅장한 교회 건축과 궁정 건축에서조차도 무한히 상승하려는 자신감과 욕망보다는, 유장한 자연 앞에서 그러한 욕망이 결국은 부질없음을 깨달은 시지프스의 비장감이 느껴질 때가 더 많다. 자연을 전유하려는 인간적 욕망에도 불구하고, 신이 선사한 자연은 함부로 할 수 없는 그 무엇이었다. 인간이 자연을 전유하는 방식인 노동 개념에 대한 칼뱅주의적 인식의 전환과 더불어 자연을 바라보는 방식에도 자연히 변화가 따랐다. 노동이 인간에 대한 신의 축복으로 정당화되면서, 자연은 노동을 통한 인간의 전유 대상으로 전락했다. 규율화된 노동을 통해 자연을 전유할수록, 신의 축복도 커질 것이었다. 이로써 자연은 인간과의 공존 대상에서 정복의 대상으로 탈바꿈했다. 인간과 자연의 관계가 인간중심주의적으로 재정립되면서, 건축의 개념도 바뀌지 않을 수 없었다. 합리적 이성으로 대변되는 기계주의적 정신이 건축을 지배하게 된 것이다. 건축은 이제 존재론적 물음에서 공학적 기술로 전락했다. 뿐만 아니라 지칠 줄 모르는 부르주아의 욕망은 건축을 자본 증식의 도구로 전화시켰다. 근대 건축은 점차 사물화되고 대상화되어 갔다. 근대 공학의 발전 덕분에 '집'의 안과 밖을 가르는 경계는 더 단단하고 분명해졌지만, 그 근대적 건축물의 '집' 안에 사는 사람들은 점점 더 뿌리와 고향의 상실감 또는 알 수 없는 불안감에 시달리는 모순된 현상이 나타나게 되었다. 그것은 '거주한다'는 행위 자체가 단순하게 건축물 안에 산다는 행위로 환원되는 것이 아니라, 인간이 자연 및 사회와 관계를 맺고 그 관계 안에서 살아간다는 인간의 존재 방식과 맞닿아 있기 때문이다. 더 안락하고 단단한 근대적 건축물 안에서 알 수 없는 불안감에 시달리는 것은 결국 인간이 사물과의 일체감을 상실했기 때문이라는 하이데거의 진단이 주목되는 것도 이러한 맥락에서이다. '안'은 '밖'을 배제하고 타자화하지만, 동시에 '안'이 '안'으로 존재하기 위해서는 '밖'에 의지할 수밖에 없다는 변증법의 동력을 근대 건축은 상실한 것이다. 그러나 하이데거는 '전근대'의 농업적 정주 방식으로의 회귀를 대안으로 설정함으로써, 사상적으로나 정치적으로나 실패했다. 피와 땅의 순수성에 기초한 전근대적 공동체의 편협한 배타성과 접목될 여지가 많았던 것이다. 하이데거의 문제의식을 공유하면서도 그의 대안을 거부하는 '탈근대'의 문제 제기가 소중한 것도 그러한 이유에서이다. '탈근대'의 이론가들은 배제와 포섭의 전략에 기초한 '정주'의 방식을 거부하고 '유목'의 방식을 포스트모던적 삶의 방식으로 제기했다. 그것은 생태주의적 건축론으로 환원되기 십상인 하이데거의 대안보다 훨씬 더 포괄적이고 근원적이다. '정주'라는 주거 방식 자체를 문제삼기 때문이다. 배제와 포섭의 전략에 기초한 근대 사상의 억압성을 지적한 포스트 모더니스트들의 비판은 건축에도 그대로 해당된다. 포스트모던 건축은 '집'이 상징하는 경계짓기와 울타리 치기를 거부하고, 경계를 횡단하는 탈주의 사유에 뿌리를 내린다. 포스트모던적 사유에 따르면, 건축이 '정주' 방식으로서의 집을 고집하는 한 건축도 억압이다. 다양한 층위에서 경계를 나누고 그것을 정당화하는 모든 근대적 사유가 비판과 해체의 대상이 되듯이, 울타리 치기로서의 건축도 단호히 거부된다. 경계를 가로지르는 횡단의 사유에 기초한 건축이 해방의 건축이 되는 것이다. 그것은 인간과 자연이 상호 침투되고 담 밖의 인간과 담 안의 인간이 상호 소통하는 열린 구조의 건축이다.

내가 보는 곽재환은 울타리 치기로서의 근대 건축이 갖는 억압성을 몸으로 느끼는 건축가이다. 그것은 그가 가진 시적인 감수성이 인간의 존재 방식에 대한 기술적인 이해를 가슴으로 거부하기 때문이다. 그의 건축 세계는 "인간은 시적으로 거주한다"는 하이데거의 진술과 맞닿아 있다. 그것은 지칠 줄 모르는 권력에의 욕망과 자본 증식의 도구로 전락한 한국의 근대 건축에 대한 소중한 안티 테제이다. 그러나 그의 안티 테제가 지향하는 건축 세계는 이미 하나의 완성태로 존재한다기보다는 쉼 없이 형성 중이다. 곽재환의 건축적 사고 속에서 예민한 속도계의 바늘이 그려 내는 수없이 미세한 떨림들은 아직도 카오스적이다. 문득 보수적 회고주의의 위험 수위에 가까이 가는가 하면, 다시 근대건축의 단단함에 닻을 내리기도 하고, 그런가 하면 어느새 포스트모던적 횡단의 사유를 펼쳐 보이기도 한다. 그의 정신이 안일하게 어느 한 곳에 정주하지 않고 있다는 좋은 증거이다. 그의 건축론이 기술공학적 질문이 아니라 존재론적 질문을 던지고 있다는 증거이기도 하다. 건축의 문외한으로서 그의 건축 세계를 여행한다는 것은 부담스럽기 그지없는 작업이지만, 기껍고도 즐거운 부담이다.

II.

한반도의 '근대'는 대개 일본의 프리즘을 통해 도입되었다. 우리가 아는 서구의 '근대'는 대개 일본의 프리즘을 통해 굴절된 '근대'가 아닐 수 없었다. 굴절되었다는 것도 문제지만, 더 중요하게는 '근대'를 도입하는 과정에서 일본 사회가 겪었던 고민이나 문제의식은 사상된 채 그 결실로서의 용어만 건너왔다는 점이다. 일본에서 오랜 고민 끝에 정착된 용어가 일단 도입되면, 그 번역어가 함축하고 있는 역사적-사회적-정치적-문화적 함의를 묻는 일은 거의 없었다.

'건축'도 이 점에서 예외는 아니었다. 서양의 근대 건축이 일본에 처음 소개되었을 때, 사람들은 '조가(造家)'라고 번역했다. 그저 바람을 피하고 비를 막는 집을 짓는다는 뜻으로 해석한 것이다. 이에 대한 비판과 반비판 그리고 치열한 논쟁 끝에, 집짓기의 기계적인 영역성을 넘어서 구성 혹은 양식의 의미를 포함하는 '건축'이라는 번역어가 확정된 것은 1890년대에 들어서의 일이었다. 그것은 단순히 집을 짓는 공학을 넘어서 문화와 예술로 외연이 확대된 근대적 건축 개념의 도입을 알리는 것이었다. 그러나 번역이 제기하는 이와 같은 고민과 논쟁을 생략한 한국 사회에서 'architecture'는 여전히 '조가'와 '건축' 사이에서 동요하고 있다.

곽재환은 '집'을 짓지 않는다. '조가'는 그의 방식이 아니다. 그에게 집은 '사람의 삶을 인도하는 사상'이다. 집을 짓는다는 행위는 구조적 형상물을 만들기에 앞서, 사상을 구축하는 행위이다. 곽재환에 따르면, 시간과 공간이 함께 어우러진 '소우주'로서의 집은 다시 '수(數)의 영역'과 '시(詩)의 영역'으로 나뉜다. '수'가 셀 수 있는 영역으로 질서를 수립하는 합리의 세계라면, '시'는 셀 수 없는 영역으로 감동을 수반하는 신화의 세계이다. '수'는 측량 가능한 법칙의 세계이며, 합리적이고 분석적인 과학의 영역이다. '시'는 측량 불가능한 신화의 세계이며, 감정적이고 심미적인 예술의 영역이다. 건축이라는 행위가 수의 정신과 시의 정신이라는 이분법에 따라 기계적으로 분리될 수 있다는 이야기는 아니다. 인간의 건축에서 두 정신은 뫼비우스의 띠처럼 서로 다른 면이 만나 하나로 되면서 풀 수 없게 얽혀 있다. 곽재환의 건축은 수의 영역과 시의 영역이 상호침투하여 만드는 변증법의 세계이다. 이 변증법의 세계에서 '수의 정신'은 단단한 울타리 치기를 지향하는 근대 건축을 상징한다. 수의 영역이 바르지 못해 도처에서 대형 사고가 일어난다든지 수가 바르지 못하면 질서가 무너지고 구조와 형상이 바르지 못해 올바른 집을 지을 수 없다는 주장에서 그 점은 곧 확인된다. 반면에 '시의 정신'은 단단한 울타리를 쌓음으로써 안과 밖을 나누고, 그 경계에 기초하여 밖을 배제하고 타자화하는 근대 건축을 넘어서는 계기이다. 생명에 대한 끊임없는 관심과 사랑의 의지에서 비롯되는 '시의 정신'은 인간과 자연이 상호 침투되고 집 안의 인간과 집 밖의 인간이 상호 소통하는 열린 건축을 지향한다. 그래서 그가 볼 때 좋은 집이란 '수의 도가 바르고 시의 격이 높고 맑은' 집이다.

나는 그의 건축론에서 근대를 포용하면서 근대를 초월하려는 의지를 읽는다. 어느 면에서 그것은 미완의 근대라는 역사적 과제를 감싸 안으면서 근대를 초극해야만 하는 한국 사회의 고민과 맞닿아 있다. 물론 곽재환의 건축론이 수와 시의 기계적 균형을 고집한다는 의미는 아니다. '시의 모습은 참혹하고 수의 모습들이 득세하여 삶의 풍경이 삭막하다'는 우리 주변의 집들에 대한 곽재환의 진단은 그의 궁극적인 지향이 어디에 있는지를 간명하게 보여준다. 그것은 한국의 일그러진 근대에 대한 고발이자, 동시에 근대 자체에 대한 문제 제기이다.

'시의 정신'이 그의 건축 세계를 지탱하는 주요한 지주인 한, 그의 건축은 기술공학적 질문에 함몰되지 않고 존재론적 질문을 던질 것이다. 간단한 환등기 조작에도 서툰 그의 손짓은 그가 결코 근대적 건축 기술자는 될 수 없다는 간명한 증거이다. 수의 정신에 갇혀 있는 근대를 초극하려는 곽재환의 건축의지는 '삶, 앎, 놂, 쁢, 뷦'이라는 5개의 단성으로 정리한 집의 이념에서 잘 드러난다. 유년기, 소년기, 청년기, 장년기, 노년기로 이어지는 인생의 굽이에 상응하는 그것은 각각 안식, 학습, 유희, 작업, 기원을 모티브로 삼는다. 그런데 여기에서 주목되는 것은 유년기를 위한 '삶의 집'이 자연에 대한 물음에서 시작하여 노년기의 '뷦의 집'에서는 우주에 대한 물음으로 끝난다는 점이다. 존재론적 질문에서 출발하여 신학적 물음으로 막을 내리는 이 이념의 순환 주기는 근대 계몽 사상의 이성주의에 대한 그의 뿌리 깊은 회의를 반영한다. 현대성의 키워드가 부조리라는 주장에서도 근대 건축이 기대고 있는 계몽 사상에 대한 그의 뻐딱한 시선은 어김없이 드러난다.

곽재환이 자연을 타자화하는 근대 건축의 전략을 거부하고 인간과 자연의 상호 침투를 자신의 건축 전략으로 설정한 것은 이 점에서 지극히 당연하다. 사실상 그의 건축은 자연을 전유하여 인간의 것으로 만들려는 노력과는 거리가 멀다. 그의 건축 노동은 자연을 전유한 인간을 다시 자연의 품으로 되돌리려는 노력이다. 곽재환의 건축이 지향하는 바는 인간화된 자연이 아니라 자연화된 인간이다. 문명사적 관점에서 볼 때, 그것은 자연을 정복의 대상으로 삼았던 서구의 근대 문명과 그에 기초한 서양 건축의 전제를 뒤집어엎는 전복의 문화이다. 그의 전복적 상상력은 튼실하다. 그것은 그가 서양 건축의 근대적 성과들을 부정하는 것이 아니라, '수의 정신'으로 상징되는 그것을 '지양'하기 때문이다.

곽재환의 건축 사무실이 내건 '맥(脈)'이라는 독특한 이름이 주목되는 것도 같은 맥락에서이다. 그것은 생명의 원초적 움직임이, 그 살아있음이 생생하게 드러나는 이름이다. 맥(MAC)은 또한 '우주로 보내는 건축의 메시지(Message in Architecture to Cosmos)'라는 다소 긴 영문 이름의 이니셜이기도 하다. 생명의 모태 공간이라 할 수 있는 우주에 보내는 '맥'의 메시지는 어떻게 풀어야 할까? 레오나르도 다 빈치의 '인위적' 비례 규범 드로잉을 염두에 두고 그가 그린 '자연적' 비례 규범 드로잉이 메시지를 푸는 열쇠이다. 곽재환의 비례 규범 드로잉은 얼핏 라마불교의 만다라를 연상시킨다. 그의 설명에 따르면, 마음을 우주의 중심에 놓는 추상적 드로잉이다. 곽재환의 마음이 다 빈치의 신체를, 그러니까 동양의 정신이 서양의 물질을 대체한 것이다. 오리엔탈리즘이라는 서양의 근대 정신이 만들어낸 '동양'과 '서양'의 인위적 이분법이 다소 불안하지만, 주위를 먼저 둘러보고 실체를 살피는 동양적 인식론이 그의 작업의 출발점임을 부정할 수는 없다. 자연화된 인간이 그의 건축에서 중심축을 차지하는 것도 같은 맥락에서이다. 건축의 만다라⋯⋯.

III.

곽재환의 설명에 따르면, 만다라 철학은 서양의 일직선적 진보관을 부정하고 전진과 후퇴의 반복으로 세세를 설명한다. 자연을 인간화하는 것, 즉 기술 문명이 제공해 주는 안락함과 쾌적함이 반드시 진보는 아니라는 근대 문명에 대한 회의가 그 밑에는 깔려 있다. 동양화의 여백과도 같은 허허로운 빈 마당, 모락모락 피워 올리는 하얀 연기를 통해 의사 소통의 기능을 담당했던 굴뚝, 자연 그대로의 빈 마당과 직접 교감할 수 있는 장으로서의 누마루 등에 대한 그의 향수도 같은 맥락에서 이해된다. 그것은 '솔의 집'이나 '응백헌' 프로젝트의 밑바닥에서 살아 움직인다. 또 한편으로 그의 전복적 상상력은 만다라 철학을 계단과 연결시킨다. 상승과 하강의 끝없는 반복인 계단, 전진과 후퇴의 끝없는 반복인 만다라 철학. 계단이 철학을 만날 때, 계단은 길이 된다. 그렇다고 거창한 구도의 길은 아니다. 평범한 일상의 길이다. 녹번동 DG빌딩의 계단은 행인들에게 개방되어 있다. 이 건물의 계단은 건물주의 소유지만, 길 위의 모든 사람들이 공유하는 공간이기도 하다. 이 계단은 경계를 짓고 그 경계에 따라 안과 밖을 나누는 데 익숙한 근대 건축의 타자화 전략에 대한 도전이다. 견고한 울타리에 막혀 버린 인간과 인간의 소통 길을 트고 정주와 유목의 경계를 허물어 버림으로써 근대의 막힌 건축을 초극하려는 의지가 엿보인다. 벽의 숭숭 뚫린 구멍을 통해 열린 공간으로서의 계단으로 쏟아져 들어오는 빛과 누드 엘리베이터 또한 그의 개방적 소유관을 잘 드러낸다. 인간이 자연을 인간화할 때, 그 자연은 소유의 대상이 된다. 반대로 인간이 자연화되면, 소유도 자연화된다. 자연화된 인간은 그의 개방적 소유관이 서 있는 입지점이다. 서구적 외양에도 불구하고 그의 작품에서 동양의 문화를 느낄 수 있는 것은 바로 이 자연화된 인간이라는 인식론적 틀 때문이다. 인간과 자연의 상호 침투와 안팎의 인간들 간의 상호 소통은 사실상 같이 맞물려 있는 것이다. 분당에 지은 3세대를 위한 공동 주택에서 안과 밖을 소통하며 사는 삶의 자세와 여유를 강조한 것도,

그러므로 결코 새삼스러울 것은 없다. 옥상을 소중히 여기는 데서도 곽재환의 탈근대적 건축관은 잘 드러난다. 곽재환에게 옥상은 건물의 꼭대기가 아니라, 하늘과 만나는 장소이다. 땅이 세속과 물질을 상징한다면, 하늘은 피안과 정신을 상징한다. 30평의 모서리 땅 위에 세운 작은 이층집 옥상에까지 맨발로도 별을 헤일 수 있게 전통식 마루를 까는 섬세한 배려에서 그의 하늘관은 잘 드러난다. 옥상 공간이 없으면, 천장에서라도 그는 빛을 끌어들인다. 그의 건물에서 톱 라이트가 자주 눈에 띄는 이유이다. 생산 활동을 위한 내부 동선 체계가 우선적인 고려가 되는, 즉 '수의 정신'이 지배적일 수밖에 없는 에바스 화장품 공장도 이 점에서 예외는 아니다. 4개 층이 오픈되어 있는 생산부의 아트리움 공간의 천장을 '빛 우물'로 처리한 것은 자본의 욕망을 견제하는 시의 영역을 확보하려는 노력이 아니었을까? 인간의 자연화에 대한 그의 지향은 골프장 그늘집을 오브제로 한 조각적 프로젝트에서도 어김없이 나타난다. 달리의 초현실주의적 그림을 연상시키는 이 작품은 포스트모던적이다. 해저드를 앞에 끼고 자리잡은 이 그늘집은 잔디 둔덕에 묻혀 있는 출입구를 통해 들어가게 되어 있다. 거친 자연에서 갑자기 넉넉하고 따뜻한 자궁 속으로 들어간 느낌을 주려는 의도가 엿보인다.

곽재환에게 집은 세상 속에 놓여있는 어머니의 자궁이다. 모질고 거친 삶에 지친 자신을 누일 수 있는 모성의 공간이 있다는 것은 얼마나 큰 위안인가. 그러나 프로이트로 거슬러 올라가는, 집을 자궁으로 비유하는 그의 시각은 문제가 있을 수 있다. 페미니스트의 시각에서 보면, 모성의 이름으로 여성을 집에 가두어 놓으려는 섹시즘이라는 해석도 가능하기 때문이다. 어쨌든 이 작은 그늘집은 문명의 따뜻함과 자궁의 아늑함을 동시에 제공해 준다. 그러니까 쉰다는 느낌을 극대화해 주는 공간이다. 이성의 치밀한 계산이 자궁의 아늑함 밑에 깔려 있다. 해저드의 물 속에서부터 하늘을 향해 뻗은 계단은 조각의 효과를 주면서 예술적 배경을 이룬다. 이 자연화된 문명에서는 이성과 감각이 자연스럽게 만난다. 비스듬한 지반 위에 세워진 '솔의 집'에서도 이 만남은 어김없이 감지된다. 시(詩)와 수(數), 혹은 허와 실의 조합이 건축이라는 그의 설명을 들으면 이 만남은 쉽게 이해된다. 그것은 이성과 감성의 만남이자, 근대와 전통의 만남이기도 하다. 그래서 직선과 곡선이 한데 어울리고 드러냄과 숨김이 숨바꼭질한다. 곽재환은 이 지점에서 동양적 유심론의 함정에서 빠져 나온다. 동양의 자연주의가 인식론적 차원에서 모티브가 될 수는 있겠지만, 근대 건축이 기댈 수 있는 방법론을 제공해 주는 것은 아니다. 전통 양식을 접합시켰다고 주장하는 적지 않은 현대 건축물들이 우스꽝스러운 몰골을 갖게 된 것도 결국은 인식론적 차원에서의 동양을 방법론의 차원에 그대로 적용하는 범주의 오류를 범했기 때문이다.

동양의 자연주의를 강조하면서도 곽재환의 작품들은 애매한 양식의 절충주의를 단호히 거부한다. 그의 작품들은 모던하면서도 어딘지 모르게 아늑한 옛 정서를 풍긴다. 적어도 그는 상업 전략으로서 전통을 전유하지는 않는다. 대신에 자연주의를 자신의 철학으로 체화시킨다. 그의 작품에는 이처럼 체화된 자연주의 철학이 곳곳에 배어 있다. 그것은 '눈의 집'이라 이름 붙인 그늘집의 모체라 할 수 있는 비전힐스골프클럽하우스에서도 잘 드러난다. 산을 허물어 골프장을 건설하는 작업에 동참했다는 점에서 그는 일종의 공범자 의식에서 자유로울 수 없었던 모양이다. 건축과 자연의 상생이라는 문제에 무엇보다도 절치부심한 듯하다. 그것은 결국 산을 절토하지 않고 건물의 일부를 땅에 묻어 그 위에 '옥원(屋苑)'을 조성함으로써 자연으로 귀의하는 소요의 정신을 끌어내는 해결책으로 이끌었다.

또 하나 주목되는 것은 골퍼와 캐디의 하우스 이용 공간을 수평으로 연결된 긴 축에 분절과 연계를 적절히 나누어 같이 배치함으로써, 건축 상징의 차원에서나마 부자와 빈자의 위계적 상하 관계를 부정하고 인간과 인간의 수평적 상호 소통을 확보하고자 했다는 점이다. 골퍼와 캐디의 경계를 분명하게 나누고 골퍼의 입장에서 견고한 울타리를 쌓기 마련인 골프장 클럽하우스의 관행에 비추어 볼 때, 그것은 상당히 파격적인 건축이라 하겠다. 인간과 자연의 상호 침투, 인간과 인간의 수평적 의사 소통이 곽재환 건축의 화두임을 다시 한번 잘 보여주는 예라 하겠다.

유산된 프로젝트인 대전의 목동 성당은 다른 관점에서 흥미를 끈다. 출입구의 정면에서 보면 배 모양으로 노아의 방주를 연상케 하고, 전체적으로는 모태 공간의 풍만하고 아늑한 느낌을 준다. 십자가를 첨탑 위에 높이 거는 대신, 지상에 낮게 세움으로써 천상의 가톨릭을 민중의 일상 속으로 끌어내렸다. 성소도 동쪽에 두는 대신 서쪽에 두었다. 유럽에서야 예루살렘이 동쪽이지만, 한국에서는 서쪽이라는 상식적 판단 때문이었다. 그런데 어떤 사람들에게는 상식이 돌출된다. 그의 상식은 돌출 판정을 받았고, 그는 자신의 상식을 고집했다. 곽재환은 유산된 프로젝트의 목록에 또 하나를 추가했다.

교회 건축에 담겨 있는 곽재환의 존재론은 현실화된 프로젝트인 제일영광교회에서 가장 잘 드러난다. 그것은 목동성당과 마찬가지로 하늘을 향한 상승의 의지를 억누르고 있다는 점에서 중세의 고딕 건축과 분명히 구분된다. 일차적으로는 고딕이 갖는 단순히 바라보고 올려다보는 대상으로서의 공간적 수직성을 부정하고 체험을 통해 느끼는 시·공간적 수직성을 찾기 때문이다. 그러나 더 근본적으로는 신의 존재가 인간이 다다를 수 없는 높고 먼 곳에 떨어져 있는 것이 아니라, 바로 우리 자신 속에 있다는 그의 확신이 상승의 의지를 억누르고 있는 것이다. 이로써 곽재환의 건축이 제공하는 소통의 외연은 인간과 자연, 인간과 인간에서 신과 인간으로까지 확대된다. 네온사인으로 붉게 빛나는 십자가가 아니라 은은한 조명을 받으며 마지못해 간신히 고개를 내민 십자기, 보행자의 눈높이에서 자연스레 만날 수 있도록 낮은 곳으로 내려보낸 종탑, 상승의 의지를 억누르며 땅 속으로 내려가야만 하는 예배당 등은 신과 인간의 겸허한 대화 공간으로서의 교회를 상징한다. 그것은 대형 공연장 같은 교회를 뽐내는 한국 교회의 승리주의와 권위주의에 대한 그의 도전이며, 신학적 민주주의에 대한 그의 기원이다. 더 나아가 하늘을 향한 '솟음의 미학'을 부정하고 모태 공간의 아늑함을 연출하는 그의 교회 건축은 기독교 문명의 남근주의적 전통을 거부하는 몸짓이기도 하다. 집을 자궁으로 비유하는 곽재환의 시각이 섹시즘에서 연유한 것은 아니라는 좋은 증거이기도 하다.

IV.

지난 여름 나는 느닷없이 곽재환의 편지를 받았다. 이제 막 완공을 기다리고 있는 그의 새 작품 '은평구립도서관'에 대한 것이었다. 설계도와는 달리 도서관 정중앙의 중심축선 상에 버티고 선 국기 게양대를 옮겨줄 것을 정중하게 요구하며 구청장 앞으로 보낸 편지 그리고 대한민국 국기에 관한 규정 17조를 근거로 위치 이동은 불가능하다는 구청 측의 민원 처리 회신 사본이 함께 들어 있었다. 그는 정중앙에서 도서관을 제압하는 이 국기 게양대에서 '일상적 파시즘'을 읽었고, 그 압도적 권위주의에 절망하고 있었다. 국가 폭력에 대항하는 논리조차 국가주의에서 벗어나지 못하는 한국 사회의 딱한 실정에서, 이 국기봉의 위치에서 '일상적 파시즘'을 읽어 내는 예민한 감수성은 그의 건축을 떠받치는 힘이다. 편지를 받고 나는 그와 함께 올 가을 개관을 기다리는, 불광동 주택가의 야트막한 동산에 석양을 마주보고 서 있는 이 도서관을 찾았다. 한여름의 늦은 오후 우리는 동네 가게에서 산 맥주와 쥐포 봉지를 들고, 박정희 시대 근대화의 유산인 슬럼화된 산 동네의 어지럽고 꾸불꾸불한 골목길을 따라 올라갔다. 10여 분 정도를 올랐을까, 갑자기 시야가 탁 트이면서 은유적 구조의 시적 건축물이 눈에 들어 왔다. 처음 보는 순간 그것은 일거에 도서관에 대한 내 고정관념을 무너뜨렸다. 너무나 인간적인 그리스 신화처럼 정겹게 늘어선 다섯 개의 원기둥하며, 그 원기둥을 자연스레 싸고 올라가는 담쟁이 넝쿨, 그 기둥 주위를 돌며 술래잡기에 열중하는 동네 아이들이 빚어내는 도서관의 분위기는 참으로 살가운 것이었다. 한국의 공공건물에서 흔히 드러나는 파시즘의 욕구, 즉 거대한 볼륨, 중심축과 대칭, 통일성에 대한 강박관념, 엄숙성과 장엄미로 압도하려는 권력의 욕구를 이 도서관은 정면으로 거부하고 있었다. 과시적이며 물신 숭배적인 이 땅의 건축 문화에 대한, 작지만 단호한 반란의 몸짓이 읽혀졌다. 도서관의 정문을 들어선 방문객을 맨 처음 반기는 것도 책이 가득 꽂힌 위압적인 서가가 아니다. 뜻밖에도 그것은 하늘을 물속에 담은 '반영정'이었다. 네모반듯한 건물의 중정(中庭)을 차지하는 '반영정'의 물이 바람에 잔잔히 흔들리면서 하늘과 구름과 건축이 모든 대상을 비추어 주리라는 것이 설계자의 변이었다. 서가와 열람실은 하늘과 구름을 네모반듯하게 재단해주는 이 '반영정'을 에워싸는 방식으로 배치되었다. 또 이 도서관 아닌 도서관의 '옹석대'에서 바라보는 일몰, 찌그러진 서울의 변두리 동네를 감싸 안은 석양은 참으로 정겨웠다. 도서관은 일반적으로 강한 일광과 자외선으로부터 책을 보호하기 위해 서향을 회피한다. 그러나 그는 서향을 정면으로 택했다. 그것은 서향 경사면에 위치하고 있는 대지의 조건을 그대로 살리겠다는 의지의 표현이었다. 강한 일광이 직접 서가에 닿지 않도록 빛의 다중적 굴절을 유도하는 구조적 배치를 통해 서향의 불리함을 극복했다는 점에서 그것은 근대적 '수의 정신'의 승리라고 하겠다. 그러나 그의 말대로 '눈맛이 참으로 시원한' 산등성이에서 석양을 바라볼 수 있도록 20여 개가 넘는 '응석대'를 마련한 것은 '시의 정신'의 발로였다. 그것은 서양의 신비한 빛과 우수가 주는 메시지가 도서관의 그 어떠한 텍스트보다도 생의 의미와 자연의 경이로움에 눈뜨게 만드는 텍스트라는 그의 믿음에서 비롯된다. 도서관은 정보 창고라기보다는 사람과 자연이 하나로 융합될 수 있는 지혜의 산실이어야 한다는 믿음 말이다. 도서관 옥상과 뒷동산의 산책길을 바로 연결하는, 그래서 건축과 자연이 그리고 인간과 자연이 자연스레 소통하는 소박한 교통로인 '석교'도 같은 맥락에서 이해된다. 자연을 전유하는 근대 건축의 지평을 넘어서 자연화된 인간을 추구하는 탈근대의 지향은 '은평 구립도서관'에도 어김없이 스며들어 있다.

인간과 자연의 상호 침투, 인간화된 자연을 넘어서 자연화된 인간을 지향하는 곽재환의 건축관은 무엇보다도 그 자신이 그린 〈건축가의 초상〉이라는 그림에서 잘 드러난다. 건축비평지 『비평건축』 속표지에 그림을 연재할 정도로 그의 그림 솜씨는 수준급이다. 닫힌 창문에 투영된 한 건축가의 어두침침한 초상과 창을 활짝 열고 바라본 확 트인 자연이 오버랩된 대조는 그의 무의식적 지향을 선명하게 보여준다. 그것은 인간과 자연 혹은 인간과 인간 간의 경계를 강요하는 근대 건축의 울타리를 넘어서, 경계를 가로지르는 횡단의 사유와 그에 기초한 탈근대의 건축이 아닐까?

마지막으로 곽재환의 건축론에서 끝내 걸리는 한 가지를 지적하지 않을 수 없다. 그것은 그가 동양과 서양의 이분법에 너무 쉽게 기대는 것은 아닌가 하는 우려이다. 물론 그의 이분법은 서양의 문화적 헤게모니가 만들어낸 오리엔탈리즘의 타자화된 '동양'과 우월한 '서양'이라는 이분법과는 거리가 멀다. 그렇지만 동양의 정신적 우월성을 강조하는 옥시덴탈리즘의 혐의에서 완전히 자유롭지는 못하다. 이 대목에서 나는, 근대 이전의 회고적 정주 방식에서 대안을 찾고자 했던, 그래서 결국은 전근대적 공동체의 강고한 배타주의와 접목된 하이데거의 사상적 실패가 자꾸 마음에 걸린다. 지나치면 생태학적 근본주의로 흐를 위험성도 있는 것이다. 물론 건축의 일상적 파시즘에 대한 그의 예민한 감수성은 하이데거의 정치적 실패가 재연되는 것을 막는 중요한 담보물이다. 그럼에도 불구하고 근대 건축의 경계짓기를 뛰어넘으려는 그의 노력이 '동양'과 '서양'의 만들어진 경계에 의존한다면, 그것은 또 다른 경계를 구축하는 결과가 된다.

나는 곽재환이 인간과 인간 혹은 인간과 자연 사이에 만들어 놓은 근대 건축의 경계를 뛰어넘으려는 시도를 그 극한까지 온몸으로 밀고 나아갔으면 한다. 근대 밖의 새로운 경계를 만들어 그 안에 안주하기보다는, 경계를 해체하고 그 해체의 경계까지 뛰어넘는 건축의 경지를 그에게서 보고 싶은 것이다. 그것은 잔인할 정도로 외로운 작업이겠지만, 끝내는 그가 감당해야 할 몫이다.

1959년 서울에서 태어나 서강대학교에서 역사학과 철학을 전공하고, 동 대학원에서 「마르크스·엥겔스와 민족문제」로 박사학위를 받았다. 한양대학교 사학과를 거쳐 현재 서강대학교 사학과 교수이며, 트랜스내셔널인문학연구소 창립 소장이다. 바르샤바 대학, 하버드-옌칭연구소, 프랑스 고등사회과학원, 베를린 고등학술원, 파리 2대학, 빌레펠트 대학, 히토츠바시 대학 등에서 초청·방문 교수를 지냈으며, 현재 '글로벌 히스토리 국제네트워크(NOGWHISTO)' 회장, '토인비재단'과 '세계역사학대회' 등 국제학회의 이사로 있다.

수십 편의 학술논문 외에 『마르크스·엥겔스와 민족문제』 『민족주의는 반역이다』 『오만과 편견』 『세계사 편지』 『우리 안의 파시즘』(공저), 『역사를 어떻게 할 것인가』 등을 펴냈고, 『근대의 국경과 역사의 변경』 『대중독재』 1~3, 『프랑스 혁명사 3부작』 등 다수의 책을 엮고 우리말로 옮겼다. 국외에서는 『Palgrave series of mass dictatorship』 총서(총 5권)를 책임 편집했으며, 미국·일본·독일·폴란드·프랑스 등 해외 유명 저널에 50여 편의 논문을 기고했다.

텅 빈 충만 La Plenitude Vide

— 안치운(연극평론가, 호서대학교 예술학부 교수)

"푸른 숲 나무 아래, 나랑 함께 누워서 새들의 달콤한 소리에 따라 즐겁게 노래하고 싶은 사람은 오라, 오라, 이곳으로 오라."

— 윌리엄 셰익스피어(W.Shakespeare), 〈당신 뜻대로(As you like me)〉, 2막 5장

갈현(葛峴)_건축과 연극의 조응

건축의 문외한이 건축가와 함께 그의 '작품'을 보러 가는 날, 건축가는 내가 운전하는 차에 탔다. 10년을 넘게 운전했지만, 그날 나는 초보운전자와 같았다. 우리는 건축가의 일터가 있는 서교동에서 모래내, 응암동, 연신내를 거쳐 북한산 산자락에 붙어 있는 불광동 골목길로 올라갔다. 우리는 이 길목에서 우리를 에워싼, 우리가 살고있는, 이 시대를 살고있는 수많은 건축을 지나쳤다. 오밀조밀한 건물들, 이것도 저것도 아닌 얼치기 건물들 사이에서 나는 그에게 넌지시 말을 건넸다. "건축가들은 신경이 날카롭겠어요?" 그 말은 건축가가 짓고 세우는 일을 하므로 아무렇게나 지은 건물들을 그냥 지나치지 않을 것이라고 지레짐작해서 한 것이었다. 돌아온 대답은 코 아래와 턱 위로 난 수염 사이로 나오는 그의 '허허'한 웃음뿐이었다. 그리고 왼쪽 길로, 오른쪽 길로……. 우리는 그가 말하는 길을 따라가야 했다.

운전은 내가 하고 있는데, 길은 그가 낸 것 같다. 스스로 설계하여 지은

집으로 가는 건축가는 행복해 보였다. 그 집을 향하는 순간부터 그의 시선은 여기에 있지 않았다. 그래서 그는 웃었을 것이다. '하늘로 솟은 내 집을 …… 어서.'

〈은평구립도서관〉을 가기 전에, 나는 그의 건축사무소에 찾아갔다. 이전에 그를 몇 번 만나 술을 마신 적도 있었다. 술을 잘 마시지 못하는 나는 술자리에서 더러 마시는 시늉을 하기 마련인데. 그는 건축을 하는 작가였고 나는 연극공부를 하는 평론가였다. 작가와 평론가가 만나 공유할 수 있는 것은 삶을 규정짓고, 삶을 담아내고, 삶을 일으키는 집 안팎에 대한 사유였다. 그가 삶의 건축을 말한다면, 나는 삶의 극장을 말하였을 것이고, 건축과 극장을 얼버무려 말할 수도 있었을 것이다. 건축술이 있다면, 극작술이 있을 것이고, 태깔스레 말해서 건축이 삶의 축조라면, 공연도 마찬가지라고 말하였을 것이다. 그가 아르키(archi)와 테크톤(tecthon)을 빌어 건축의 무게를 말한다면 나는 들리는 말과 복제할 수 없는 몸과 읽고 해석하는 글이 있는 극장의 역사로 대꾸하였을 것이다. 그런데 이런 기대치는 말짱 헛것이 되고 말았다. 나는 그런 의도가 없었지만, 그는 더 하였다. 호리병에 담긴 술과 젓가락으로 집어든 안주 맛에 그는 쉽게 건축하는 자신의 입장을 잊었다. 나는 그보다 한 발짝 늦게 평론하는 자신의 태도를 잊어야 한다는 기운에 빠져들었다. 사실 그것은 한순간의 놀이와 같았다. 건축과 연극이, 삶과 집 그리고 공연이 모두 칡처럼 얽혀있었다. 내가 금세 취해서는 안 되는데…….

불광(佛光)_앎의 이치

도서관(圖書館)은 글자 그대로 책(biblion)의 집이다. 도서관 하면 떠오르는 호르헤 루이스 보르헤스(J. L. Borges). 눈먼 그가 부에노스아이레스 국립도서관 관장으로 일했을 때, 도서관은 우주만큼 넓은 공간이라고 하였다. 오늘

낡 도서관은 책만의 집이 아니다. 대학의 도서관학과는 문헌정보와 같은 정보 관련 이름으로 바뀐 지 오래되었다. 나는 그 개명이 싫었다. 정보는 지난 시대를 박살 낸 한 국가기관의 이름을 연상시키기 때문이다. 중앙정보부에 대한 나쁜 기억은 정보가 적고 많아서가 아니라 그것이 하나로 집중되면서 왜곡된 탓이리라. 도서관학과의 이름이 바뀐 것처럼 늦게나마 중앙정보부도 국가정보처로 개명하였다. 사람들은 정보의 수집과 공개 그리고 활용보다는 부(部)에서 처(處)로의 행정단위 승격을 축하하였다. 우리가 경계해야 할 부분은 이런 점이다. 책이 정보로 바뀐 것은 도서관이 책을 가두는 곳이 아니라 양식장이라는 것을 내세우는 말일 듯싶다. 책의 무덤이 아니라 사유의 진원지라고 말하고자 하는 태도의 산물일 것이다. 정보화 시대에 양식의 목적어는 지식 하나만이 아닐 것이다. 정보(in/formation)가 형태(form)가 없는 (in) 것이라는 뜻처럼.

〈은평구립도서관〉은 다른 도서관 건물하고는 달랐다. 나는 그것을 무정형의 정보라는 뜻으로 풀었지만, 건축가는 도서관 앞마당에 다섯 개의 기둥을 떡 세워놓고 건축의 의미를 웅변하고 있었다. 해가 질 무렵에 기둥 뒤편에서 기둥을 쳐다보면 서쪽으로 조선왕조의 예종과 숙종을 비롯하여 왕후를 모신 다섯 개의 능이 있는 서오릉 산자락과 연신내 분지가 내려다보이는데, 마치 기둥만 남은 그리스 어느 신전에 와 있다는 착각을 하게 된다. 지혜라는 뜻을 지닌 '아테네 신전'처럼, 정보는 삶의 지혜와 같아야 한다는 뜻일 것이다. 건축가는 도서관에서 내려다보는 "눈맛이 참으로 시원"하다고 썼는데, 지혜는 '보다'라는 동사와 어원적으로 가까운 터라 그 울림은 한층 커진다. 지혜의 기둥은 작가의 말대로 살고, 알고, 놀고, 풀고, 비는 다섯 덕목의 또 다른 상징이다. 은평구립도서관이 지배하는 연신내는 북한산에서 발원한 물줄기가 한강으로 흘러 들어가는 큰 하천이다. 하천은 안아주듯 휘감아 돌아가는 것을 쳐주는데, 사행천 연신내가 그러하였다. 그러나 연신내는 복개되어 굽어 도는 실개천의 아름다움을 잃어버렸다. 북한산에서 발원하는 물이 흘러가는 복개된 모든 하천을 원래대로 복원하면 서울은 얼마나 행복할까? 하천을 모두 덮개로 막아 놓았기 때문에 물과 내의 역사는 우리 무의식 속에서만 흐른다. 불구의 산과 물 그리고 삶이 고독하기는 마찬가지이다. 건축가는 연신내를 따라 한강으로 이어지는 물길을 보면서 높은 곳에서 낮은 곳으로 내려가는 물의 흐름과 같은 앎을 되새기고자 하였을 거라고, 내의 덮개를 걷어내고 흐르는 물 위로 빛이 흘러들어오게 하여 부처의 서광 같은 앎의 이치를 건축으로 말하고 싶었을 거라고 나는 믿는다.

수색(水色)_들의 유혹

도서관 주 출입구를 들어가면서 처음 만나는 것은 책이 아니라 물이다. 바닥이 검은 대리석으로 된 사각형 무대 위에 맑은 물이 고여 있다. 건축가는 이곳을 '반영정(反影庭)'이라고 이름붙였다. 도서관 건물은 반영정의 정면인 주출입구를 빼고, 나머지 세 면을 타고 하늘로 향한다. 그러니까 반영정의 위는 하늘로 뚫려 있는데, 존 레논 식으로 말하면 맨 위는 하늘뿐이다. 반영정의 수면은 도서관에 들어오는 사람들이 발을 딛는 표면과 일치한다. 도서관 층을 올라갈수록 반영정에 비치는 하늘과 구름의 모습은 달라진다. 오는 이들은 책에 시선을 고정시킬 수 없게 된다. 건축가는 책을 읽는 이들의 시선을 발을 딛는 표면에서 시작해서 어깨 높이만큼 끌어 올리고 최종적으로 내려다볼 정도까지 변화시켜 반영정으로 이끈다. 책을 읽되 수면에 투영된 자기 자신을 돌아보라고 말하는 것 같다, 물론 되돌아보게 하는 반영정의 상정은 건축가의 권고이면서 아름다운 강제이기도 하다.

반영정의 물은 바람에 잔잔히 흔들리고, 모든 대상을 투영한다. 겨울에는 눈으로 덮여 있을 것이고, 어름에는 내려꽂히는 빗빙울들의 춤을 그대로 보여 줄 것이다. 식당이나 열람실에서 보면 반영정을 향하는 공간은 통유리처럼 통째로 뚫려 있지 않고 사람의 키만큼, 몸 하나 겨우 들어가고 나갈 만한 크기의 유리문들로 성기다. 그 문을 열고 들어가 반영정에 발을 담그면 지식은 맨발이 된다. 하늘은 높고, 내 몸은 갑자기 움츠러든다. 그리고 도서관 안에 있는 열람실 유리창에서 바라보이는 도서관 바깥의 나무와 숲 그리고 하늘은 온전하게 안에 속하게 된다. 건축에도 감각의 논리가 있다. 집은 이렇게 책과 책 읽는 사람을 유혹해서 겸손하게 한다. 산과 같은 지식이라고 하지 않고 바다 같은 지식이라고 하는 표현은 허튼 수사가 아니다. 책과 더불어 건축 공간도 읽는 이의 능력과 욕망에 따라 확대될 수 있다는 사실. 하여 원본과는 다른 이름으로 그것을 재창조할 수 있게 된다. 이런 유혹이 다가올 때는 제 스스로를 풀어놓아도 좋다. 갈 때까지 가도 된다. 높은 앎과 낮은 삶 사이에 물이 있다. 물이 높은 곳에서 낮은 곳으로 흐르듯 앎도 그러하리라. 이 도서관에서 앎의 역동성은 물로 상징된다. 일컬어 물의 도서관이 여기에 있다.

녹번(碌磻)_돌의 주름

오죽 돌이 많았으면 동네 이름인 녹번에 돌[石]이 두 개나 들어있을까? 이 도서관이 있는 북한산은 전형적인 바위산이다. 공부 못하는 아이들을 학교에서는 돌이라고 하지만, 나는 돌산을 보면 피가 끓는다. 내 인생의 반은 학교에서 지겹게 보냈고, 나머지 반은 나무와 숲 그리고 돌을 끼고 놀고, 더불어 사는 것을 배우고 있다. 셰익스피어는 "나무들은 나의 책"(〈당신 뜻대로〉, 3막 2장)이라고 하지 않았던가! 도처에 검문소가 있던 시절, 학교 뒷문을 빠져나오면 만화방이나 영화관이라도 있었지만 집을 나오면 갈 곳이 없었다. 가

볼 만한 도서관은 어디에도 없었다. <은평구립도서관>은 견고한 돌로 세운 것 같다. 도서관, 그러니까 건축가는 종이로 된 책의 집을 돌과 같은 견고한 재질로 겉장을 덮어씌웠다. 책은 사람이 써서 만들고, 사람이 읽는 것이므로 도서관은 책과 사람의 공동 주택이다. 그 외벽의 색감은 우리나라에 흔한 화강암과 비슷하다.

돌이라는 것이 처음에는 딱딱하고 차갑게 보이지만 아는 이는 안다. 바위도 속살이 있다는 것을. 이내를 내뿜으며 바위도 숨을 쉰다는 것을. 모르긴 해도 이 도서관은 문을 열고 난 후에 더더욱 많은 서울시민에게 알려질 것이다. 바위의 속살을 껴안아 본 이들이 바위를 떠나지 못하는 것처럼. 바위와 한 몸이 되는 것처럼. 이 도서관은 산자락에 우뚝 선 큰바위 얼굴이다. 바위에 주름이 있는 곳은 '응석대(凝夕臺)'라고 해서 석양을 바라보는 공간이요, 동굴과 같은 곳은 책과 사람의 거주 공간이다. 돌에 새기는 기억의 탁월한 저장방법처럼, 사람들은 이곳을 잊지 못할 것이다. 돌로 지었으되 밀랍처럼 부드러운 도서관, 돌의 주름과 같은 공간이 다양하고, "온 하늘을 테라스로서"(가스통 바슐라르), <공간의 시학(La poetique l'espace)>, 제2장 집과 세계) 가지고 있는 도서관, 자연의 모든 현상이 건물 안으로 온전하게 스며들어 안기게 되고, 건물이 그것을 품에 안아 사람과 책의 품위를 높여 주는 도서관이 있다. 이곳에 오면 지식과 인식이 깊어질 수밖에 없다. 사람이 책을 만들고, 책이 사람을 만든다는 말처럼, 사람이 집을 만들고, 집은 다시 사람을 만든다는 말은 참으로 옳다. 건축과 자연, 지식과 삶이 갖는, 이와 같은 조응성이 가슴에 와 닿는다.

역촌(驛村)_숨겨진 쉼터
근대화되기 이전의 주요한 교통수단은 말이었다. 말들의 쉼터인 마방이 있었고, 말죽거리도 있었다. 말이 쉬고 밀을 타거나 걸으면서 여행하던 사람이 숙박하던 곳을 역말 혹은 역촌이라고 하였다. 그 시대 말은 시간과 거리를 극복하는 유일한 수단이었다. 말을 먹이고, 말을 잠재웠던 동네는 놀다 가는 곳이기도 하였을 것이다.

똑같이 놀더라도 어디서 노느냐에 따라 인간의 감각은 낮아질 수도 있고, 높아질 수도 있다. 건축가와 함께 도서관을 보면서 순간 나는 도서관에 와 있다는 것을 까마득히 잊었다. 대위법처럼 건물의 왼쪽과 오른쪽, 위와 아래가 균형을 이루고 있기 때문에 심리적인 안정감을 지니게 된 바도 있었지만, 무엇보다도 곳곳에 놀 만한 공간이 많은 덕분이었다. 광장에서부터 시작하면 계단을 따라 다섯 개의 기둥이 있는 곳에서 뒷산으로 연결하는 다리와 건물의 꼭대기까지 올라갈 수 있는데, 계단의 좌우로 미로와 같은 공간들이 널려 있다. 이 건물의 가장 커다란 매력은 안과 바깥 모두 이용자에게 개방되어 있다는 점이다. 안이 책과 더불어 사유하는 씨앗과 같은 공간이라면, 건물의 위를 포함한 바깥은 자연을 배경으로 놓고 쉴 수 있는 꽃과 같은 공간이다. 도서관 가운데로 난 가르마 같은 계단을 타고 오르면 도서관은 재건축된다. 이것은 결코 과장이 아니다.

예컨대 꽃과 같은 바깥공간 가운데, 다섯 개의 기둥이 있는 공간에서는 눈이 너무 많았던 오이디푸스 왕을, 장애인들을 위한 두 개의 타원형의 출입 공간에서는 로미오와 줄리엣 패들이 서로 만나 겨루는 장면을 떠올렸고, 잔디가 깔린 옹석대의 좌우 공간에서는 〈베니스의 상인(The marchant of Venice)〉 4막 1장에 나오는 샤일록이 법정에 서는 유명한 재판 장면이 그려졌다. 숨바꼭질을 할 수 있는 공간을 거칠 때마다 나는 이런저런 연극을 하였으면 좋겠다는 몽상을 이어나갈 수 있었다. 아니 춤을 추라고 하면 출 수도 있을 것 같았다. 반영정에서는 미친 오필리어가 물에 빠져 죽는 장면을 내가 하고 싶었다. 정수리와 같은 도서관 맨 꼭대기로 올라가면서 내 몽상은 걷잡을 수 없이 고양되었는데, 뒷산으로 발길을 이어놓는 다리 위에서는 억울하게 죽은 햄릿의 아버지가 다리 건너 저편 숲속에서 유령으로 등장해서 다리를 건너 서서히 계단을 따라 오는 장면을 참아내야 했다. 도서관과 뒷산을 평면적으로 이어놓은 다리는 이 건축의 숨겨진 보물과 같다. 사람들이 오고가는 횟수만 생각하면 이 다리는 쓸모가 없어 보이지만, 그 무용성이 건물에 생기와 호기심을 낳는다. 다리 아래와 그 건너 숲은 텅 비어있는 여백과 같다. 다리는 두 여백을 잇는 관계인 셈인데, 건물 바깥의 자연, 지식 바깥의 현실이라는 큰 세계를 열어준다는 면에서 매혹적이다. 따라서 도서관 안만 따진다면 이 건축의 공간성은 미완성이다. 공사가 진행 중이었을 때 마을 사람들이 납골당 같다고 한 것은 내부공간의 효용성만을 보았기 때문일 것이다. 그런 면에서 곽재환이 설계한 이 '도서관'은 공간의 완결성을 말하기 어렵다. 이 '도서관'이 지닌 공간은 근대적 건축이 갖는 자기 완결성을 떠나 있다. 이 '도서관' 공간의 미완성은 바깥 공간과 만나면서 비로소 완성된다. 이 '도서관'의 매력은 내 안에 바깥을 받아들이고자 하는 자각과 수용에 있다. 따라서 이 '도서관'의 공간은 도서관의 목적과 일치하고, 건축가의 쾌감과 이 '집'을 사는 책과 시민들의 즐거움이 일치한다고 말해도 좋을 것이다.

아무튼 도서관을 다 보고 난 후 나는 이 동네에 사는 이들이 부러웠다. 내 안에서는 오래전에 잃어버린 놀고 싶은 열정들이 솟구치고 있었다. 대개 이런 감정은 숨길 수가 없는 노릇이라서, 곁에 있던 건축가는 아마 알아차렸을 것이다. 건축을 생각하는 줄 알았더니 웬걸, 다른 짓을 꿈꾼다고 말할 것 같았다. 그러나 어찌하랴. 그가 만든 모든 공간은 상상력의 배아인 것을. 도서관 바깥에서 안으로 들어옴으로써 자기 자신과 앎을 달리 볼 수 있다는 것은 얼마나 시적인 일인가? 날마다 이런 공간을 보고, 이런 공간에서 살다 보면 감각은 저도 모르게 눈을 뜨고, 덕성은 커지고, 삶은 살아볼 만한 것으로, 현실은 새로운 세계로 태어날 것이다. 은평구민들은 갈현, 불광, 수색, 녹번, 역촌, 응암, 신사, 증산, 진관, 구산, 대조라고 하는 삶의 터가 지닌 미덕에다가 도서관이 주는 행복할 권리 하나를 더 가진 셈이다. 서울에 있는 도서관들 가운데, 이처럼 아름다운 곳은 없다. 연신내를 바라보며 도서관의 주름진 곳인 응석대에서 이웃과 마주 앉아 차를 마시며, 책을 보며, 자연의 소리를 들을 수 있다는 것은 얼마나 큰 행복인가! 도서관이 말한다, "놀다 가세요"라고. 노는 일은 잠들지 않는 것, 쉬는 것은 다시 깨어나는 것, 하여 여기 날마다 재건축되는, 건축가의 표현으로는 매일 '업데이트'되는 도서관이 있다. 그 뒤에 건축의 힘을 아는 건축가가 있다.

1957년 서울에서 태어나 중앙대학교 연극학과를 졸업하고 프랑스 정부 장학생으로 프랑스로 건너가 파리 국립 3대학 (소르본 누벨)에서 연극교육학에 관한 논문으로 박사학위를 받았다. 현재 연극평론가로 활동하면서 호서대학교 예술학부 교수로 재직하고 있다. 연극 비평서로 『공연예술과 실제비평』, 『추송웅 연구』, 『연극제도와 연극읽기』, 『한국 연극의 지형학』, 『연극, 반연극, 비연극』, 『추송웅 배우의 말과 몸짓』 등이 있으며, 『옛길』, 『그리움으로 걷는 옛길』의 기행 산문집과 번역서 『연극인류학: 종이로 만든 배』가 있다.

지식의 사원, 구상과 추상 사이의 소요하기

— **이윤하**(건축사무소 노둣돌, 생태건축연구소 대표)

들어가며

세상이 온통 물컹한 고체다. 우리의 사고가 채취하고 절단하는 기준은 욕망의 흐름이 허용하는 위치로 그 방향성을 연장하고, 잔뜩 부풀려진 욕망의 존재들은 공간을 장악하면서 사회를 재영토화하고 있다. 이는 현재적 인간을 중심축으로 한 욕구 만족 개념으로 공간을 귀속시키며 삶의 형식조차도 특정 지배담론에 의해 조작되어 가고 있는 즈음에 건축 창작의 진정성은 어디에도 없다. 내러티브가 배제된 고체 덩어리 건축물에 일방향성의 욕망이 물컹하게 투영된 형태로 복제된다. 이른바 '사진빨' 좋은 건축으로 범람한다. 이러한 창작 현실에서 건축가 곽재환을 읽고 그의 작품을 음미한다는 것은 개인적으로 커다란 반향의 울림으로 다가온다.

꾸역꾸역 머리를 주억거리며 찾아가는 변두리 오르막길은 낯익은 마을의 풍경이 도열되어 있다. 들머리에서 만난 동네 슈퍼마켓의 주인에게 길을 묻자 '아! 교도소 같은, 아니 납골당 같은 건물 말이지요……' 한다. 무엇무엇 같은 건물? 우리네 주변에서 자주 듣는 말이긴 하지만 왠지 새삼스럽게 느껴지는 것은 어울릴 성싶지 않은 건축물의 용도에 대한 강한 대비에서 연상되는 '도서관'과 '교도소'라는 이미지와 메시지 때문이었다. 그 말 속에서 연결지어지는 형상 언어를 몇 개 나열하며 투덜투덜 오르다 보니, 회색 콘크리트 몸뚱아리로 뜨거운 여름볕을 게워내고 있는 〈은평구립도서관〉을 만날 수 있었다.

소묘, 사유의 흔적 읽어내기

오늘날 구립도서관의 개념은 정보공유와, 이를 통한 구민들의 상호 간 커뮤니티성의 형성에 있을 것이다. 공공시설로서의 여러 형태의 다양한 욕구들을 갖는 대중을 계획의 중심에 두어야 하며, 일부는 정기적인 이용자에게 할애되기는 하지만 한편으로는 커뮤니티가 지향하는 불특정한 부류의 잠재적 이용객의 공간 잠식을 허용할 준비를 함께해야 할 것이다. 지식의 사원인 도서관은 과거의 정적인 정보보급 및 교환가치뿐만 아니라, 휴식과 사유를 통해 인간 사이의 정서적 소통 영역을 관장하는 정신적 안식을 함의할 수 있는 적극적이고 능동적인 건축개념에서 비롯되어야 한다. 또 구립이라는 것은 책 속에 납작하게 가둬놓은 시민성을 깨우는 장소이며 시민의 주체성을 길러내는 민주주의의 학습장이어야 한다.

은평구의 북서쪽인 불광동 외진 곳으로 인구 밀집 지역에서 벗어난 야트막한 동산에 이 도서관이 입지했다. 이 신축 건축물은 근린공원 내 서향 쪽으로 급하게 경사진 대지에 위치해 있고 구불구불 골목길로 이어지는 접근로는 이용자들의 길 찾기에도 다소 어려워서 접근성은 불리한 조건을 가지고 있다. 그러나 위안이 되는 것은 뒷산 자락에 놓여 도시의 조망권이 확보되어 있고, 근린공원이라는 장소성 때문에 도서관의 입지성과 쾌적성도 높일 수 있다.

얼핏 이 작품과 첫 대면을 했을 때 느낌은 너무나 익숙해 차라리 진부하기까지 한 듯이 둔탁한 경직성이 먼저 눈에 들어온다. 노출콘크리트 매스에 강한 대칭성 입면은 관(官) 주도 프로젝트의 신고전주의 경향의 권위주의적 발상으로까지 읽힌다. 그러나 이 건축물 속에 침잠해 있는 건축가의 감수성과 의도된 경향성에 대한 의지를 제대로 보지 못한 무지였다. 이 작품에서 건축가가 실현하고자 한 계획 의지는 관 주도의 도서관이라는 기능과 건축가의 발언 사이에서 소요하며 빚어낸 실루엣을 거칠게 몇 가지로 압축해 유추할 수 있다.

우선 이 작품을 이끄는 주제는 어떤 대상을 향해 던지는 방법이 묵시적이고 암시적인 방법을 채택하고 있다. 정보산업 사회의 속도감에 짓눌려 도서관이라는 또 다른 교도소(?) 속에 갇혀 자칫 상실되고 왜곡될지 모르는 인간 소외와 자기 상실 문제를 자연 속에 깃든 따뜻한 자연 친화 코드로 보듬는다. 다소 경직되고 긴장될 수 있는 도서관의 속성을 해체하여 그만의 직관성으로 재구성해 주고 있다. 무채색 콘크리트 매스 속에 장치해놓은 낭만적 요소가 은밀히 깃들어 풍성한 서정을 내포할 뿐만 아니라 건축가가 제시하고 있는 네 가지 외부공간의 구성요소 석교(夕橋), 응석대(應夕臺), 반영정(反影庭), 직립한 다섯 개의 열주는 몽상에서 비롯되어 실재화의 이행과정으로 승화시킨 또 다른 차원의 형상화 작업을 이끌고 있다. 또 다른 예로는 구심적 공간 속에 허(虛)의 중정을 들여다 놓고, 대칭과 비례의 수법을 통해 주변을 조화롭게 재통합하고 있다. 관념적인 중정의 수면 위에 순수의 영혼을 띄워놓고 그를 향한 각 공간에 등가의 의미를 골고루 부여하고자 한다. 마치 작은 호수에 존재의 형상을 들여놓고 과거의 흔적을 씻으며 미래의 의지를 다지는 성찰의 거울을 마련해둔 듯하다. 썬큰(sunken)된 지하 중정이 지닌 영혼의 샘물이 고요하다 못해 적막해지면 질주하는 정보의 바다에서 허덕이는 사용자들에게 사색하고 성찰하는 장으로 장엄하게 펼쳐지리라. 건축가는 소통의 매개로써 이 작은 메타포 공간을 의도적으로 마련해두었다.

두 번째는 내·외면적 이중코드로 긴장과 이완을 동시에 추구하고 있다. 겉으로 일관된 공간의 논리성을 통한 철저한 자기절제를 추구하지만, 속으

모는 서로 나른 공산석 가치에 대한 은유석 확상 가능성을 열어두고 있다. 마치 고전적인 르네상스 시대의 공간구축 형식같이, 각 장면의 연결성, 부분들의 상호 연관성은 공간구조의 일관성을 추구하며 규칙적인 반복과 균등한 비례를 통한 외관적 통일감을 얻고 있지만, 다시 분절하여 배분된 공간들의 자치적 영역으로 다소 이완의 여지를 두고 있다.

살펴보면 다섯 층위(層位)를 가진 개별의 마당 공간을 통해 평면적으로는 확장된 하나의 형식의 틀로 묶고 있지만, 내용적으로 서로 다르게 조직된 쌈지마당과 작은 프레임 속의 휴게 공간들을 흩트려 여러 개로 분해해서 서로의 공간 가치와 운동 가능성을 가지도록 해두었다. 녹화된 옥상 공원 마당에 배치된 경직된 프라이빗 프레임 속에 가두어진 휴게공간은 공간 절제의 원칙으로 철저히 의도하여 그 속에서 각기 다른 사색 행위와 비움 지향의 철학을 담고 있다. 어쩌면 자기의 개별적 서정성을 통해 실재적 차원으로 소성된 작품에 긴장감과 이완의 형식을 빌어 가소성(Plasticity)을 확인하고 있는지도 모른다.

세 번째로, 안정감 있는 정적 구도를 지닌 실재 건축물 속에 추상화된 자기 논리성을 투사하기 위해 자연을 매개로 하고 있다. 자연에서 채취한 조형언어를 관념적인 스토리텔링으로 풀어나가며, 형상화될 실재 프로세스 속에 자연을 끌어들여 완성한 계획 의도를 곳곳에 장치해놓았다. 노출콘크리트 벽면에 부딪히는 빛의 아우성, 고요한 수면 위에 잠겨 있는 해와 달과 별의 쉼자리, 바람이 노닐다가 길목과 잦아드는 석양을 환송하는 마루와 다리. 뒷산으로 이어지는 책 이야기의 긴 향연, 녹화한 하늘정원 등의 의도된 자연과의 교감은 대상화된 자연보다 관능적이며, 정갈하게 정좌하고 있는 건물은 요란스러운 건축물보다 차라리 교태롭지 않은가! 이는 서툰 싸구려 감성으로 표현할 수 없는 이 건축가만의 예술적 지향과 자연에 대한 외경심으로 읽히는 대목이다. 건축이 관념이 아니라 삶 그 자체인 것을 이미 알아 버린 이 건축가가 헐벗은 삶에게 되돌려 주고 싶은 위안인지도 모르겠다.

마지막으로 유기적 관계의 모색을 통해 새로운 관계 맺기를 시도하고 있다는 점이다. 비록 경사진 공원의 점유 방식을 위해 사용된 기존 지형의 재구축은 이미 형성되어 있는 자연 환경관의 관계 설정에서 비롯되었다. 주변 환경과 조망권을 방해하지 않기 위한 경사진 단형의 매스를 셋백(set-back)하여 옥상 및 옥외 공간에 독서와 휴식을 할 수 있는 쌈지공원을 조성하였으며, 그사이에 횡단하여 드러누운 주진입 동선은 자연스럽게 접근된다. 속력을 지닌 수직 동선 외에 뒷동산을 오르는 오솔길 같은 산책적 건축 동선을 통해 육중한 단형의 건축물을 종단하여, 연결통로(일명, 석교)를 지나 인공자연과 생태자연이 만나는 장엄한 광경을 목도하게 만든다. 이뿐만 아니라 이 작품을 관통하고 있는 주제인 추상과 실재 간 관계맺음도, 위에 언급된 몇 가지 단서들로 융합하기 위해 사용된 유기성에 대한 추구는 전편에서 반복되거나 재사용되고 있다.

건축가, 그에게 다가가기

그에게 가는 길은 멀다. 특히 작품에서 쉬이 자기 세계를 요란스레 드러 내지 않는 건축가를 읽어내는 일은 쉽지 않을진대, 침묵과 고요를 덕목으로 하는 이 건축가의 정체성은 더더욱 모호한 베일 뒤에 있다. 이 건축가와 그의 작품은 '현상-너머에-있는(more-than-phenomenal)' 그의 예술 의지와 건축작품의 내적 의미를 동반한다. 작품의 실재 구축 작업에서 나타내는 주제처럼 '허상의 지향', '허무의 승화' 너머에 그가 있다.

어쩌면 그는, 그의 작품인 이 도서관의 자태처럼 가부좌를 튼 정좌자세로 묵묵히 궂은 비바람과 뙤약볕을 견디어 내면서 고요한 소우주를 마음 곁에 들여놓고 세상을 용시하는, 새로운 자유에 내한 갈망의 시(詩)를 살무리하는 구도자 같은 건축가가 아닌가 싶다. 그는 이 세계의 중심에 허(虛)인 무(無)가 있고 삶의 근원과 본질을 일깨우는 침묵이 있다고 했다. 매끈한 노출콘크리트 덩어리 속 철근가닥에 사유의 활자를 매달고 배열하여 침잠해 있듯이 이 작품은 '고요한 비례'를 이끌어내고 있다. 그의 근원에 있는 고요함은 역설적으로 갈망과 기다림의 강렬한 발현이라 번역된다.

건축가 곽재환은 1979년부터 독립하기 전 8여 년을 김중업 건축연구소에서 학습과 창작 작업을 하면서 그분의 영향력 아래서 수련기를 보냈다. 정서적으로 유사성이 있어 일정 부분 쉽게 선생의 언어에 익숙해졌지만, 독립 후 주체성 정립에 많은 장애가 있었던 것도 사실인 것 같다. 어떤 글에서 '창작의 가치는 새로운 공간을 일반인들에게 체험토록 함으로써 감동을 주고 삶의 새로운 의미를 확장해 나가는 것'이라는 생각을 스스로 갖고부터 선생님의 언어를 가지고는 새로움도, 창조적 가치도 줄 수 없음을 깨닫고 뭔가 다른 것을 찾아야만 한다는 자각 속에 저 자신을 돌아보게 되었다'고 한다. 그래서 그는 그 후 미술, 문학, 철학, 역사책을 탐독하면서 건축 작업을 통해 형상화하면서 현재 정체성에 이른 것이다.

자유로의 지난한 사고의 확장과정이었을 것이다.

그의 초기작들이 응시와 비상을 표현하고 있다면 최근작들은 그를 통한 조율과 반영의 상징으로 다가온다. 살펴보면, 초기의 〈솔의 집〉에서는 구축된 대상에서 자유의 비상을 꿈꾸며 원초적 자연의 무중력을 표현하고자 하였고, 〈눈의 집〉에서는 현상학적 접근에서 비롯된 응시의 결과로 '나다폴리'의 그늘집으로 계획되었다.

그 후 그의 작품의 변화는 더욱 근대적이고 초현실주의적 경향을 지닌다.

근작으로 보면, 자연이라는 배경에서 융기·침강하는 그 접점에서 자연의 부활을 의도한 〈비전힐스골프클럽하우스〉와 속세를 부유하는 인간 심성이 신의 성스러움에 도달하는 길목에 우주의 본성과 이치를 대입시켜 현실과 관념의 간극을 극복하기에 노력한 〈제일영광교회〉에서도 엿볼 수 있듯이 생멸(生滅)의 윤회를 추구하고 있다. 그러나 근원에 대한 질문은 아직 진행형인 것 같다. 수많은 개념어와 형상언어 사이를 소요하며 더욱 투명해지길 기원하고 있는 것이리라. 그가 이야기할 삶, 앎, 놂, 풂, 밞의 다섯 가지 집의 이념이 '고요한 비례'로 표출되어 어디선가 또 다른 공간을 잉태하게 될 것이다.

다시, 작품 들여다보기

그런데 한 세기가 교차되는 이 세대에 이 건축가는 이 작품을 통해 무엇을 발언하고자 했을까, 하는 것이 작품의 이해뿐만 아니라 앞으로 그의 작품 활동에 중요한 단서를 제공한다. 안정의 시대에는 원심력이 작동하고 변화의 시대에는 또 다른 구심력을 요구하면서 역사는 새로운 방향성과 운동성을 추동하며 전이한다. 또 건축은 '그때 거기 존재함'으로 해서 역할을 다하는 것이 아니라, 한 시대의 산물로서 역사를 온전히 받아 안아서 다음 시대로 넘겨주는 역할을 동시에 수행해야 하므로 그 존재의 평가는 사회의 몫이다. 세기의 전환점에서 그는 무엇을 넘겨주려 했을까? 언뜻 보기에는 이 작품에 차용된 언어들은 다분히 계몽적이고 고전적으로 읽힌다. 너무 무거워서 엄숙하기조차 한, 중심을 향한 강한 대칭성, 깊숙이 대지를 누르고 있는 중량감, 무표정과 무채색으로 연상되는 언어들은 마치 과거를 관성적으로 밀고 오다가 정체되어 거기에 멈춰버린 듯한 혐의조차 엿보인다. 그러나 '역사적으로 문화가 윤택해지면 퇴폐해지고 장식적이 되고, 그러다 보면 그것을 압도하기 위한 강력하고 절제된, 단순한 것이 나타났다. 역사적인 반복이 되는 것'이라는 그의 말에 미루어 짐작해보면 그가 세기밀을 읽어낸 해석법이 엿보여 안심이다.

그러면 건축가 곽재환의 언어로 형상화한 단서들을 몇 가지 살펴본다.

우선, 공간의 배분에 있어 민주적 방식을 취하고 있다. 기존 지형이 재구축을 통한 가상지반의 연장방법과 지형의 고저 차에 따라 펼쳐진 다섯 마당과 내부공간과의 관계는 자기 완결성을 추구하면서 탈위계적 구성으로 결합되어 있다. 중정 속에 내포된 공동성과 응석대의 개별성이 철저히 보장되어 있으며, 내부공간의 자연요소의 공정한 배분과 동선의 다원화에서 자치적 공간의 가능성을 보여준다.

그가 추구해 온 영토에서는 시간과 공간, 시각과 지각이 차별없이 존재한다. 소외되기 십상인 서향의 빛과 밤의 공간이 주인공이 되었다가 때로 조연을 맡기도 한다. 소외에 대한 배려는 오랜 응시와 지속적 관심의 결과이므로 이 건축가의 마음을 읽기로는 충분하다.

둘째, 지금껏 깊이 천착해오던 자연과 건축과의 관계 설정에서 자연이란 개념이 적극적으로 개입하고 있다. 이미 '대상화시켜버린 자연'과 '실재의 자연' 속에서 갈등하던 화두는 언어화된 자연으로 번안해 내면서 자연을 폭넓게 다루게 되었다. '인간은 왜곡된 한쪽 자연만을 보아왔고, 막이 깨지면서 이전에 보지 못한 새로운 세계를 경험하게 됨'으로써 자연을 끌어들이는 데 적극적이며 은유적 해석이 가능하다. 지형을 단형화하여 얻어진 옥상 마당의 녹화에서 얻어지는 평면적 안식, 중정의 수공간에 투사된 성찰의 수면경, 다섯 개의 열주를 타고 오르는 담쟁이 넝쿨의 약동감, 햇빛의 존재함을 넉넉히 수용하는 무채색 벽면, 바람의 소란스러움을 터주는 풍로 등은 자연과 일체화된 가능성을 보여주고 있다. 구석구석 배어 나오는 건축가의 의도적 자연과의 독백 시나리오는 감동을 일으키기 충분하다.

셋째, 세기말을 보내며 개인적으로 오십 대를 맞이하는데, 수없이 부려놓았던 고투 어린 담론과 화두들을 이제 실제 작품 속에 온전히 표현하고 있다. 사유의 정도나 타당성에 대해서는 논외로 하고라도 다소 사변적이고 추상적 글쓰기에서 구체적 창작 작업으로 이행되면서 리얼리티를 획득한 어휘들로 다가온다. 예를 들자면, 십여 년 전에 발표했던 〈솔의 집〉에서 그는 동양사상의 일치일란(一 治一亂)에 대해 언급한 바 있다. '지붕에서는 자유의 정신을, 매스에서 절제의 정신을 표현하면서 이 두 가지가 한데 어우러져 정(靜)하고 동(動)하기도한 공간을 연출하고자 한 것'이라고 밝힌 바 있다. 그러나 〈은평구립도서관〉에서는 도서관의 일차적 요구인 정중동(靜中動)하면서 정(靜) 중(中) 동(動)하기에 이른다. 이는 서로의 특수성을 인정하면서 보편성과의 역학관계를 유기적으로 떠받치고 있는 것이다. 독립적 자기 완결성을 담보해 내면서 전체와 융화·연대되는 방법은 그의 연륜만큼이나 깊어진다.

다시 작품을 나와서

다시 슈퍼마켓 아저씨를 떠올린다. '교도소 또는 납골당, 그리고 도서관……'의 단어에서 연상 작용을 해본다. 교도소는 억압과 통제 속에서 피어나는 자유가, 납골당은 삶이 정지된 고요의 안식 속에서 정지된 시간에 대한 구속에서 벗어나려는 해탈이 교차한다. 그리하여 무언가를 향해 끊임없이 꿈꾸고 갈망하는 곳이다. 그리고 도서관도 갈망한다. 무지에 속박된 자신을 깨우려 지혜의 등불 앞으로 다가가 안식과 자유의지를 얻기 위해 마련된 공간이다. 내면적으로 공간의 동질성을 보이는 장소를 이 건축가의 조형언어에서는 표면적 침묵을 통해 내면적 자유를 추구하고 있는 것이다. 실재적 형상을 침묵으로 일관하면서 사색에 방해받지 않는 정제된 언어로 주변을 포용하며 때로 다독이면서 수없는 갈망의 아우성을 치유하고 있는 것이리라. 인간이 머물고 있는 상대 세계에서는 절대 자유도, 절대 구속도 존재하지 않는다. 그럼에도 공간 속에는 구속과 자유가 형상 너머에 존재한다.

그는 이 육중한 콘크리트 덩어리를 땅에 심어놓고 무량(無量)의 공(空)과 간(間)을 들여다 놓고 싶었는지도 모른다. 한정성(限定性)의 공간을 초월의지로 확장하여 무한(無限)의 공간으로 내닫고 싶었는지도 모를 일이다.

이 또한 자유를 꿈꾸는 건축가 곽재환의 언어 너머에 존재할 것이므로 그의 길 위에 있는 모든 추상과 실재 간 고요한 비례를 기대해본다.

건축사사무소 노둣돌, 생태건축연구소 대표이며 삼육대학교 건축학과 겸임교수이다. 생태 및 환경, 인권, 북한학 등을 주제로 작품 및 연구 활동을 하고 있다. 건국대 및 경희대 건축대학원, 홍익대학교 등에서 강의했으며 대한민국건축대전 초대작가, 한·오스트리아 지속가능건축전 등 전시. 대표작으로는 〈강릉세진당〉, 〈조태일문학관〉, 〈안양비웅사〉, 〈남한산초등학교 리모델링〉, 〈효순·미순 평화공원〉 등 다수가 있으며, 저서로는 건축평론집 『아홉 건축가 이홉 무늬』, 『친환경건축설계가이드북』, 『파올로 솔레리와 미래도시』(공역) 등 다수가 있으며, 제14회 교보생명문화대상을 수상하였다.

시(詩)의 집, 수(數)의 집, 그리고 생명의 집

— **조병준**(시인, 문화평론가)

아버지께서 얼마 전 옛집을 허물고 새집을 지으셨다. 30년을 훨씬 넘겨 살았던 집이었다. 당연히 그 집에는 나의 유년과 소년과 청년의 시절이 고스란히 담겨 있었다. 부모님께서 임시 거처로 살림을 옮기는 날, 옛집에서 태어나고 자라 '각자의 집'으로 흩어진 우리 남매들이 모두 모였다. 마지막 짐을 옮기고 나는 빈집으로 돌아갔다. 담배를 한 대 피워 물었다. 담배 연기가 눈으로 들어갔던 모양이다. 눈물이 흘렀다. 그래서 눈을 감았다. 옛집은 아버지께서 지으신 집이 아니었다. 식구 중 누구도 그 집이 얼마나 오래된 집인지 몰랐다. 50년? 80년? 옛집의 나이는 끝내 아무에게도 알려지지 않을 것이다. 어쨌든 그날 내 유년과 소년과 청년의 삶을 보살펴 주었던 집은 '눈을 감았다'. 눈물이 흘러나왔던 그 순간, 나는 깨달았다. 집 또한 우리 인간들처럼 '살아있다'는 것을. 모든 살아있는 것들이 그러하듯, 집 또한 죽음을 맞는다는 것을…….

지어지지 않은 집

건축가 곽재환. 그는 스스로를 '지은 집이 별로 없는 건축가'라고 부른다. 처음엔 그저 우리네 특유의 겸손으로 생각했다. 조금 이야기를 나누다 보니 그의 말에 고개를 끄덕일 수밖에 없었다.

"개인적으로 가장 애정이 많이 가는 작품이리면 '솔의 집'과 '눈의 집'을 꼽고 싶군요. '솔의 집'은 어느 농학자를 위한 주택이었고, '눈의 집'은 골프 코스의 그늘집이었어요. 그런데 두 집 다 끝내 지어지지 못했습니다. 글쎄, 언젠가는 실현될 수 있을지도 모르지요. 하지만, 집 또한 세상 만물이 다 그렇듯이 때(時)라는 것이 있는 법이거든요. 시간이 바뀌면, 공간도 바뀌게 마련이죠. 처음에 그 집들을 설계했을 때의 그 시공간은 이미 사라져 버린 것이라고 생각해야 할 겁니다. 그러니 그 집들은 이미 영원히 지어지지 않은 집으로 남을 수밖에 없겠죠."

가장 애정을 많이 쏟은 집들이 지어지지 않은 것이다! 그는 시를 무척 좋아한다 말했다. 시인이 시를 쓸 때, 그의 시는 책으로 묶이지 않아도, 그저 종이 위에 적혀 있기만 해도, 완성된 작품이 될 수 있다. 하지만 건축의 경우는 얘기가 다르다. 건축은 2차원의 예술이 아니라 3차원 시공간의 예술이기 때문이다. 돌, 시멘트, 유리, 나무, 플라스틱, 철들의 물질 재료가 없이 건축은 이루어지지 않는다. 그 물질 재료의 특성, 즉 물성(物性)을 빼놓고는 건축을 이야기할 수 없다. 제아무리 선명한 컴퓨터 모델링도, 제아무리 치밀한 청사진도, 그 상태만으로는 건축이라고 부를 수 없다. 하지만 곽재환은 '지어지지 않은 집' 두 채를 자신이 가장 사랑하는 '작품'이라고 불렀다. 스케치와 설계도와 모델링으로만 남겨진 집. 조금 감상적이긴 하지만 그것을 출판되지 않은 시인의 육필 원고에 비교해도 큰 무리는 없지 않을까.

가장 큰 애정을 쏟아부은 작품들이 땅 위에 세워지지 못한 이유는 과연 그의 말대로 개인적인 불운함이 전부일까? 그렇지 않다면, 그 이유는? 나는 거기에 답할 수 있는 사람이 아니다. 거기에 대해 내가 할 수 있는 말은 한 마디뿐이다. 육체를 갖추고 태어나지 않았을지언정, 그 정신 또는 영혼마저 죽었다고 볼 수는 없는 것 아닌가?

시(詩)의 세계와 수(數)의 세계

완전히 백치 상태로 30년을 넘게 지내다가 어느 날 갑자기, 건축에 관심을 갖게 된 탓에 나는 건축가를 만나면 항상 똑같은 질문을 던진다. 왜 우리 보통 사람들은 이렇게 건축과 멀어졌을까요? 곽재환 선생은 이렇게 대답했다.

"건축이란 물질만이 아니라 정신이 함께 담겨 있는 것입니다. 그런데 현재 우리 건축에는 정신 부분이 사라지고 물질적 요소만 남아 있습니다. 우리가 건축과 멀어진 것은 바로 그 때문일 겁니다. 다시 가깝게 하려면요? 정신을 회복하는 방법 말고 다른 무슨 방법이 있을까요?"

그러면서 그는 콘크리트를 예로 들어 좀 더 친절한 설명을 보였다.

"콘크리트 건물이 인공적이라 싫다고들 하죠. 하지만 과연 콘크리트라는 것이 자연과는 아무 상관 없이 하늘에서 뚝 떨어진 것인가요? 아니죠. 콘크리트 역시 어차피 돌과 석회가루와 모래와 물이라는 자연물이 결합된 것입니다. 잘 지은 콘크리트 건물은 그대로 노출시켜도 동양적인 수묵화가 될 수도 있습니다. 잘 지었다는 얘기는 곧 정신과 물질이 결합되어 있다는 뜻입니다."

정신과 물질의 융합. 참 오래도록 들어온 변증법이다. 물론 지겨워해서는 안 되는 변증법이지만, 아무리 좋은 말도 세 번 들으면 싫어지는 법인데……. 그는 그 변증법을 다른 말로 표현했다. 시를 평생의 업으로 삼고 있는 나 같은 위인에게는 더할 나위 없이 솔깃한 말로.

"시의 세계와 수의 세계가 합쳐진 것이 건축입니다. 콘크리트의 비인간성은 바로 건축이 시의 세계를 잃어버렸기에 빚어진 결과라고 할 수 있어요. 그런데, 심지어 우리의 건축은 삼풍백화점에서 보듯이 수의 세계조차 제대로 구현해내지 못했습니다."

무엇이 시의 세계이며, 무엇이 수의 세계인가? 대학의 건축학과가 이공대 소속인 데에서도 알 수 있듯이, 치밀한 계산 없는 건축 또한 있을 수 없다. 수의 세계는 그렇게 얼른 이해할 수 있다. 하지만 건축에서 시의 세계라니?

"'솔의 집'을 예로 들어봅시다. 이 집은 지붕을 경사지게 만들어 하늘로 날아가는 것처럼 표현했습니다. 그렇게 해서 그 지붕이 포함하는 공간을 우리 옛 건축의 '누(樓)'와 같은 공간으로 만들려 했던 것이지요. '누'는 일상의 생활공간보다 한 단계 높은 곳에 위치해 있습니다. 일상에서 벗어나 먼 곳을 바라보는 일종의 '초월적 공간'이면서, 동시에 선비들이 서로 그들의 정신을 나누는 '공동체 공간'이 바로 '누'였습니다. 그리고 본채에서 떨어진 한구석에 작은 별채를 계획했습니다. 흔히 정자라고 부르는, '정(亭)'의 공간입니다. 홀로 조용히 자신의 삶을 되돌아보는 '반성의 공간'이지요."

그러면서 그의 건축 세계의 큰 두 축이라는 '누'와 '정'의 공간을 이렇게 설명한다.

"'누'가 사회적 공간이라면 '정'은 철저히 개인적인 공간입니다. '누'가 노출되어 있는 공간으로서 바깥세상을 조망하는 원심력의 공간이라면, '정'은 숨어 있는 공간으로서 내면으로 깊이 파고드는 구심력의 공간이라고 할 수 있겠지요. 서로 다른 성격을 띠고 있기는 하지만, 누와 정은 한 가지 공통점을 지니고 있습니다. 바로 일상에서 한 발짝 떨어진 '시적 영감'의 세계라는 점입니다."

일상에서 한 발짝 떨어진 세계. 그것이 곧 '시의 세계'라는 설명이었다. '떨어져 있음'으로써 비로소 가능해지는 '멀리 내다보기'와 '깊이 들여다보기'.

누구의 인생이든 문학 소년 시절을 겪지 않은 인생은 없다. 나는 경험을 통해 그 사실을 알고 있다. 이 글을 읽는 당신 또한 한때는 문학 소년이었으리라. 수학 공식을 외우는 대신에 시를 끄적이느라 밤을 새워 본 당신이라면, 그가 말하는 '시의 세계'가 무엇을 말하는지 쉽게 이해할 수 있으리라. 우리는 '시의 세계'가 무엇을 말하는지 쉽게 잃어버렸다. 우리의 집들도 마찬가지다.

선의 상상력, 여백의 생명력

그의 건축 세계에 대한 사전 정보를 얻으려 뒤져 본 인쇄물 중에 '묘한' 그림들이 있었다. 길게 열린 귀, 가늘게 뜬 눈, 생략된 귀와 눈과는 달리 매우 세밀하게 묘사된 코, 수직선 하나로 이루어진 몸체, 그리고 '8'자로 그려진 앉은 다리. 한눈에 그것은 좌선(坐禪)에 잠긴 부처의 모습이었다. 일체의 부피를 갖지 않은, 열리고 닫힌 직선과 곡선으로만 이루어진 부처였다. 그 부처의 이미지는 '관계(Relation)'라는 제목 아래 여덟 개의 변주를 구성하고 있었다. 상호작용, 선과 여백, 대립과 통일, 공간과 시간, 객관과 주관, 축과 균형, 건축과 환경, 존재와 마음, 8개의 변주 이미지마다 각각 그런 제목들이 붙어 있다. 두 번째의 변주인 '선과 여백'에서 그가 붙인 설명을 인용한다.

"나는 선이 단지 하나의 면을 형성하는 기하 도형의 기본적인 요소로 사용되고 있는 사실보다, 그것이 존재를 잉태하고 그 존재를 지속적으로 가능케 하는 근원적인 기(氣)의 가장 분명한 상징으로 사용되어 온 사실에 대해 주목한다. 기란 단순한 물질이 아니라 생명의 원리이며 원체이다. 선은 이러한 기를 여백을 통하여 무한히 응축하고 발산한다."

그의 사무실 벽 위에는 선으로 그린 그 부처의 이미지 중 두 개의 평면이 액자로 걸려 있었고, 바닥 한켠에는 투명한 아크릴로 만들어진 입체가 놓여 있었다. 건축과는 전혀 무관한 듯싶은 그 부처의 이미지들은 과연 곽재환이라는 건축가에게 무엇인가?

"선과 여백은 동양의 조형세계입니다. 그리고 제가 추구하는 조형세계이기도 합니다. 서양에 없는 동양만의 예술 장르가 무엇입니까? 바로 서예가 아닙니까? 붓글씨에는 덧칠이 있을 수 없어요. 서양 문자가 기하학적이라면 동양의 문자는 유기체적이라고 할 수 있지요. 서양의 예술이 '만들어가는(making)' 예술이라면, 동양의 예술은 '움직이는(moving)' 예술입니다. 서구 문명은 모든 것을 덮고 닫으려고 합니다. 반대로 동양의 전통은 여백을 그대로 비워 둡니다. 덮어 버리면 안에 있는 더러움을 감출 수 있겠지요. 하지만 감춰진 더러움은 결국 곪아 터지게 되어 있습니다. 지금 우리를 둘러싸고 있는 집들을 보세요. 모두 몇 겹으로 덮여 있습니다. 꼭꼭 덮는 것만으로도 모자라, 거기에다 또 온갖 치장을 해대지요. 지금은 바로 그 치장이 극한까지 도달한 시대입니다. 비워진 공간을 통해 피가 통하고 기운이 통하는 법인데, 덮고 치장해서 막아 버릴 때는 그 순환 구조가 막혀 버리는 거예요. 비워진 공간이 없을 때, 그곳에서는 생명이 자라나지 못합니다."

그가 생명이라는 단어를 끄집어냈을 때, 나는 비로소 왜 그가 그린 부처에서 유일하게 코만이 그토록 세밀하게 묘사되어 있었는지를 알 수 있었다. 호흡! 생명의 본질은 바로 숨쉬기인 것이다. 텅텅 비어 있는 단순한 선으로 그려진 부처였지만, 생명의 본질인 들숨과 날숨이 오가는 코만큼은 여전히 최소한의 정밀함을 '남겨 두어야' 했던 것이다. 그리고 그 '남겨 둠' 역시 거꾸로 된 '여백'이라고 해석하면 너무 심한 비약일까?

'치장이 극한에 달한 시대'라고 하면서도 그는 이제 다시 소박함의 시대가 시작되리라는 희망을 버리지 않는 순환주의자다. 나는 그의 순환주의자로서의 낙관론을 배우고 싶다.

생명의 집, 생명이 숨쉬는 집

"우리의 아름다움은 곧 생명의 아름다움입니다. 우리가 사는 곳에는 여백의 공간, 즉 무위(無爲)의 공간이 있어야 합니다. 그래야 그 무위의 공간에서 인간과 자연이 공존할 수 있습니다. 세상의 모든 것은 음과 양이 나뉘듯 서로 다른 속성을 지니고 있지요. 서구 문명에서는 그 서로 다른 것을 무조건 대립자로 규정합니다. 거기서 상호 파괴가 빚어집니다. 균형을 찾기 전에 먼저 파괴가 일어나 버립니다. 생명이 설 자리가 없습니다. 이제 여백을 찾아야 합니다. 비어 있는 틈이 있어야 대립자들이 서로 감응하고 서로 보완할 수 있습니다. 그런 여백을 만들어 줄 수 있는 집이 지어져야 합니다."

시와 수는 서로 대립하는 것이 아니다. 가만히 생각해보자. 건축에만 시의 세계와 수의 세계가 있는 것이 아니다. 시에도 또한 시의 세계와 수의 세계가 함께 있지 않은가! 아무것이나 좋다. 소월의 시를 기억나는 대로 외워보자. 나 보기가 역겨워 가실 때에는 죽어도 아니 눈물 흘리오리다. …… 그 운율에 몸을 맡겨 보라. 운율이란 시가 지닌 수의 세계 아닌가. 내가 역겨워 가는 님에게 진달래를 뿌려 주겠다는 그 '일상에서 멀리 벗어난' 시의 세계와 운율이라는 수의 세계가 어우러져 있지 않은가. 그래서 그토록 아름다운 시, 시간을 초월한 생명력을 담은 시가 나온 것이 아닌가. 세상 모든 일에 다 그렇게 시의 세계가 있고, 수의 세계가 있을 것이다. 그 두 세계가 서로 '빈 틈'을 두고 만날 때, 세상 모든 것에 다 생명이 깃들게 되지 않겠는가.

이제 잠시 나도 한숨을 돌리려 한다. 잠시 이 인터뷰 기사에 여백을, 빈틈을 만들자.

......

아직 철이 덜 들어서인지, 아니면 어릴 때 빵과 과자를 원 없이 먹어 본 경험이 부족해서인지, 잘 모르겠다. 하여간 나는 '집' 하면 철근 넣고 콘크리트로 버무린 집이 생각나질 않고, 꼭 헨젤과 그레텔의 집이 먼저 머릿속에 떠오른다. 지붕은 초콜릿, 창문은 사탕, 벽은 스펀지 케이크, 문은 사과 파이로 된 마귀할멈의 집. 그러다 어느 날부턴가 '집' 하면 헨젤과 그레텔의 집에 잇따라 떠오르는 또 하나의 집이 생겼다. 독일의 동화작가 미카엘 엔데-나는 그가 20세기 최고의 철학자이며 작가라고 한치의 망설임 없이 외칠 수 있다!-의 『끝없는 이야기』에 나오는 집이다. 그 집의 이름은 '변화의 집'.

그 집에는 꽃과 잎과 열매를 주렁주렁 매달고 "다시 아기로 태어난 사람"을 기다리는 '이유올라 부인'이 살고 있다. '변화의 집'은 '집' 자체가 변화할 뿐만 아니라 그 안에 사는 사람까지도 변화시키는 '집'이다. "대단한 생명력을 가지고 있는" 그 집은 가끔 "싱겁게 장난을 칠 때"도 있지만, "근본적으로 아주 사랑스러운 집"이다. "얼마 동안 소년은 변화의 집 지붕 꼭대기에서 지하실까지 두루 뒤졌다. …… 이 집이 그(변화의 집)의 꼬마 손님을 즐겁게 해 주려고 온갖 노력을 다하는 점은 완연했다. 그는 놀이방, 기차선로, 인형 극장, 미끄럼틀, 심지어는 커다란 목마까지 만들어냈다."

─『끝없는 이야기』(미카엘 엔데 지음, 차경아 옮김, 문예출판사)

헨젤과 그레텔의 집을 다시 생각한다. 배고픈 아이들을 유인해 마귀할멈의 저녁거리가 되게 만들 뻔한 죽음의 집. 화려하고 맛있지만, 생명이 없는 집……. 다시 미카엘 엔데의 '변화의 집'을 생각한다. 미카엘 엔데가 직접 설명하지는 않았다. 하지만 아주 또렷이 상상할 수 있다. 미카엘 엔데가 그린 '변화의 집'은 아주 단순하고 부드러운 곡선으로 이루어진, '열린 집'이었으리라. 자기 안에 살고 있는 사람과 장난을 치고, 그 사람에게 어울리도록 자신을 바꿀 수 있는 집. 열린 집은 곧 살아있는 집이다. 스스로 숨 쉬고, 그 안에 사는 사람이 숨 쉬는 것을 막지 않는 집. 다시 아기로 태어나게 하는 집. 생명의 집…….

불행히도 지면이 닫혀 있어, 곽재환 선생이 전한 '생명의 집'을 더 이상 자세히 묘사할 수가 없다. 한 구절만 더 열린 선으로 긋는다. 빈자리를 굳이 당신이 채울 필요는 없을 것이다. 그냥 열려 있는 채로…….

"최소한의 재료만으로 집을 지을 생각을 합시다. 그래야 안과 밖이 서로 통해 집이 호흡할 수 있습니다. 그래야 환경도 지킬 수 있습니다. 아무리 꽉 막힌 집장사의 집일망정, 포기하지 맙시다. 옥상을 가꾸며 살면 됩니다. 쓰레기 터로 버려두지 말고, 가끔 옥상에 올라가서 하늘을 보는 겁니다. '누'에 오른 기분으로, 집에 사는 사람이 하늘을 보고 살면, 그 집도 하늘로 열린 집, 생명이 숨 쉬는 집이 될 수 있을 겁니다."

서강대학교 신문방송학과 및 동대학원 졸업 / 방송 개발원 연구원, 광고 프로덕션 조감독, 자유 기고가, 극단 기획자, 방송 구성작가, 대학강사, 번역자 등 여러 직업을 거쳐 1992년 「세계의 문학」가을호(통권65호)에 '평화의 잠' 등 3편의 시로 등단 / 수년간 인도와 유럽 등지를 여행했고, 그 사이 약 12개월간 인도 캘커타 '마더 테레사의 집'에서 자원봉사자 생활 경험 / 저서 「제 친구들하고 인사하실래요?」「길에서 만나다」「나눔 나눔 나눔」「내게 행복을 주는 사람」 번역서 「유나바머」「영화, 그 비밀의 언어」 등.

366

홍안청안 청안홍안, 곽재환

— 김개천(국민대학교 조형대학 공간디자인학과 교수)

 이 글은 그에게 있어 늘상 함께 해왔던 야인(野人)으로의 곽재환, 또는 이 시대 양심적 작가정신의 소유자 중의 한 명으로 널리 회자되는 건축가인 그를 논하는 것이 아니다. 그보다는 그에게 간혹 가해지는 비판 중의 하나인 관념적 사유의 건축적 유희에 반하여, 철학과 관조적 사유의 깊이로서 건축에 대해 묻고 진지하게 답하려고 하는 그의 모습에서 작가 또는 건축가로서 길어올린 그 사유의 깊이를 보고자 한다.

 이러한 관점에서 그의 건축을 대하게 되면 대상(對像)과 주관(主觀)이라는 극명한 하나의 명제로써 구축되고 발산하고 있다고 해도 과언이 아니다. 물론 이 하나의 명제로 그의 건축을 모두 표현하고 있다고는 할 수 없다. 이 명제는 적어도 관념적 유희로서가 아닌 그의 건축에서 일관되고 명확하게 나타나는 중심축과 균형의 관계를 구축하고 있는 사유와 조형의 언어인 것은 사실이다. 이것은 구체적으로 그에게 있어서 대상이라는 것은 대립과 조화라는 양극관계를 갖는 개념으로서가 아니라, 동일한 하나의 대상이 여러 현상에 불과한 것으로 분리될 수 없는 하나로서 작용한다고 생각한다. 사물은 불변하는 어떤 실체를 갖고 있는가, 변화하는 현상 그 자체가 실체인가, 라는 가치와 본질을 규명하기 위한 물음을 스스로에게 하면서 그는 변화가 곧 실체라는 해법으로 건축을 바라보는 다음의 말을 하였다.

"모든 요소들은 공간에 독립적으로 존재하는 객체로서 대상화되어 파악될 수 있는 것이 아니라 이미 주체적인 파악으로 사물을 대하게 되는 태도를 갖게 된다. 따라서 이러한 시각은 종국에 건축을 수없는 형상으로 변하는 한순간의 형태와 그것에 상호 영향하고 있는 공간에 대한 기억의 집합과 그 연속체로서 인식하게 된다. 그러므로 객관적인 존재가 주관적인 인식의 문제와 밀착하게 되며 객관과 주관은 분리할 수 없는 하나로서 작용하게 되는 관점을 이루게 된다."

그리하여 모든 사물은 분리될 수 없는 하나로서 객체의 존재를 표상하며, 이것은 하나의 객체가 주체의 객관으로 존재하는 것이 아니라 대상의 성격으로 객체에 있다는 것이다. 그러한 상관관계 속에서의 형성작용은 표현작용으로 연결되고, 그 표현은 대상과 주체와의 한정 속에서 연관되고 의미가 주어지므로 대상과 주체는 대립과 조화가 아닌 일체이면서 하나이고 하나이면서 일체가 되는 연관된 통일로서 받아들여지는 것이다.

변화하는 동적 존재로서 전체와 부분, 객관과 주관, 대립과 동일, 공간과 시간, 존재와 마음, 대상과 관자 등의 다양한 요소들이 상호형성작용을 통해 환경 속에서 만들어진다. 동시에 환경의 표현, 즉 환경의 주체가 되는, 대립하면서 조화하는 주체와 객체가 아니라 연관성상에서의 주체와 객체가 일체를 이루는 의미를 찾을 수 있다는 철학적 기본 위에서 그의 건축적 명제는 출발하고 있는 것이다. 그러한 철학적 명제의 시시비비를 여기에서 논의하고자 하는 것은 아니다. 다만 그의 건축을 논의하고자 한다면 이 대상과 나와의 즉, 객체와 주체와의 관계설정을 이해하지 않고서는 이해하기 힘들 것이라 생각된다.

그는 대상의 역동적인 측면을 이야기하였으며 인간을 대상과의 맥락 안에서 대상의 일부분으로 여겼을 뿐만 아니라 상호관계의 현상 즉, 활동력을 모든 존재와 인간에게 있어 핵심적인 것으로 강조했다. 그리하여 건축은 환경 속에서 개체로서 존재함과 동시에 인식하게 되고 종국엔 대상과 주관이 종합되어 표현된다. 다시 말하자면 건축은 역동적인 관계성 속의 의미를 지녀야 한다는 것이다.

그가 실재하는 건축으로서의 건축을 반대하고 "관계의 경계에 다만 인간의 마음이 투명한 막처럼 놓여있을 뿐이다."라고 하였듯이 그 경계에 건축이 투명한 막처럼 놓여있어야 한다고 주장하고 있다. 이러한 관점은 철학자 롯체(Rudolf Hermann Lotze)가 "관계가 서 있다"고 말했듯이, 지각되는 것이란 관계를 맺고 있는 것이다. 아울러 인간과 환경 그리고 그 창조행위의 목적 등은 근대 철학에서 얘기하는 환경 속에서 환경을 형성해감으로써 자신을 형성해 가는 것이라는 행위의 목적과도 연관성을 갖고 있다. 이는 그가 그동안의 건축 활동을 해오면서 "진정한 존재의 의미"에 대한 부단한 물음과 답을 통해 스스로 얻은 결과가 아닌가 생각된다.

관자적(觀者的) 대상이라는 철학적 관심과 그의 건축언어는 독일의 철학자이자 표현주의 건축가였던 루돌프 스타이너(Rudolf Steiner, 1881~1952)가 주장한 것과도 일련의 상호 연관성을 갖고 있다. (물론 스타이너로부터 철학적 연관을 갖고 있다는 것은 아니다.) 스타이너는 예술이나 건축은 나름대로의 생명력을 부여해야 하며 그것은 역동적인 활동력이 핵심적인 것이며 건축이 행위에 기초해야 한다고 주장하였다. 이는 건축이 역동적이고 어떤 의미에서는 연속성을 지녀야 한다는 의미이다. 그리하여 그는 부분을 모아 궁극적으로는 하나의 일반적이고 조화롭고 역동적인 전체성을 이룩하는 환경을 형성하는 과정(過程)을 주장하였다. 그의 역동적이고 환경에 대한 연속성으로서의 인식 그리고 활동적인 전체로서의 참여를 통한 경험과 인식으로써 건축을 대하는 태도 등은 시기와 활동무대와 주 관심 사항은 서로 물론 달랐지만 철학적 연관성이 많다고 얘기할 수도 있겠다.

1990년 발표한 평택의 에바스화장품 공장에서 그는 시선에 대한 강한 집착을 보여주었다. 즉 빛과 시선을 좁히고 틔워주는 방법을 격자나 그리드 그리고 면과 매스(mass)를 사용하여 내·외부에 다양한 공간체험을 제공하는 공장을 만들어보고자 한 것이다.

1991년 발표한 나다컨츄리 클럽 FOLLY 계획안인 〈눈의 집〉은 그가 삶과 조형에 대해 많은 질문을 한 결과 스스로의 조형언어로 이루어 놓은 첫 번째 작품이다. 〈눈의 집〉의 극히 절제되고 단순화된 평면은 흙과 벽과 물에 의해 침잠된 가운데 휴식과 축제와 명상의 공간이 자연 속에서 바라보고 관조하는 누(樓)와 정(亭)의 공간으로서 이룩된 발상의 새로움과 전환이 돋보이는 작품이다. 물론 시각적 언어로서의 건축이 과장되기는 하였으나 골프장의 별채라는 관점에서 볼 때 이해할 수 있는 부분이다.

1992년 4.3그룹전에 출품한 농학자(農學者)의 처소인 〈솔의 집〉에서 작가는 단순화된 평면과 선 그리고 어긋나는 면이라는 조형방법을 동원해 마루 공간을 중심으로 서재와 객실의 사랑채, 거실과 주방, 침실과 침정, 안채와 옥루후원과 옥상의 누정공간 그리고 마당과 울담, 문간 등으로 기능을 분류했다. 이는 수평·수직적으로 분산, 종합하려는 시도로서 이후의 작품에서도 계속 나타나는 그의 공간 구축 방법이라고 말할 수 있다. 동시에 이 시대 4·3그룹의 일부 작가들에게서도 엿볼 수 있는 평면 혹은 단면설정 방법이기도 하다. 하지만 특히 그에게 있어 강조되는 것은 누와 정의 공간이라 하겠다. 아울러 그러한 분류와 조합, 연결하는 방법과 표현 형식에 대한 연구가 뒤따른다면 오늘날 잃어버린 한국적 주거문화에 대한 한 유형을 제시할 수 있다 하겠다. 다만 곽재환의 평면 속에서 유독 강조되고 있는 누(樓)와 정(亭)의 공간 설정은 대상과 주체라는 관계설정에 대한 그의 표현이기도 하다.

〈눈의 집〉에서 이미 밝힌 바 있는 "자연 속에서 자연을 알시 놓고 자연과 함께 살며 자연을 그리워하다"는 인식의 연장선상에 있는 것으로, 〈솔의 집〉에서 이미 밝힌 바 있는 철학적 명제에 대한 해법으로 정중동·동중정의 방식을 사용하여 대상과 주체의 연관관계를 표현하려고 시도하였다. 이미지만 지나치게 강조되는 일부 오브제한 건축의 과장된 형식주의를 빼고 담백하고 엄밀한 자연과 함께 융화하고 명상하는 집을 마련했다고 생각한다.

〈동서울케이블TV본사〉 건축에서 기존의 건물 개축을 통해 간결하게 재구성한 공간 구축 방법은 성수동의 무표정한 도로변에 강한 이미지를 던져주고 있으며 앞으로 그의 건축에 기대를 걸게 만든다.

1994년 〈응백헌〉을 통해 그는 누마루의 수직적 확장을 통해 공허공간이라는 무(無)차원의 세계를 표현했다. 그리고 그가 일관되게 추구하고 있는 대상과 자아와의 명제에 대한 표현으로서 부족함이 없는 넉넉한 여백의 공간구축을 설정해 '생활의 깊이를 더욱 확장시켜 주고자 한 것이다. 이러한 시도는 건축이 삶의 표현을 통한 자기 성찰을 넘어서 이미지 전달에만 치중하게 될 수 있는 가능성을 내포하고 있으나, 작가는 존재의 실체에 대한 관심과 규명을 통해 본원적 사유로 희귀하여 객체와 주체와의 근원적 일치를 이루고자 하였다.

건축가, 화가, 교육자로서 곽재환, 그는 그 나름의 누와 정(樓와亭)의 공간이라는 표현 방법을 통해 대상과 주체의 상호 연관 속에서 접합되고 연속체로서의 건축을 인식하고 전개하는 건축가이다. 그의 철학적 사유의 깊이로서 건축에 대해 묻고 대답하려는 진지한 모습에서 그가 지닌 정신적 깊이를 보게 된다.

건축가는 환경에 적응함으로써 자신을 유지해가며, 환경을 만듦으로써 자신을 만들어가는 실체적인 것인 동시에 존재적인 것을 추구한다. 이러한 실체와 관계의 연관적 통일을 이루려는 그의 노력들은 건축이라는 행위를 통해 형성된다. 아울러 객관과 주관의 이원화된 개념을 거부하여 상호관계를 통한 균형의 유지를 표현해 절대적 자유를 누리고 무차원의 공간을 통한 공허공간 구축으로 삶의 깊이를 더욱 확장하고자 한다. 나는 고차원적 목적인 정신적 고찰력의 힘을 발전시키고 역동적인 균형의 맥락 안에서 절대적 자유와 존재의 의미를 찾고자 하는 그의 건축을 계속 기대해본다.

국민대학교 조형대학 실내디자인학과 교수(동양문화디자인연구소)이며 건축가이자 디자이너이다. 동국대 선학과에서 철학박사를 수료하였으며 「무색의 공간」, 「한국 건축의 미와 정신 세계」, 「선의 건축미학에 관한 연구」 등 동양 철학과 건축 미학에 관한 여러 논문들을 발표해 왔다. 저자는 전통 건축을 지은 사람들과 비슷한 철학과 종교, 건축과 실내디자인의 통합적 배경을 가진 작가 및 학자로서 고건축에 대한 새로운 통찰과 미적 해석을 하고 있다. 대표 건축으로는 '강하미술관', '만해마을', '팔복교회', '국제선센터', '담양 정토사' 등이 있으며 red dot design award, 한국 건축가 협회상, 황금스케일상, 국무총리 표창, 올해의 디자이너상, 대한민국 디자인 대상 등을 수상하였다.

건축의 몸, 그 안에 있는 나무

— **박남준**(시인)

    나무들을 생각한다. 한 톨의 작은 씨앗이 대지에 태어나 어린싹을 틔우고 뿌리를 내려 가지가지 무성한 잎새들을 드리우기까지의 가을과 겨울과 봄과 여름의 시간들. 더운 여름날 시원한 바람을 부르며 그늘을 만들어 땀을 씻게 하고 가을엔 저마다의 단풍을 들이며 땅으로 내려앉아 거름으로 돌아가 대지를 살찌우게 하는 나무를 생각한다.

    지친 새들의 쉴 곳이 되어주고 그 가지에 집을 틀거나 몸을 내주어 구멍 속에 둥지를 짓게 해주는 나무를, 향기로운 꽃을 피워서 벌, 나비를 불러 단 꿀을 나누고 무르익은 열매를 맺어 누군가의 허기진 배를 채워주는 나무를 생각한다.

    그리하여 몸을 바꿀 날이 찾아왔는가. 어느 날선 벌목의 톱날에 베어져 의자가 되고 식탁이 되고 침대가 되고 툇마루가 되고 책상이 되고 가난한 시인의 원고지가 되는 나무를 생각한다.

    작은 성당의 나무 십자가가 되고 절간 대웅전의 배흘림기둥이 되고 한 채의 집이 되고 안과 밖으로 통하는 문이 되고 이쪽과 저쪽의 단절을 이어주는 외나무다리가 되고 따뜻한 불길로 타올라 언 몸을 녹여주고 불빛으로 반짝이며 어둠을 밝혀주는 나무를 생각한다. 한 줌 재로 돌아가는, 허공 중의 연기로 돌아가는 나무를 생각한다. 때가 되어 쓰러지고 다시 일어서는 나무를 생각한다. 온통 사랑으로 가득 찬 나무를 생각한다.

쓰러진 나무

강으로 난 길을 따라 바다에 이르렀다

오랫동안 흔들렸으므로 한 그루 나무가 쓰러졌다
작은 씨앗 하나 땅에 떨어져 어린싹을 키우고
한 그루 푸른 그늘을 드리우며 서 있는 일이란
사람이 태어나 걸어가는 알 수 없는 내일의 길처럼
허공 중에 낱낱이 가지를 뻗으며 길을 내어가는 것이라 여겼다
이제 나무가 쓰러지고
스스로 밀어 올린 그 모든 길의 흔적은 한 점 남김이 없다
그렇다면 나무의 지난 시절은 한갓 덧없는 일이었는가

내일이나 아니면 오래지 않아
나는 톱과 낫을 들고 길게 길을 베고 누운
나무의 잠 속에 다가갈 것이다
그리하여 나무들은 아궁이 속에서
내 몸 안에 이처럼 훨훨 타오르는 불길을 가지고 있었노라고
탁탁 소리치며 방바닥을 뜨겁게 달아오르게 할 것이다
그 방에 등을 누인 내 잠의 어느 한순간
푸른 나무의 생애가, 그가 저 하늘을 향해 길어 올린
가지가지마다의 반짝이던 길들이
한 번쯤은 보이지 않을까

굴뚝을 통해 춤을 추듯 솟아오르며 퍼져가는 연기들이

언뜻 나무의 푸른 그늘을 그려 보인다

한때 나의 젊은 날도 휘감기며 노을 속을 떠돈다

곧 밤은 깊어질 것이고 나는 그 밤의 어느 한 자락을 베고

오랜 잠에 들 것이다

문밖은 여전히 하염없는 비, 툇마루에 앉아 비 뿌리는 풍경에 몸을 내민다. 나무들은 이제 깊은 가을, 초록의 무성함은 어느덧 쓰러지고 붉고 노란 불길에 몸을 던지며 견딜 수 없는 절정을 이루고 있다. 저 절정을 밀어 올린 지난날들을 떠올린다. 내 정신 속에 깃든 나무를, 마음속에 일어나 수없이 쓰러지고 일어서던 나무를, 그 사랑에 휩싸인 날들을 더듬는다.

겨울이었다. 그해 12월이 시작되는 겨울의 첫날, 서울의 신촌 어느 작은 콘서트 홀을 들어서 마땅한 빈자리를 찾는 내 눈을 자꾸 되돌리며 시선을 고정시키는 사람이 있었다. 진한 잿빛 바바리에 턱과 코밑에 보기 좋은 수염을 기른 반백의 사람이었다.

동행했던 조각가 선배가 마침 그 사람의 앞자리에 자리를 마련한다. 공연이 시작되었다. 문득문득 무대를 향해야할 내 마음의 초점은 등 뒤의 자리에 두근거림처럼 가 닿는다. 목이 말랐다. 쉬는 시간에 밖으로 나가 공연시간에 흥을 돋우기 위해 제공되는 술 중에 독한 양주를 한잔 가득 종이컵에 따라와 홀짝거린다.

공연은 서서히 마침표를 찍고 있었다. 나는 먼저 일어나 공연장을 빠져나왔다. 사람들이 하나둘 계단을 내려와 길가에 늘어서며 이런저런 밀린 인사의 손을 마주 잡는다. 저만큼의 발치에 서서 그 사람을 바라본다.

그는 함께 온 듯한 일행과 뒷풀이의 장소와는 다른 방향을 향해 발걸음을

돌린다. 우두망찰 한동안 나는 그 자리에 육신을 떠나 갈 곳 없는 혼백처럼 떠돈다. 돌아서는 내 발길이 자꾸 보도블록에 채이며 겨울 밤거리에 빈 메아리를 이룬다.

뒤풀이 장소로 잡은 곳은 먼저 몰려온 사람들로 빈틈이 없을 지경이다. 여기 온 사람들의 대부분은 오늘 공연을 한 주인공이 운영하는 술집을 드나들며 알게 된 사람들이다.

화가 로트렉의 술집 물랑루즈가 떠올랐다. 언제인가 스치듯 자리를 같이 했던 사람들이었을 게다. 그 사람들과 목례를 나누며 합석을 한 자리, 갈증처럼 몇 잔의 술을 쓰디쓰게도 뱃속에 부어 넣었으며 무르익은 이야기는 저격동기의 1980년대를 향해 격해지고 있었다.

내 얼굴은 자꾸 일그러져 가고 있었다. 어금니에 잔뜩 힘이 들어가는 걸 느낀다. 그래 어서 이 자리를 떠야겠어. 가시려고요? 네. 화장실에 다녀오려고요. 어느 젊은이의 이야기에 냉소를 흘리며 자리에서 일어나 밖으로 나가려는데 문가에 자리잡은 노신사 한 분이 알아보고 자리를 권했다. 지금은 없어진, 오늘 이 자리를 만든 인사동의 술집 소설에서 몇번 인사를 나누며 술잔을 기울였던 분이었다.

차라리 근처의 포장마차에 가서 혼자 소주를 마시거나 친구 집으로 들어갈까 하던 차였는데 나는 고마움을 표하며 자리에 앉아 습관처럼 뒤를 돌아보았다. 철렁 내 심장이 그렇게 뛰고 있었다. 마악 문을 열고 들어서는 사람 때문이었다. 그 사람이었다.

나를 자리에 청한 분은 그 사람과 아는 사이였나 보다. 내 시선을 따라 눈을 돌려 바라보던 그 사람에게 손짓을 하고 반기며 내 앞의 빈자리를 권한다. 인사를 나누란다. 안녕하세요. 나는 가볍게 목례를 하며 첫인사를 건넨다. 공연장에서 뵈었습니다. 제 뒷자리에 앉으셨지요. 나는 몇 마디의 그런 바람에 풀풀 쓸려 이내 기억에도 남지 않을 먼지 같은 말들로 설레임을 대신한다. 이런 바보 같으니라고. 고작 그것 밖이었느냐.

술에 취한 취객들의 노래가, 세상의 부조리에 대한 논객들의 목소리가 술집의 곳곳에 소음으로 뒤엉켰지만 그런 것들이 눈에 귀에 들어올 리가 없었다. 얼마나 되었을까 파장을 예고하는 안내가 있었고 건축가라고 소개한 그 사람이 반가운 제안을 했다.

아, 네 그러지요. 젊은 사람들 몇 사람과 함께 2차를 가자고 하는 그 말, 포장마차에 갔다. 무슨 일을 하느냐고요? 아 네 저……. 그때 마침 자리에 함께한 이원규 시인이 소개를 한다. 시인이라고, 전주 모악산에 살고 있는 시인이라고 뒷머리를 긁적이는 나를 대신해 대답을 했다. 무슨 이야기들이 오고 갔을까. 필름이 끊겼다. 얼마나 술을 마셨던 것일까.

집에 돌아왔다. 무엇이지. 구름 위를 밟고 있는 이런 기분이라니. 그렇지. 지갑을 펼치고 그가 건네준 명함을 바라본다. 그 주소로 내 시집 한 권을 보냈다. 며칠 후 도착한 편지 한 통, 그 속엔 엽서가 들어 있었다.

내 시집의 몇 구절을 인용해 쓴 그 엽서의 끝에 '간혹 서울에 오면 술 한잔 칩시다. 깨고 나면 다 잃어버리는 말들이라도 나누면서……' 세상에 다시없는 소중한 선물처럼 나는 그 엽서를 얼마나 읽고 또 읽어 내렸던가.

건축가 곽재환 선생과의 만남은 이렇게 시작되었다. 서울에 자주 드나들게 되었다. 고작해야 일년에 두세 번 가보던 숫자가 한달에 한번 꼴로 오르내리게 되었다. 서점에 들르거나 아는 사람의 집에 갔을 때 건축에 관한 책을 보게 되면 반가움처럼 펼치곤 했다.

건축에 관심이 많은가 봐요. 혹여 옆 사람이 말을 건네면 마치 비밀을 들킨 것처럼 얼굴이 붉어지고는 했다. 내가 알고있는 건축가의 이름이라고는 고작 김수근과 서울올림픽 기념조형물인 '평화의 문'으로 인해 알게 된 김중업, 외국인으로는 안토니오 가우디 정도였을 게다.

그리고 그나마 가우디를 기억하는 것은 100여 년을 넘게 아직도 지어지고 있다는 스페인의 유명한 성당인 〈사그라다 파밀리아〉에 대한 이야기를 들었을 때였으며 건축이 공간으로의 개념뿐만이 아니라 시간의 풍경을 담는다는 정도를 가우디를 통해 미약하게나마 이해하고 있는 수준이었다.

물론 우리나라의 건축가들도 그건 마찬가지였다. 옛사람들이 집을 한 채 지을 때 물길은 어디로 들고나며 바람은 어디로 불어가고 오는지. 그리하여 대문의 방향이며 굴뚝은 그 지형에 맞게 어느 쪽으로 내야 하는지.

한 그루의 나무를 심어 그 나무가 자라나 그늘을 이루게 되었을 때 나무의 수형이 집과 어울리는가. 마당과 처마에 드리우는 그늘은 한여름과 겨울엔 어떻게 되는가. 그 나무가 낙엽교목인지, 침엽의 상록수인지. 그것은 바로 건축의 공간과 시간의 흐름에 따른 변화를 배려한 작은 예라 하겠다.

겨울이 가고 봄이 가고 다시 겨울이 오고 가는가. 내 낡은 집 앞마당에 꽃이 피고 낙엽이 지고 눈이 내렸다. 궂은 비 뿌리는 날들과 문풍지를 찢으며 흐느끼는 매운 바람이 방안에 불어오고 나부꼈다.

무덤같은 집

무덤 같은 집이 있다. 한낮에도 빛이 들지 않아 불을 걸어야 하는 방이 있다. 마당 가득 풀들이 우거지고 칡덩굴이며 머루덩굴이 지붕을 덮어 내렸다. 그 방안에 누워 아주 가끔은 떠나간 세상의 일들을 떠올렸고 도리질을 쳐대기도 했다.

문밖 소나무 숲을 지나는 바람이나 새소리가 어둡고도 습한 방안의 오랜 정적을 휘저으며 긴 여음을 만들고는 했다. 어쩌다가 인기척이 들리기도 했다.

인기척들은 두런거리며 마당을 가로지르다 빗장처럼 찔러 놓은 몽당 놋숟가락을 빼 들고 찌그러져 덜컹거리는 양철 문을 들춰보았다.

새까만 그을음이 덕지덕지 들러붙고 맞은 편 바람벽이 동굴처럼 휑 뚫려 나간 부엌은 한낮에도 깊은 어둠이 또아리를 틀고 호기심의 발길들을 들여놓지 않았다. 아무도 살지 않는가 봐. 벽을 타고 들어온 말들이 귓가에 웅얼거리다 멀어지고는 했었다.

늦가을 잔디가 마른 무덤을 보고 초가지붕을 떠올리기도 했다 폭설이 자욱한 밤 집 뒤안 생나무 가지들 우두둑거리는 날 지붕이 견뎌낼까. 집이 무덤이지 뭐 그러던 날이 있었다.

어느 해 겨울, 눈이 많이 내렸다. 방안에 누우면 천장을 따로 하지 않아 훤히 다 드러나 보이는 겨우 팔뚝만한 서까래들이 자주 부러지고는 했던 내 갈비뼈 같았다. 그 위태로운 외줄타기의 서까래들, 한발이 넘는 저 지붕의 눈을 다 견뎌낼까 잠이 불안했다.

겁 많은 겨울잠을 청하며 나는 애써 벽 가까이 바짝 붙어 자고는 했다. 요나의 물고기 그 뱃속 같은, 아니 어쩌면 내 몸 안에 내가 들어와 살고 있는 것 같은 산골 외딴집, 누더기처럼 낡은 기다림만이 한숨처럼 남아 이제 지치고 지친 집. 무덤 같은 집.

그가 작업한 작품 중에 근래에 지어진 두 군데를 가보았다. 예배당과 도서관, 예배당의 입구에서부터 걸어 올라가 그가 하늘기도소라 이름한 옥상에 올라갔다. 놀랍게도 그곳엔 처음 그의 사무실에 갔었을 때 벽을 가득 메우며 걸려있던 그림들, 그의 환상에 가득 찬 그림들이 거기 고요히 빛을 발하고 있었다.

그 앞에 나아가 무릎 꿇고 기도드리고 싶었다. 푸른 하늘을 뒤로 드리운 작은 나무 십자가를 보며 이곳이야말로 진정 욕심 없는 기도를 할 수 있겠구나, 하는 생각이 들었다. 화려한 치장과 위악 같은 위엄으로 가득 찬 곳에서 어찌 물욕에 눈멀지 않는 맑은 기도나 묵상이 가슴속으로부터 간절해지겠는가.

비가 내리는 날 도서관에 갔었다. 알 수 없는 어떤 신화 속으로 걸어가고 있는 것일까. 계단을 오르며 만나는 곳마다 석양을 바라보는 곳이라는 응석대가 발길을 부르며 놓여있었다. 수많은 책을 쌓아올려야 비로소 하루해의 석양을, 나고 지는 그 겁의 윤회를, 삶의 깊은 사유에서 오는 종시(終始)의 석양을 바라 볼 수 있다는 듯 멀리 응석대라는 건물 외형의 조형은 마치 수많은 책을 쌓아올려 놓은 것 같았다.

그림처럼 하늘이 내려와 앉는 반영정에 빗방울 소리가 파문을 긋고 있었다. 누군가 저 허공의 수면을 딛고 내려와 어둠 속에 낮게 엎드린 자들의 영혼 앞에 촛불을 켜놓으리라.

어디에선가 아이들의 웃음소리가 들려왔다. 불을 켜지 않은 방들의 어두운 그늘 속에서 계단을 오르내리며 까르르르 까르르르 푸른 하늘을 내달리는 아이들의 발자국 소리가 여기저기에서 울려 나오는 듯했다. 그 아이들과 숨바꼭질을 하고 싶었다.

지금도 방이 많은 집에 가면 숨바꼭질을 하던 옛날이 떠오르고는 한다. 벽장에 숨어 잠이 들었다 깨어나 비명을 지르던 일들이며 장독대 뒤에 숨어들었다 항아리를 깨 먹던 어린 날이 한번쯤은 우리들의 기억 속에 있을 것이다. 어린 날 우리들의 집은 얼마나 훌륭한 놀이터였던가. 그 안에서 조약돌 같은 몸을 키우고 그 안에서 푸른 꿈을 꾸고 부풀어 오르며 자라지 않았던가.

곽재환의 건축 속에, 그의 몸 안에 귀 기울이면 들려오는 것이 있다. 술자리가 무르익으면 일어나 그가 들려주는 시낭송의 목소리처럼 어둠 속에서 들려오는 낮은 노래 같은, 때로 그것은 구름을 뚫고 내려오는 빛과 같은 소

리였다가 아 어 오- 옹- 옴- 아 어 오- 옹- 옴의 영혼을 울리는 우주의 노
래였다가 고요한 기쁨이었다가 심연의 슬픔이었다가.

　다시 나무를 떠올린다. 가지 많은 나무를 생각한다. 가지가 낮게 휘어져
서 매달리는 아이들의 놀이터가 되어주고 그네가 되고 목마를 태워주던 나
무를 생각한다. 시원한 낮잠을 재워주는 잠자리가 되고 바람과 새들의 노래
를 들려주는 나무를 생각한다. 꿈꾸는 나무를 생각한다.

저녁무렵에 오는 첼로

그렇게 저녁이 온다 이상한 푸른빛들이 밀려오는
그 무렵 나무들의 푸른빛은 극에 이르기 시작한다
바로 어둠이 오기 전 너무나도 아득해서 가까운
혹은 먼 겹겹의 산 능선
그 산빛과도 같은 우울한 블루
이제 푸른빛은 더 이상 위안이 아니다

그 저녁 무렵이면 나무들의 숲 보이지 않는 뿌리들의 가지들로부터 울려 나오는
노래가 있다. 귀 기울이면 오랜 나무들의, 고요한 것들 속에는 텅 비어 울리는 노
래가 있다. 그때마다 엄습하며 내 무릎을 꺾는 흑백의 시간 이것이 회한이라는
것인지 산다는 것은 이렇게도 흔들리는 것인가. 이 완강한 것은 어디에서 오는
것이냐.

나는 길들여졌으므로 그의 상처가 나의 무덤이 되었다
검은 나무에 다가갔다

첼로의 낮고 무거운 현이 가슴을 베었다
텅 비어 있었다 이 상처가 깊다
잠들지 못하는 검은 나무의 숲에
저녁 무렵 같은 새벽이 다시 또 밀려오는데

기다린다. 기다림만이 남았다. 응석대에 감긴 등나무의 우거진 그늘이 푸르른 날의 석양을, 반영정의 수면에 내려와 앉아 해와 달과 별들의 하늘로 등을 켜는 날을, 도서관 앞 원형기둥을 가득 타고 오르는 담쟁이가 붉은 단풍을 내다는 날을, 하늘기도소에 나아가 세상의 맑고 아름다운 기도가 들려오는 날을. 그날, 그의 건축이 세상의 순리를, 그 순리의 시간을 비로소 담아내는 날.

한 꽃이 지고 그 꽃이 건너야 할 기다림을 위해 하루해가 저문다. 내 낡은 뜰 앞은 이제 여름 꽃들이 지며 불러낸 가을꽃들이 분주하다. 푸른 동해 바닷물을 길러 빚은 쪽빛 용담꽃이 그렇고 햇노란 햇살을 담아놓은 산국이 그렇다. 기다리지 않아도 겨울은 올 것이고 모든 것들은 변하나 변하지 않는 사랑의 일들이 또한 세상을 이루는 한 힘이 되기도 한다.

저녁이다. 나는 그의 건축, 하늘 기도소로 향한다. 응석대에 앉아 반영정에 누워 그의 몸으로 들어간다. 그의 몸 저편으로부터 조용히 어둠을 맞이하며 내리는 소리, 내 안에 갇혀있던 모든 나무가 일어나 첼로의 낮은 현을 긋는 울음소리를 향해 걷는다.

1957년 전라남도 영광 법성포에서 태어났으며, 1984년 시 전문지 [시인]에 시를 발표하며 작품활동을 시작했다. 시집 『세상의 길가에 나무가 되어』『풀여치의 노래』『적막』『그 숲에 새를 묻지 못한 사람이 있다』『다만 흘러가는 것들을 듣는다』『중독자』『어린 왕자로부터 새드 무비』 등이 있다. 산문집『쓸쓸한 날의 여행』『작고 가벼워질 때까지』『스님, 메리크리스마스』『하늘을 걸어가거나 바다를 날아오거나』『별의 안부를 묻는다』『꽃이 진다 꽃이 핀다』『박남준 산방 일기』 등이 있다. 전주시 예술가상, 거창 평화인권문학상, 천상병문학상, 임화문학예술상, 초태일문학상 등을 수상했다.

집이 사람이다, 마을을 살리는 건축(동두천 턱거리마을 이야기)

— 이영란(턱거리마을박물관장)

"여기 좋은데……."

처음 우리 마을을 방문한 곽재환 선생님과 마을 곳곳을 둘러보는 동안 땅거미가 내려앉았다. 마땅히 식사할 곳이 없어 하는 수 없이 마을 유일의 술집으로 들어갔다. 탁자 위로 주인 언니가 방금 무쳤다며 시래기나물을 내왔다. 빛바랜 벽지, 낮은 조도 사이로 흘러간 옛노래는 끊임없이 흘러나왔다.

우리 마을은 동두천에서도 변방인 턱거리마을이다. 턱거리는 마을에 들어선 미군기지 캠프호비로 인해 한때 개도 달러를 물고 다녔다고 할 정도로 호황을 누리던 기지촌이었다. 하지만 지금은 옛 기억만 안은 상가의 녹슨 간판은 방치되고 빈집은 늘어나 공동화된 쇠락한 마을이다. 한편으로는 어등산, 칠봉산, 왕방산 등이 마을을 둘러싸고 있고 마을 주변에는 동두천(東頭川)이 흐르는 자연 자원이 풍족한 곳이기도 하다.

곽 선생님은 이런 우리 마을을 보며 꽤 관심을 보였다. 마침 턱거리마을에는 턱거리사람들협동조합이 만들어져 마을을 살리기 위한 고민과 노력을 하는 사람들이 있었다.

조합에서 턱거리마을을 위한 주민워크숍을 열었을 때 곽 선생님을 강사로 초청했다. 강의를 한 곳은 캠프호비로 들어가는 길목 초입의 턱거리마을박물관이었다. 단층으로 된 마을박물관 건물은 한때 주민이 살았던 집이었고, '스툴'이라 불렸던 미군 전용 선술집이었고, 카페이기도 하다가 살림집으

로 살던 곳이었다. 강의 들으러 오신 분들은 대부분 70~80대 노인들이었다.

그날 곽 선생님은 '집이 사람이다. 마을 살리는 건축'이란 제목의 강의를 했다. '마을과 건축'과 관련한 내용이니 너무 어렵지 않을까 했던 것은 기우였다. 그날 강의는 기지촌에 사는 것, 가난한 마을에 사는 것에 부끄러워했던 주민들의 자존감이 세워지는 시간이었다. 한 할머니가 일어나 소감을 말했던 것이 아직도 기억에 남는다.

"지금 박물관인 이곳은 내가 어렸을 때 살았던 곳입니다. 돈 벌면 하루라도 빨리 턱거리를 벗어나려고 했는데, 아직까지도 여기 살고 있네요. 여기는 죽어서나 나갈 수 있다고 우리끼리는 그러거든요. 그런데 오늘 선생님 말씀 들어보니 우리 마을이 참 좋은 것 같아요. 지금 있는 모습 그대로도 충분히 좋은 것 같습니다."

곽 선생님은 일부러 과장되게 마을 환경을 치켜세우거나 주민들에게 자부심을 가지라고 말씀하지 않았다. 다만 "대한민국에 기지촌 아닌 곳이 어디 있었나, 이제는 나이가 들었을 그 미군들이 생각할 때 청춘 시절 이곳에

와 복무했던 기억을 떠올리면 대한민국보다 동두천보다 턱거리마을을 더 추억할 수 있다. 추억은 사랑의 힘이고 그 힘으로 기억되는 한 이 마을의 존재 가치는 영원하다"고 강조했다. 그 말씀은 내게도 큰 울림으로 다가왔다. 턱거리마을박물관의 관장을 맡으면서 어떻게 마을 일을 해야 하는지 어렴풋이 알게 됐기 때문이다.

그후 곽 선생님은 우리 마을을 자주 찾아왔고, 사람들과 만나면서 여러 가지 좋은 기획들이 생겨났다. 마을에서 열린 첫 번째 문화제를 '순자문화제'란 이름으로 처음 제시한 분도 곽 선생님이었다. 기지촌에서 살다 간 어린 미군 위안부들을 위무하는 것이 가장 먼저 할 일이라는 것이었다. 주민들과 같이 만든 상여꽃으로 상여를 장식해 마을 길을 도는 퍼포먼스를 하고 진혼곡을 부르고 살풀이춤을 추는 것으로 문화제 마지막을 장식한 것도 그 연장선이었다.

턱거리마을박물관 자문위원장을 맡게 된 곽 선생님은 좀 더 적극적으로 우리 마을을 찾아오셨다. 턱거리사람들협동조합원들을 만나고 주민들을 만나면서 그들의 이야기를 듣고 마을에 필요한 일들을 조언했다.

한동안 '여성'에 주목해 마을 활동을 이어가던 나는 미을 자원인 하천 동누천에 관심을 가졌다. 기지촌 여성의 가슴 아픈 삶, 다양한 서구문화의 직접 통로였던 마을의 차별화된 이야기 등을 거쳐 좀 더 주민들과 가깝게 다가갈 수 있는 자원인 동두천에 주목했던 것이다. 해서 동두천에 소원을 단 꽃유등을 띄우고 긴 하천 둑 주변에 등을 달아 불을 켰다. 그러면서 동두천에 관한 스토리텔링을 해나갔다. 그 과정에서 곽 선생님의 조언과 응원은 힘이 됐다.

스토리텔링의 전체 주제는 '꽃배 들어온다'이다. 동두천은 작은 하천이지만 현재 시명(市名)으로 삼을 정도로 중요한 곳이다. 동쪽에 머리를 두고 흘러내린 하천 동두천은 우리 마을을 지나 캠프 호비와 캠프 케이시를 거쳐 동두천시를 관통하는 신천과 만난다. 신천은 북쪽으로 흘러 한탄강, 임진강과 물살을 섞고 마침내 강화도 서해바다로 나아간다. 현재는 남과 북으로 경계가 나눠진 서해지만 언젠가 평화의 바다가 되어야 하는 곳일 터. 서해에 서부터 평화의 꽃배를 띄워 다시 임진강, 한탄강, 신천을 거쳐 동두천이 흐

르는 턱거리마을싸시 오는 미래를 상상했다.

이러한 스토리텔링을 문서나 이야기로만 남길 게 아니라 턱거리마을박물관 내부를 그러한 내용으로 디자인해 이곳을 찾는 사람에게 시각적으로 느끼게 하자는 의견은 곽 선생님의 기획이었다. 곽 선생님이 아이디어만 주신 게 아니었다. 직접 팔을 걷어부친 것이다. 굵은 폼보드를 물결 모양으로 자르고 푸른색 물감으로 색칠해 벽면에 모두 이어 붙이는 작업은 하루 이틀로 끝날 일은 아니었다. 그렇지만 한번 몰두하면 옆도 돌아보지 않는 성정 때문인지 하룻밤을 꼬박 새워 그 작업을 다 하셨다. 또한 그렇게 디자인한 건물 내부 전체를 볼 수 있도록 조감도까지 만들어오셨다.

이와 함께 '3R'란 슬로건을 만들어 글자 조형도 제작해오셨다. 그게 바로 "기억하라(Remember)·말하라(Remark)·회복하라(Recover)"이다. 일명 "쓰리"인데 우리 조합원들은 뒷풀이 건배사로 종종 사용하곤 한다.

마을 활동이 본격 괘도에 오르자 시(市)에서도 관심을 가졌다. 당시 필요했던 것은 문화제를 비롯해 각종 행사를 할 무대였다. 지원을 받을 만한 기획안이 필요했다. 협동조합 운영위원들과 여러 번 회의 끝에 곽 선생님이 제안한 수변 무대로 방향이 정해졌다. 내가 기획안을 쓰는 동안 곽 선생님은 동두천을 활용한 수변 무대 디자인을 고민했다. 곽 선생님이 제시한 수변 무대는 맞은 편 천변 벽을 활용해 스크린으로 쓸 수 있게 하고 그 아래 무대를 꾸린 뒤 하천은 다리로 연결해 사람들이 자유롭게 오가게 했다. 혹 홍수로 물이 불어날 경우도 염두하고 디자인했던 것이다. 곽 선생님이 그려준 디자인을 기획안에 첨부했더니 시 관계자나 현장 상황을 점검하러 온 시의원들도 모두 공감했다. 하지만 시간이 지나는 동안 이런저런 변수가 생겼고 결국 수변 무대는 백지화됐다(그 뒤 무대는 마을 다목적회관 옆에 세워졌다). 단순히

무대가 세워지는 것이 목적이 아니라 동두천이 주는 메시지를 담은 수변 무대가 필요했던 것인데, 아쉬운 대목이 아닐 수 없다.

　턱거리마을은 여전히 '지붕없는 박물관'으로 불린다. 턱거리마을은 고스란히 동두천이라는 도시의 역사를 응축해 보여준다. 동두천 턱거리마을은

회복 반환 부활
RESTORATION

작은 마을에 불과하지만 마을의 이야기는 한국 사회가 지향해야 할 미래 가치를 담고 있다. 너무 거창한가. 그렇다면 좀 더 나가본다. 곽 선생님이 이 작은 마을에 관심을 가지게 된 것은 무엇일까. 그분 밑바닥에 깔린 허무적 정서가 우리 마을에 흐르는 비애(悲哀)와 어느 결에 맞닿았던 것은 아닐까. 폐허와 같은 마른 땅에 꽃 하나 놓는 심정으로 '마을 살리는 건축'이 어떤 길로 가야 하는지 넌지시 알려주신 것은 아닐까. 건축에 관해선 문외한이지만 감히 말해본다. 턱거리마을에 대한 애정에도 그분의 건축 철학인 '삶·앎·놂·품·밞'의 기운이 스며들었기 때문 아닐까.

서울예술대학교에서 문예창작학, 국민대 행정대학원에서 사회복지학을 공부했다. 〈공동선〉, 〈기독교사상〉 기자였으며 회고록, 전기 등 몇 권의 책을 냈다. 전기작가로 일할 때 만난 동두천 턱거리마을에 반해 거주하면서 마을공동체 복원과 문화 활성화를 위해 마을신문 편집장, 마을박물관 관장을 맡아 일했다. 『그 사람에게 가는 길』(공저), 『열린 문으로 나아가다』 등 주로 인물 관련 책을 써오고 있다.

　나는 나의 모든 건축에서 한가지 구축 재료나 일관된 구법 또는 개성적인 조형 언어를 구사하려 하지 않는다. 아니, 오히려 그러한 재료나 통일된 조형언어를 의식적으로 경계한다.

　내가 설계하는 집은 내가 사용하는 것이 아니고, 그 집을 사용할 대상을 위한 것이며, '나'가 아닌 '너'와 '그'에 초점을 맞추려고 하기 때문이다. 또 집과 삶이 하나가 되는 '아가일여(我家一如)'를 실현하고자 하는 이념을 지향하기 때문이다. 그런 가운데에도 내가 지속적으로 관심을 기울이는 것은 그 건축에 중심을 짓고 하늘을 짓고자 하는 것이다.

　작가는 자신의 작업을 통해 일생 자화상을 그리다가 간다고 하는데, 나도 예외가 아니다. 하지만 적어도 나의 건축은 늘 한가지 목소리로 부르는 꾀꼬리 노래는 아닐 것이다.

　혹자는 나의 건축에 중후함이 있다거나 낭만이 있다, 혹은 한국적 느낌이 난다거나 무엇인지 모를 아우라가 있다고 이야기한다. 그러나 나는 다만 새로운 자연을 짓거나 집을 사람처럼 짓고자 할 따름이며, 그저 자연을 닮고자 할 뿐이다.

　자연이 어디 한가지 모습뿐이랴.

\<새로운 길\>

작업 연보

1979 ~ 1980 신아건축연구소
1979 강화호국교육원 / 강화
1979 경상대학교 종합 기본계획 마스터플랜 / 진주
1979 장안평 태양열주택보급센터 / 서울
1980 한국정신문화연구원 도서관 / 판교

1980 ~ 1987 김중업건축연구소
1980 명성관광휴양단지 계획안 / 강원
1980 설악산 오색약수 종합개발계획안 / 오색
1980 장안재활원 계획안 / 서울
1981 육군박물관 / 서울
1981 부산시 충혼탑 / 부산
1981 경상남도 문화예술회관 현상설계 당선안 / 진주
1982 사우디아라비아 '알사왈레엔지니어링'에서 6개월 근무 후 김중업건축연구소 복귀
1982 성북동 이병목 씨댁 / 서울
1982 김중업건축연구소 평창동 사옥 '호강사' 계획안 / 서울
1983 아나아트센터 계획안 / 서울
1983 을지로 16 및 17지구 재개발사업(중소기업은행 본점) 현상설계 당선안 / 서울
1984 퇴사 후 개인 작업 중 김중업 선생님 건강 악화로 다시 김중업건축연구소 복귀
1985 국제방송센터(IBC) 현상설계 당선안 / 서울
1985 '88 서울올림픽 상징조형물(세계평화의 문) 현상설계 당선안 / 서울
1985 군산 시민종합회관 현상설계 당선안 / 군산
1985 군산 여성회관 현상설계 당선안 / 군산
1986 광주 문화방송청사 현상설계 당선안 / 광주
1987 주 태국 한국대사관 기본계획안 / 태국

1987 ~ 2006 맥건축사사무소
1987 김길태 씨 댁 / 서울
1988 서광진의원 / 의성
1988 이종삼 씨 댁 / 서울
1989 목동성당 현상설계 당선안 / 대전
1989 청해빌딩 / 서울
1990 에바스화장품 생산공장 / 평택
1991 나다 컨트리클럽 FOLLY 〈눈의 집〉 계획안 / 안성
1991 철산동 감리교회 계획안 / 광명
1991 청보빌딩 / 서울
1992 솔의집 계획안 / 청주
1993 응백헌 계획안 / 대전
1994 동서울 유선방송국 리모델링 / 서울
1994 홍농종묘사옥 / 청주
1995 대건(DG)빌딩 / 서울
1995 김영환 씨 3세대 주택 / 분당
1995 비전힐스 골프클럽하우스 현상설계 당선안 / 마석
1995 전남문화예술회관 현상설계 공모안 / 전주
1996 대한주택공사 전남지사사옥 설계공모 우수작 / 광주